KB042726

리벤지 황티

REVENGE
HUNTING 1

초판 1쇄 인쇄일 2015년 6월 24일 ㅣ **초판 1쇄 발행일** 2015년 6월 26일

지은이 목마 ㅣ **펴낸이** 곽중열 ㅣ **담당편집 팀장** 이범수
편집부 신연제 이윤아 김호성 김은경

펴낸곳 (주)조은세상 ㅣ 출판등록 제 2002-23호
주소 경기도 연천군 미산면 청정로 1355
TEL 편집부 02)587-2966 ㅣ FAX 02)587-2922
e-mail bukdu@comics21c.co.kr

ⓒ목마 2015
ISBN 979-11-5832-136-9 ㅣ ISBN 979-11-5832-135-2(set) ㅣ 값 8,000원

REVENGE

리벤지 헌팅

목마 현대 판타지 장편소설

NEO MODERN FANTASY STORY & ADVENTURE

HUNTING

①

북두
(주)좋은세상

CONTENTS

NEO MODERN FANTASY STORY & ADVANTURE

REVENGE
HUNTING

REVENGE

프롤로그

HUNTING

NEO MODERN FANTASY STORY & ADVANTURE

REVENGE HUNTING

프롤로그

검은 용이 하늘을 날았다.

아니, 그것을 용이라 해야 할까. 그것을 본 모두가 그런 생각을 품었다. 그것은 서양의 용도, 동양의 용도 닮지 않았다. 눈으로 셀 수도 없을 만큼 많은 날개는 그것을 그 무엇보다 높이 날게 하였고, 쩍 벌어지는 입의 안에는 크고 날카로운 이빨이 달팽이의 입처럼 가득 메우고 있었다. 색이 다른 여덟 개의 눈동자는 사람과 건물과 자연을 우습다는 듯이 내려 보았고 거대한 꼬리는 문명이 이룩한 높다란 건물들을 모래성처럼 허물었다. 날개를 펼쳤을 때, 놈은 하늘의 제왕이 되었고 땅에 내려 왔을 때는 무자비한 대지의 폭군이 되었다.

그것은 자신의 이름을 가지고 있었지만, 사람들은 그것을 괴물이라고 불렀다.

갑작스러운 시작은 아니었다.

놈으로 인한 종말은 이미 예고가 되었었다. 하지만 인류는 그 종말을 막을 방법을 갖지 못했다. 등급을 가리지 않고, 존재하는 모든 헌터들이 동원된 유례없는 전쟁이었으나, 괴물을 죽이기 위해 나선 전 세계의 헌터들은 놈의 거처로 용맹하게 쳐들어가서 그 누구도 돌아오지 못했다. 그로 인해 인류는 괴물에게 대항할 방법을 잃었다.

놈이 자신의 거처를 떠나 태평양 상공에 강림했을 때, 이미 준비하고 있던 힘들이 모조리 놈을 죽이고자 했다.

전 세계의 모든 힘이 동원되었다. 그 순간만큼은 세계가 하나가 되었다. 분단 국가끼리 손을 잡았고 종교와 이념과 욕망으로 으르렁거리던 사람들이 손을 잡았다. 바다는 전함으로 가득찼고 하늘은 전투기로 가득찼다. 그보다 높은 곳에서 미사일이 날았다.

소용없었다. 육군, 해군, 공군. 핵보유국의 지도자들은 떨리는 목소리로 핵 사용을 허가했고, 그 역시 무의미했다. 괴물은 사람이 어찌하지 못하기에 괴물이었다. 괴물과 맞설 수 있는 이들은 모두 죽었고, 그것은 결국 종말로 이어질 따름이었다. 몇 만 년 동안 이룩한 문명이 사라지는 것에 오랜 시간이 걸리지 않았다. 괴물은 하늘을 날고,

심해를 떠돌고, 대지를 달리면서 살아 움직이는 모든 것을 죽이고 먹어치웠다.

혹여 누군가 살아남았더라면, 그 괴물에 대해 기록했을지도 모른다. 인류가 맞은 종말이 어디에서 비롯되었는지, 인류에게 종말을 전한 사도가 누구였는지를 알렸을지도 모른다. 하지만 그럴 수도 없었다. 모두가 죽었기 때문이다. 건물은 사라졌고 땅은 뒤집어졌다. 당연히, 괴물에 대한 기록은 남지 않을 것이다. 후대에 괴물에 대해 알게 될 사람도 없을 것이다.

데루가 마키나.

그, 괴물의 이름은. 멸망한 인류와 함께 사라지게 될 것이다.

REVENGE

1. 리턴

HUNTING

NEO MODERN FANTASY STORY & ADVANTURE

REVENGE
HUNTING

1. 리턴

정신을 차렸을 때, 남자는 새하얀 공간에 서 있었다. 멍한 얼굴로 주변을 보던 그는 무어라 말을 하고 싶었지만 아무런 말도 할 수가 없었다. 머릿속은 완전히 마비되었고 그는 지금의 상황을 이해할 수가 없었다. 다시, 주변을 본다. 아무 것도 없는 새하얀 공간. 방금 전까지 그가 서 있던 곳과는 전혀 다른 세계. 천천히, 정신이 되돌아왔다.

그가 생각을 함과 동시에,

주변의 풍경이 그의 생각에 맞추었다는 듯이 변화되었다. 빠르게 구조물들이 세워지기 시작했다. 그가 선 곳은 거대한 콜로세움의 한 가운데였다. 바위로 만들어진 것이 아니었다. 무더기로 쌓인 시체와 유골이 벽이 되었고 기

등이 되었다. 역한 냄새가 공간을 가득 채웠다. 남자는 자신도 모르게 입술을 틀어막고 뒤로 물러섰다.

"이게, 뭔…."

"환영합니다."

남자의 중얼거림이 끝나기도 전에 그런 목소리가 들렸다. 남자는 놀라서 머리를 위로 들어 올렸다. 우울하게 젖은 하늘 아래에 거대한 괴물이 날개를 펼치고 있었다. 그괴물의 모습을 본 순간, 남자의 얼굴이 창백하게 질렸다. 그는 자신도 모르게 등을 더듬었다. 아니, 더듬지 못했다. 남자는 놀란 눈으로 자신의 몸을 내려 보았다.

오른팔이 없었다.

비명을 지를 수도 없었다. 무언가가 목구멍을 틀어막은 것 같았다. 그는 비틀거리며 무너졌고, 그런 그의 모습을 보면서 괴물은 답지 않은 가느다란 목소리로 웃었다. 낄낄거리는 웃음 사이에서 남자는 땅에 엎어져 허우적거렸다. 그가 보는 앞에서 그의 다리가 사라졌고, 하나 남은 팔마저 사라졌다. 오른팔과 양 다리가 사라졌다. 멀리 보이는 콜로세움의 벽이, 그것을 이루는 시체들의 얼굴이 낯익었다.

그는 저들의 얼굴을 알고 있었다.

"인간은 패배했습니다."

타악. 땅에서 허우적거리는 남자의 눈앞에 자그마한 발

이 내려섰다. 남자는 시선을 들어 그녀를 노려보았다. 〈데루가 마키나〉. 여자의 머리 위에 그런 이름이 보였다. 여자는 남자의 얼굴을 빤히 내려 보면서 빙긋 웃었다.

"그리고 당신은 최후의 전사. 당신들 인간이 우리에게 저항하기 위해 스스로 붙인 이름, 헌터라는 존재 중의 마지막이었죠. 그래봤자 죽어버렸지만."

여자는 키득거리며 웃었다. 남자는 이를 악 물고 여자를 바라보았다. 데루가 마키나. 그 이름을 모르지 않았다. 오히려 너무나 잘 알고 있었다. 마지막 던전의 보스 몬스터. 끝내 현실로의 강림을 저지하지 못한 최강 최악의 괴물. 저 마지막 보스 몬스터를 잡기 위해 모든 헌터가 집결하여 대대적인 레이드를 벌였지만,

끝내 헌터는 저 괴물을 쓰러트리지 못했다.

"안타깝게도. 당신은 보지 못했겠지만, 인간이 쌓아올린 화려한 문명은 모래성처럼 무너져 버렸답니다. 아주 걸작이었지요. 모든 사람이 신을 부르짖었지만, 신은 끝내 나타나지 않았어요. 강림한 저와 몬스터들은 땅을, 바다를 뒤엎었고 끝내 세상은 멸망했습니다."

말도 안 돼, 라는 생각은 들지 않았다. 오히려 당연한 일이었다. 남자는 머릿속으로 그렇게 납득하고 이해해버렸다. 그가 보았던 데루가 마키나의 힘은 압도적이었다. 최상위 장비를 갖춘 탱커들이 놈의 공격 한 번을 버티지

못했고 딜러들이 쏟아 붓는 공격은 놈의 방어벽을 뚫지 못했다. 인해전술로 몰아붙였지만 그 모든 것이 무의미했다.

놈은 괴물이었다. 말 그대로의 괴물. 헌터가 쓰러트린 던전의 보스 몬스터나 네임드 몬스터들은 데루가 마키나의 힘에 비할 수가 없이 나약했었고, 그것은 헌터 역시 마찬가지였다.

"뭐라고 말이라도 해 보세요."

데루가 마키나가 소곤거렸다. 괴물이 여자의 모습이 된 것은 제쳐 두고서, 하고 싶은 말은 많았지만 목소리가 나오지 않는다. 데루가 마키나는 남자의 모습을 내려 보다가 피식 웃어버렸다.

"아, 미안해요. 당신의 몸은 죽어버렸거든요. 의식만이 남아있을 뿐. 몸이 죽었는데 말을 할 수는 없겠지요."

데루가 마키나는 그렇게 말하며 손가락을 들어 올렸다. 까딱, 하고 그녀의 검지 손가락이 움직인 순간. 막혀있던 목구멍이 뻥 뚫리며 역한 공기가 들어왔다. 남자는 콜록거리면서 연신 기침을 토해냈다. 데루가 마키나는 남자의 몸을 내려보며 말을 이었다.

"당신은 그렇게 죽었어요. 팔다리가 잘려서. 헌터의 마지막, 이라고는 하지만 쉽게 말하자면 마지막에 죽은 사람이 당신이라는 거예요."

"이… 빌어먹을…."

남자가 욕설을 뱉었다. 데루가 마키나는 깔깔 웃으면서 몸을 돌렸다.

"허무하지 않나."

등을 돌린 데루가 마키나가 양 팔을 활짝 펼쳤다. 목소리가 바뀌었다. 모습이 바뀌었다. 기다란 장발이 짧아졌고 얇은 팔다리에 굵직한 근육이 붙었다. 그녀, 아니 그는 남자를 돌아 보면서 이를 드러내며 웃었다. 붉은 눈을 번뜩이는 그 얼굴은 전장에서 평생을 살아 온 귀신처럼 느껴졌다.

"10년. 판데모니엄이 열리고 헌터가 등장하고서 지금까지, 10년이라는 시간이 흘렀다. 헌터는 몬스터를 사냥하며 빠르게 강해졌고, 10년이라는 시간이 흐르고서 내가 있는 마지막 던전 '판도라'의 문을 열어버렸지."

그리고 몰살. 남자는 꿀꺽 침을 삼켰다. 남자가 보는 앞에서 데루가 마키나의 모습이 다시 변화했다. 그는 소년이 되었다. 조그마한 소년은 순진무구하게 큰 눈동자를 동그랗게 뜨면서 남자를 바라보았다.

"시간이 부족했던 것일까. 인간이 몇 천 년 동안 쌓아올린 것들이 무너지는 것에 걸린 시간은 일주일이 채 되지 않았지요."

"무슨 말을 하는 거야…!"

남자가 발버둥치며 외쳤다. 가슴 깊숙한 곳에서 스멀거리며 공포가 밀려왔다. 눈앞에서 고정된 형태를 갖추지 않고 천변만화하는 데루가 마키나는 남자가 보았던 그 어떤 몬스터와도 달랐다. 끔찍할 정도의 기묘감과 위화감이 데루가 마키나를 감쌌다. 데루가 마키나는 하얀 이를 드러내며 씩 웃었다. 그 미소를 보면서 남자는 발작하듯 외쳤다.

"이, 씨발년아…! 네가 한 짓이잖아! 네가, 네가…."

"네, 맞아요. 내가 했습니다."

데루가 마키나는 어깨를 으쓱거리며 말했다. 그는 여전히 웃는 얼굴로 남자의 얼굴을 내려보며 소곤거렸다.

"판데모니엄의 주인이자, 마지막 던전의 몬스터. 나 데루가 마키나가 모든 사람을 죽이고 세상을 멸망시켰습니다. 그리고, 나는."

데루가 마키나가 몸을 낮췄다. 그는 남자의 얼굴을 뚫어져라 보면서 소곤거렸다.

"이번의 멸망이 공정하지 않다고 느꼈습니다. 해서, 나는 다시 기회를 주려 합니다."

"…뭐?"

남자의 표정이 굳었다. 데루가 마키나는 키득거리면서 손을 들었다.

"다시 한 번 기회를 주겠다는 겁니다. 모든 것을 알고 있는 당신을 통해서, 인간은 마지막으로 기회를 얻게 되는 겁니다."

"대체 무슨 말을…."

"쉿."

데루가 마키나의 눈이 가늘어졌다. 붉은 눈동자가 가늘
어지고, 그것은 본능적으로 공포를 불러 일으키는 괴물의
눈이 되었다.

남자의 몸이 부르르 떨렸다. 목구멍이 꽉 막혔다. 시체
의 몸이었던 아까와는 다른 이유의 침묵이었다.

목구멍을 틀어 막은 것은 공포였다. 화아악! 시체로 만
들어진 콜로세움 전체가 뒤흔들렸다. 저것이 본래의 모습
인지 아닌지도 이제 모호했다. 남자는 덜덜 떨면서 데루
가 마키나를 올려 보았다. 그 괴물은 각각 색이 다른 여덟
개의 눈동자를 번뜩거리며 남자를 내려 보았다.

"이번의 세계는 이미 멸망하였고, 당신은 또 다른 세계
로 가게 될 겁니다."

남자의 입을 다물게 한 데루가 마키나는 말을 이었다.
데루가 마키나는 간드러지는 존칭을 사용했지만 저 괴물
의 모습은 남자를 미치도록 두렵게 만들었다. 오들거리는
침묵 속에서 데루가 마키나의 말이 이어졌다.

"그곳은 당신이 살았던 곳과 크게 다르지 않은 세상입
니다. 판데모니엄이 존재하고, 헌터가 존재하는 세상이
죠. 당신은 그곳에서 다시 헌터가 될 겁니다."

데루가 마키나는 그렇게 중얼거리며 머리를 들어 올렸다. 콜로세움이 무너지기 시작했다.

"천재의 탄생은 세상을 바꾼다고 하죠. 인간이 믿던 종교, 그 종교의 주인이던 이들도 결국 한 명의 인간이었습니다. 이 얼마나 우스운 일입니까. 한 명의 존재가 역사를 바꾸고 종교를 탄생시킬 정도이니. 그러니, 나는 당신에게 기대해 보겠습니다."

바닥이 무너지기 시작했다. 시커먼 틈 사이로 팔다리가 잘린 남자의 몸이 추락했다.

"당신이 종말을 바꿀 수 있을지, 없을지."

남자의 의식이 시커먼 어둠에 삼켜졌다.

◎

몬스터는 예고 없이, 갑자기 나타났다. 뉴욕 한 복판에서 나타난 몬스터는 수많은 사람들을 죽였고, 막대한 재산 피해를 내고서 토벌되었다. 놈은 세계에서 첫 번째로 나타난 몬스터였고, 놈에게는 '데스페어(Despair)' 라는 이름이 붙었다.

그것이 시작이었다.

꾸준히, 매일은 아니지만 몬스터는 사람들이 피해를 수복하고 잊을만한 즈음 계속해서 나타났다. 미국의 데스페어, 중국의 참룡, 한국의 피가람. 세계 곳곳에서 나타난 몬스터들은 각각 형태가 달랐고, 막대한 피해를 입히고서 토벌되었다.

그들은 대체 어디서 오는가. 그들은 대체 무엇인가. 공통점이 있다면, 그들 모두가 현대 병기에 큰 피해를 받지 않는다는 것. 그들의 몸에 덮인 불투명한 장막은 총탄을, 포탄을 막아냈다. 계속된 공격에 장막은 결국 사라지지만, 그 때에는 이미 천문학적인 피해가 생긴 후였다.

그리고 얼마 지나지 않아서, 몬스터의 '이름'을 보는 사람들이 나타났다.

'헌터'의 탄생이었다. 그들은 일반인의 범주를 아득히 벗어나는 신체능력을 가졌고, 몬스터가 그러한 것처럼 현대 병기를 막아내는 불투명한 장막을 몸에 씌울 수 있었다. 그들은 그것을 마나, 차크라, 기력, 투기. 각각 부르는 명칭은 달랐지만, 분명한 것은 그것은 여태까지 확인되지 않았던 어떤 초현실적인 힘이었다.

헌터의 출연 이후로 괴수의 토벌은 상당히 나아졌다. 헌터가 되는 것에 특별한 자격은 없었다. 평범한 사람은 어느 순간 헌터가 되었고, 그것이 끝이었다. 각성한 헌터는 왼 손의 손등에 표식을 갖게 되었다.

그러던 중에 세상은, 헌터들은 알게 되었다. 몬스터가 어느 곳에서 오는 것인지.

판데모니엄의 발견이었다. 전혀 다른 세계. 그곳은 헌터만이 입장이 가능한 곳이었다. 그곳은 텅 빈 도시였다. 건물은 존재하지만 살아가는 사람은 아무도 없는 도시. 판데모니엄을 빙 둘러 존재하는 게이트는 제각각 또 다른 세계와 연결되어 있었고, 그곳에는 무수히 많은 몬스터들이 살아가고 있었다.

'던전.' 게이트의 안쪽은 그렇게 불렸다. 헌터들은 합심하여 첫 번째 게이트의 던전부터 토벌하기 시작했다. 각 던전은 모두가 달랐다. 어떤 곳은 숲이었고, 어떤 곳은 사막이었고, 어떤 곳은 눈이 몰아치는 산이었다. 각 던전에는 강력한 보스 몬스터가 존재했고, 헌터의 눈에만 보이는 보스 몬스터의 이름 아래에는 숫자가 존재했다. 확인한 결과, 특별한 이름을 가진 '네임드 몬스터'는 머리 위의 숫자가 다 될 경우 현실 세계에 나타난다.

그것으로 헌터의 역할은 확실해졌다. 헌터는 왼손으로 판데모니엄에 자유롭게 출입할 수 있었고, 판데모니엄에 출입하게 된 헌터들은 꾸준히 던전을 공략하며 다음 던전으로 진입했다. 게이트는 앞선 게이트가 공략되지 않는다면 열리지 않았다.

그 후 3년, 현재까지 개방 된 게이트는 50개.

그 마지막이 언제일지, 아는 사람은 아무도 없었다.

정신을 차리고 눈을 떴을 때, 그가 본 것은 천장이었다. 남자는 벌떡 몸을 일으켰다. 전신은 식은땀으로 축축하게 젖어 있었고 머리는 욱신거리며 아팠다. 남자는 신음을 흘리며 머리를 손으로 움켜 잡았다.

뭐지, 방금 그것은. 꿈인가? 끊어진 낱말들이 머릿 속에서 이어져 문장이 되었다. 남자는 비틀거리며 몸을 일으켰다. 꿈이라고 하기에는 너무나 현실적이었다. 그리고, 만약 꿈이라고 한다면. 대체 어디서 어디까지 꿈이란 말인가.

판데모니엄의 출현? 아니면 인류의 멸망? 모든 것이 애매모호했다. 욱신거리는 두통만이 강하게 남아 생각을 어지럽혔다.

마지막 기회.

이번의 세계는 이미 멸망하였고, 당신은 또 다른 세계로 가게 될 겁니다.

꿈 속에서 데루가 마키나가 했던 말들이 떠올랐다. 그것을 떠올린 즉시, 남자는 침대에서 내려왔다. 그는 비틀거리는 걸음으로 주변을 둘러 보다가 커튼이 쳐진 창가로 향했다. 그는 커튼을 젖히고 바깥을 바라보았다.

사람들이 길을 걷고 있었다. 맞은 편에는 슈퍼가 있었고,

자동차들이 세워져 있었다. 남자는 아래를 내려 보았다. 3층 높이의 빌라. 그는 이 건물을 모른다. 떨리는 눈으로 그것을 보다가 시선을 돌려 뒤를 보았다. 자신이 누웠던 침대. 옷장. 모니터에 불이 들어와 있는 컴퓨터. 그는 이 방을 모른다.

"···말도 안 돼."

남자는 비틀거리며 발을 끌었다. 그는 닫혀 있는 방문을 노려 보았다. 불이 꺼져 어두운 방, 닫힌 문의 아래에서 얇은 빛이 새어나오고 있었다. 남자는 꿀꺽 침을 삼키며 방문을 열었다.

"어? 오빠, 일어났어?"

식탁에 앉은, 모르는 여자가 그를 향해 오빠라고 불렀다.

"표정이 왜 그래? 어디 아파?"

여자가 남자를 향해 머리를 갸웃거렸다. 자신을 향해 친근하게 말을 걸어오는 여자를 보면서 남자는 소름끼치는 위화감을 느꼈다. 그는 저 여자를 모른다. 저 여자도 그를 몰라야 한다. 하지만 저 여자는 그를 알고 있었고,

그는 저 여자를 알고 있었다.

정현주. 19살. 여자. 혈액형은 O형이고, 생일은 3월 14일인 화이트데이. A 초등학교를 나와 B 중학교를 졸업했고, H 고등학교를 다니고 있는

남자의 여동생.

지끈, 머리가 아파왔다. 남자는 신음을 흘리며 양 손으로 머리를 감쌌다. 그는 저 여자를 알고 있었다. 처음 보는 것인데, 그의 기억은 저 여자의 존재를 여동생으로 확실하게 기억하고 있었다. 이게 도대체 무슨 일이란 말인가. 남자는 혼란스러웠고, 지금의 상황을 이해할 수가 없었다.

"오빠? 왜, 왜그래?"

현주가 놀란 얼굴을 하고서 다가왔다.

"아, 아무 것도 아닙니다."

남자는 손을 뻗어 다가오는 현주를 만류했다. 존댓말을 쓰는 남자를 보고 현주는 표정을 찡그렸다.

"장난치는 거야?"

그 말에, 남자는 대답하지 않았다. 그는 머리를 움켜잡고서 뒷걸음질 치더니, 도망치는 것처럼 거실을 나와 자신의 방으로 돌아와 버렸다. 철컥. 그는 문을 잠그고서 머리를 감싸 쥐고 그 자리에 주저앉았다. 어느새 몸은 식은 땀이 흥건했다. 자신이 이해하지 못하는 일과 기억의 혼란에 그는 미칠 것 같은 두려움을 느꼈다.

두통이 조금 진정되고 나서, 남자는 자신의 기억을 더듬었다.

원래, 그의 이름은 김호정이었다. SS급 헌터. 최고라고

꼽을 실력은 아니었지만 누구나 인정하는 실력을 가진 헌터였고, 판데모니엄의 마지막 던전인 판도라의 문이 열렸을 때 그는 데루가 마키나의 왼쪽 뒷다리를 맡은 헌터들을 지휘하는 역할을 맡았었다. 가장 이상적인 것은 데루가 마키나의 왼쪽 뒷다리를 자르는 것. 그것까지는 아니어도 데루가 마키나의 행동을 제한하는 것.

모두가 실패했다. 데루가 마키나의 공격에 헌터는 전멸했고 세계는 멸망했다. 그것이 남자, 김호정의 기억이었다.

본래라면 그의 기억은 그것으로 끝이 났을 것이다. 애초에 그는 세계의 멸망이니 인류의 종말이니 하는 것을 실제로 보지 못했다. 그야, 그는 그 날. 판도라의 문이 열리고 모든 헌터가 모여 데루가 마키나의 레이드를 뛰었을 때 죽어버렸으니까. 정신을 차렸을 때 주변은 모조리 시체였고, 그나마 살아남은 헌터들은 데루가 마키나의 마지막 공격에 몰살당해 버렸다. 마지막으로 남은 남자는 절망과 공포를 견디지 못하고 데루가 마키나에게 덤벼들었고

'당신은 그렇게 죽었어요. 팔다리가 잘려서. 헌터의 마지막, 이라고는 하지만 쉽게 말하자면 마지막에 죽은 사람이 당신이라는 거예요.'

데루가 마키나가 키득거리며 했던 말이 남자의 정신을

차갑게 식혔다. 그래, 그는 마지막 생존자였다. 그리고 최후의 헌터이기도 했다. 그런 거창한 수식어에 어울리지 않게 그는 아무 것도 하지 못하고 허무하게 죽음을 맞았다. 그가 마지막 생존자, 최후의 헌터였던 것은 단순히 운이 좋았기 때문이다. 왼쪽 뒷다리 포지션에서 아무 것도 하지 못하고 지휘하던 헌터들을 몰살시켰고, 공격에 휘말려 정신을 잃고. 운 좋게 그대로 살아남아 정신을 차렸더니 진정한 의미에서 데루가 마키나와 맞서던 마지막 헌터들이 몰살 당하여, 엉겁결에 최후의 생존자가 되었을 뿐.

싸늘하게 식은 이성이 다시 기억을 관조했다. 남자는 호흡을 진정시키며 생각의 늪에 빠졌다. 김호정의 기억이 아닌, 자신의 정신을 가득 채우고 있는 다른 누군가의 기억. 정현주의 오빠인 정우현의 기억을 떠올렸다.

정우현. 나이는 스물 넷. 작년에 군대를 제대하였고, 올해 2학기에 대학교 복학을 앞두고 있는 청년. 생일은 12월 1일… 그런 자잘한 기억이 머릿속을 가득 메웠다. 주민번호부터 핸드폰 번호, 주변 지인들의 이름까지. 조금 더 생각을 깊이 하자 어린 시절의 추억도 어렵지 않게 떠올릴 수 있었다.

'다시 한 번 기회를 주겠다는 겁니다. 모든 것을 알고 있는 당신을 통해서, 인간은 마지막으로 기회를 얻게 되는 겁니다.'

그 말을 떠올린 순간, 남자는 모든 것을 이해했다. 지금 자신이 처한 상황을. 데루가 마키나는 자신이 한 말대로 남자를 다른 세계로 보내 버렸다. 정확히 말하자면 남자의 의식이 이 세계의 정우현이라는 남자의 몸에 빙의한 것이라 봐야 할까. 빙의라기보다는 존재가 서로 뒤섞였다. 서로 다른 존재의 기억이 하나로 뭉쳐버린 것이다. 남자는 머리를 감싸쥐며 중얼거렸다.

　"…이… 미친년…."

　정우현의 기억을 보았다. 이 세계도, 김호정이 살았던 세계와 다를 것이 없었다. 이곳은 지구고, 대한민국이고… 미국과 중국, 일본이 있는 그런 세계다. 다만 다른 것은 이 세계의 한국은 통일이 되어 있었다. 평행세계라던가 그런 것일까. 우현이 살았던 세계와는 미묘하게 다르다. 뿐만 아니라, 이 세계에도 그 빌어먹을 판데모니엄과 몬스터, 헌터가 존재한다는 것이다.

　'그곳은 당신이 살았던 곳과 크게 다르지 않은 세상입니다. 판데모니엄이 존재하고, 헌터가 존재하는 세상이죠. 당신은 그곳에서 다시 헌터가 될 겁니다.'

　데루가 마키나가 한 말들이 남자의 몸을 부르르 떨리게 만들었고,

　'천재의 탄생은 세상을 바꾼다고 하죠. 인간이 믿던 종교, 그 종교의 주인이던 이들도 결국 한 명의 인간이었습

니다. 이 얼마나 우스운 일입니까. 한 명의 존재가 역사를 바꾸고 종교를 탄생시킬 정도이니. 그러니, 나는 당신에게 기대해 보겠습니다.'

그녀가 이죽거린 말들이 남자의 정신을 뒤흔들었으며,

'당신이 종말을 바꿀 수 있을지, 없을지.'

남자는 절망감에 울어버렸다. 그는 선택되어 버린 것이다. 최후의 헌터라는, 그 어거지로 얻은 이유로 말이다. 이 세계에서 남자는, 정우현은 헌터가 될 것이다. 그리고 그는 종말을 막기 위해 데루가 마키나를 쓰러트려야만 한다. 그게 가능하단 말인가. 남자는 데루가 마키나의 힘을 알고 있다. 한 세계를 멸망시킨 그 끔찍스러운 괴물의 힘을. 김호정의 세계에서 데루가 마키나를 잡기 위해 모든 헌터가 동원되었고 그 모든 헌터가 몰살당했다. 현실에 나타난 데루가 마키나는 결국 세계까지 멸망시켰다.

그런 괴물을 상대로, 남자는 다시 싸워야만 했다.

김호정이 아닌 정우현으로.

"오빠? 오빠! 대체 왜 그래?"

쿵쿵, 쿵쿵쿵. 현주가 문을 두드리며 소리쳤다. 흐느끼던 우현은 머리를 들어 닫힌 문을 멍하니 바라보았다. 솔직히 말해서, 그는 두려웠다. 동시에 데루가 마키나에게 강렬한 증오심을 느끼기도 했다. 멸망한 그 세계에서 김호정에게는 친구가 있었고, 동료가 있었다. 그들 모두가 그 괴물에게 죽어버렸다. 이유도 모른다. 그리고 그 괴물은 그 멸망이 '불공정' 하다면서 남자를 다른 세계로 보내버렸다. 그러고서는 하는 말이 이 세계의 종말을 막아보라고. 남자는 손을 들어 눈가를 벅벅 비볐다. 눈물을 닦은 그는 비틀거리며 일어섰다.

개, 씨발년이. 그 끔찍한 괴물을 향해, 인간의 이해를 아득히 벗어난 초월적인 그 무언가를 향해 남자는 욕설을 내뱉었다. 기회를 주겠다고. 남자는 주먹을 꽉 쥐었다. 하나의 존재가 역사를 바꾸고 미래를 바꾼다. 그런 이들에 비해 남자는 작고 초라하다. 어쩌면, 데루가 마키나도 그렇기에 남자를 선택한 것일지도 모른다. 남자의 존재는 그 괴물에게 있어서 단순한 여흥거리, 자신을 위협하지 않는 작은 개미와 다를 것이 없기에.

"…아무 문제없어."

남자는 입을 열었다. 낮은 목소리였지만 얇은 문을 넘어 현주에게 들리기에는 충분했다. 노크 소리가 멈추었다.

"…뭐하고 있는 거야?"

현주가 걱정어린 목소리로 물었다. 남자는 손을 들어 눈가를 다시 닦았고, 손바닥으로 자신의 뺨을 가볍게 후려쳤다.

괴물이 기회를 주었다.

그러니까.

"그냥, 가벼운 현기증이야."

남자는 김호정이 아닌 정우현이 되기로 마음먹었다. 기회라느니, 종말을 바꾼다느니. 그런 거창한 이유가 있어서는 아니었다.

그저 사소한 복수를 하고 싶을 뿐이었다.

◎

기억 속의 우현은 소심한 사내였다. 자기 주장이 거의 없다시피 하였고, 주변 인물들에게 언제나 휘둘리는 사람이었다. 왜 이 많은 사람들 중에서 정우현의 몸에 남자가 깃든 것인지는 모른다. 화장실에 온 우현은 거울에 비치는 자신의 모습을 바라보았다. 키는 제법 컸지만 근육은 거의 없다시피 해서 왜소한 느낌이 강하다. 남자는 손을 들어 자신의 어깨를 주물러 보았다. 앉아서 컴퓨터 게임과 웹서핑을 하는 것이 취미였던 우현의 어깨는 단단하게 뭉쳐 있었다. 우현은 주먹을 꼭 쥐었다. 팔을 들어 힘을 주어보니 바들거리며 떨리는 팔이 코웃음이 나올 정도로 얇았다.

"미치겠군."

우현은 솔직한 마음으로 자신의 몸에 대해 평가를 내렸

다. 생각을 해보면, 우현이 사라진 것은 아니었다. 우현이 남자의 기억을 갖게 된 것일 뿐. 인격이니 그런 문제가 아니라 자연스럽게 기억을 알고, 그에 맞춰 정신이 변화한 것이다. 우현은 입고 있던 옷을 벗어 보았다. 빼빼 마른 몸은 갈비뼈가 보일 정도로 초라했다.

'이걸 어디서부터 뜯어 고쳐야 하나.'

눈앞이 막막했다. 데루가 마키나가 말한 대로라면, 우현은 헌터가 될 것이다. 헌터가 되지 않고서는 종말을 바꿀 수 없을 테니까. 헌터는 기본적으로 투기를 사용하여 몸을 강화하지만, 그렇다고 해서 신체의 모든 것을 투기로 커버할 수는 없다.

'근육을 붙이고, 감각은….'

저 세계에서 우현은 SS급 헌터였다. SS급 헌터라면 헌터들 중에서 1%안에는 들어가는 실력자라는 말이다. 하지만 이 몸으로는 무리였다. 헌터가 되어 투기를 쓸 수 있게 된다고 해도 이 빈약한 몸뚱이는 SS급 헌터였던 우현의 힘을 완전히 끌어낼 수가 없다.

'투기의 운용은 문제없다고 치고.'

문제는 몸을 강화하는 것인가. 우현은 한숨을 쉬면서 몸에 힘을 주어 보았다. 가슴 근육에 힘이 잘 들어가지 않았다. 복근도 마찬가지였다. 이렇게 얇은 복근이라면 주먹 한 방에 토악질을 쏟아낼 것이다. 양 팔은 검을 휘두르면 어깨가 빠질 것처럼 나약하다. 천천히, 하나하나 시작해야 할까. 헌터로 각성하게 되는 것이 언제일지는 모르지만, 준비는 당장 시작해야 했다.

우현의 기억을 더듬어 본다. 우현은 아르바이트를 하지 않았다. 애당초 외출도 잘 하지 않았기에 돈을 쓸 곳도 적었다. 그런 그가 돈을 쓰는 거의 유일한 곳이 게임이었고, 그렇게 현금을 투자하여 키운 게임의 캐릭터는 그만한 게임 머니를 벌어들이며 현금 거래를 통해 우현의돈줄이 되고 있었다.

지금의 우현에게는 필요 없다. 우현은 게임 아이디와 아이템을 처분하고, 그것으로 필요한 준비를 해 나가기로 했다. 이 나약한 몸뚱이는 가혹하게 몰아붙일 필요가 있었다. 우현은 숨을 크게 들이키며 거울을 다시 노려보았다.

우선, 이 쓸데없이 긴 머리를 잘라버려야겠군. 우현은 투덜거리며 눈을 가리는 앞 머리를 손으로 들어 올렸다. 그는 다시 옷을 입고 화장실을 나갔다. 거실 소파에 엎드려 TV를 보고 있던 현주와 눈이 마주쳤다.

"화장실에서 뭐 했어? 물 소리도 안들리고."

"잠깐 거울 좀 봤어."

우현은 평소처럼 대답했다. 기억이 더해졌을 뿐 결국 그는 정우현이었기에, 현주를 상대하는 것은 그리 어렵지

않았다. 다만 남은 것은 약간의 어색함일까. 솔직히 말하
자면 여동생으로서의 애정은 그리 느껴지지 않았다.

"거울? 별 일이네, 오빠가 거울 본답시고 화장실에 들
어가고. 의자에 너무 오래 앉아 있어서 종기라도 난 것 아
냐?"

현주는 이죽거리며 감자칩의 포장을 뜯었다. 와작, 그
녀는 과자를 씹으며 채널을 돌렸다. 바뀐 채널에서는 뉴
스가 나오고 있었다.

"잠깐."

우현은 채널을 돌리려던 현주를 붙잡았다.

"뉴스 좀 보자."

"뉴스? 뭐야, 뜬금없이. 언제부터 그런 것에 관심이 있
었다고?"

현주는 투덜거리며 리모콘을 놓았다. 그녀의 말을 통해
서 우현은 자신의 원래 이미지가 어땠는지를 대강이나마
짐작할 수가 있었다. 방구석에 처박혀 게임에 몰두하는
폐인. 기억 속의 그는 그러했고, 가족들 역시 우현을 그리
생각하고 있던 모양이다. 그런 자신이 조금 한심하게 느
껴졌지만, 우현은 그에 몰두하지 않고 우선 뉴스를 바라
보았다.

[지난 16일, 미국 텍사스에 나타난 네임드 몬스터 '배
트클리오'는 미국의 길드 '럭키 카운터'와의 다섯 시간에

달하는 교전 끝에 토벌되었습니다. 배트클리오는 아직 공략되지 않은 50번 던전의 네임드 몬스터로 알려졌으며, 50번 던전 '알리타우스의 미궁'이 개방된 지난주부터 강림한 네임드 몬스터는 이번이 벌써 세 번째입니다. 피난이 늦어 약 100명에 달하는 사망자가 발생한 것에 미국 정부는 깊은 유감을 표했으며, 럭키 카운터의 길드 마스터인 막시언 밀리베이크는 50번 던전을 최대한 빨리 공략하여 보스인 알리타우스를 쓰러트릴 것임을…]

'조금 달라.'

우현은 등골이 싸늘하게 식는 것을 느꼈다. 50번 던전. 기억도 잘 나지 않는 곳이지만, 대강의 기억은 있다. 우현이 아는 50번 던전은 알리타우스의 미궁이라는 이름이 아니었다. 알리타우스라는 보스 몬스터의 기억은 없다.

'하지만 그 외에는… 똑같군.'

던전이 개방 된 후, 잡히지 않은 네임드 몬스터와 보스 몬스터는 각각의 고유한 이름과 함께 머리 위에 숫자를 갖는다. 그 숫자가 0에 도달하면, 네임드 몬스터는 던전에서 사라지고 현실의 어딘가에 나타나게 된다. 그 것은 우현이 아는 것과 똑같았다.

"오빠? 표정이 왜 그래?"

옆에 앉은 현주는 우현의 굳은 얼굴을 힐끗 보면서 물었다.

"…그냥, 큰일이었구나 싶어서."

우현은 경직된 얼굴을 손으로 쓸면서 중얼거렸다. 결국 이 세상에도 헌터가 있고, 판데모니엄이 있다. 던전이 개방되고 아무리 빨리 공략을 하려고 해 봤자, 던전은 복잡하게 꼬여있고 몬스터와 네임드 몬스터의 수는 너무 많다. 결국에는 네임드 몬스터 몇몇이 현실에 나타날 수밖에 없다. 그리고 그것은 많은 피해를 만들어낸다.

"…뭐, 어쩔 수 없잖아. 몬스터가 하루 이틀 나타나는 것도 아니고. 그래도 우리 동네에는 나타나지 않았으면 좋겠는데."

와작, 현주는 감자칩을 씹으면서 중얼거렸다. 그 말에 우현은 현주를 힐긋 보았다. 현주는 아무 것도 모른다. 이 세상의 사람들도 마찬가지다. 던전의 끝에 존재하는 괴물, 데루가 마키나의 존재를. 그리고 그녀에 의해 세상이 결국 멸망하게 될 것이라는 것도 모른다. 그를 아는 것은 우현 뿐이다. 우현은 몸을 일으켰다.

"…과자 적당히 먹어라. 살찐다."

"허? 웬일이래, 오빠가 동생 몸도 다 걱정해 주고. 쓸데없는 걱정하지 말고 오빠 몸이나 잘 챙겨. 남자 몸이 그게 뭐야? 너무 비쩍 말라도 여자들은 안 좋아한다고. 애초에 오빠는 아는 여자도 없겠지만."

정곡이었다. 우현은 쓰게 웃으면서 몸을 돌려 방으로

들어갔다. 그는 컴퓨터 앞의 의자에 앉고서 핸드폰의 통화목록을 살펴 보았다. 가족을 제외하고서도 수가 너무 적다. 고등학교 때부터 알고 지내던 이들이 몇몇 있기는 했지만, 최근 들어서 연락을 한 적은 없었다. 군대 시절의 선후임의 전화번호가 마지막으로 새로운 인간관계는 없다.

페이스 북에 들어가 보았다. 페이스 북은 이 세계에서 존재하는 메신저였다. 대강의 사용법은 기억에 있었기에, 우현은 마우스를 움직여 친구 목록을 쭉 살펴 보았다. 친구 수는 제법 되었지만 서로 연락은 거의 없었다. 알림 창도 없었고.

'되게 심심하게 살았군.'

우현은 투덜거리면서 페이스북을 꺼버렸다. 이런 것에 신경을 쓸 때가 아니었다. 그는 곧바로 게임 거래 사이트에 접속하여 장비를 처분하기 시작했다. 과거의 정우현이 현금을 붓고 밤을 새고 몇 주 동안 노가다를 하며 간신히 장만한 장비들은 게임 내에서도 레어로 취급되던 것들이었다. 그런만큼 거래는 빨리 이루어졌다. 우현은 몇 개나 되는 레어 장비들을 현금으로 처분했고, 마지막으로 캐릭터가 있는 ID까지 처분했다. 상위 랭킹에 들어가던 아이디는 장비를 다 판 가격보다 비싸게 거래되었다.

'사백만 원이라.'

우현은 핸드폰을 두들겨 통장 잔고를 확인했다. 아이디와 장비를 전부 다 처분하여 사백 만원이라는 돈이 생겼다. 혹시 헌터 장비의 시세를 알아볼 수 있을까 하여 웹서핑에 들어갔지만, 장비 거래 사이트는 헌터 인증이 되지 않는다면 접속조차 할 수가 없었다. 우현은 한숨을 쉬면서 그 대신에 헌터에 대해 검색해 보았다.

헌터에 대해서는 우현이 알던 것과 크게 다르지 않았다. 이 세계의 헌터들은 각 국가에 소속되어 증명증을 받고, 상위 헌터는 유사시에 현실에 나타난 몬스터와 싸워야 한다. 헌터의 등급 심사는 분기마다 한 번 씩 있고, 헌터는 일반적인 세금을 내지 않지만 몬스터의 사체를 처분하거나 장비를 구입할 때 가격의 15%를 헌터세로 지불해야 했다. 대략적으로 헌터에 대해 알아 본 우현은 의자를 뒤로 기울이며 턱을 어루만졌다.

본래의 세계에서는 사백 만원으로는 싸구려 장비를 구입하는 것이 고작이었다. 이 세계의 시세는 잘 알지 못하니, 함부로 쓸 수는 없다. 알아본 결과 등급심사에서 좋은 성적을 거두면 국가에서 지원금이 나온다는 모양이니 그것을 기대해야 할까. 하지만 이 몸뚱이로는 한계가 있었다. 일단 사백 만원은 자신에 대한 투자금으로 돌린다.

마음을 먹은 즉시, 우현은 의자에서 일어나 옷을 입었다. 평범한 반팔티에 바지를 입고서 우현은 방을 나왔다.

아직까지 소파에 앉아 TV를 보던 희주가 눈을 동그랗게 뜨고 우현을 바라보았다.

"오빠? 어디 가?"

"헬스 끊으러."

우현은 현관에 가 신발을 신으며 말했다.

"헬스?"

우현의 대답에 현주가 놀란 표정을 지었다. 그녀는 소파에서 내려 와 우현에게 다가오면서 희한하다는 표정을 지으며 우현을 바라보았다.

"내가 아까 멸치니 뭐니 해서 헬스 끊으러 가는 거야?"

"아니, 그런 건 아니고. 그냥 운동하고 싶어져서."

우현이 대답하자 현주는 콧소리를 흘리며 우현을 바라보았다.

"…며칠 다니고 안 나갈 것 같은데. 그리고 돈은 어디에서 났어? 오빠 일도 안하잖아."

현주가 묻자, 우현은 쓰게 웃으며 대답했다.

"게임 아이템이랑 캐릭터 팔았어."

"…뭐?"

"게임 아이템이랑 캐릭터 팔았다고."

우현의 대답에 현주는 입을 떡 벌리고 그를 바라보았다.

"…이게 대체 뭔 일이래."

현주는 놀랐다는 듯이 중얼거리며 머리를 흔들었다.

"갑자기 왜 그래? 사람은 죽을 때 되면 안 하던 짓을 한다는데. 그런 거 아니야?"

"아니야. 그냥 하기 싫어져서 판 거야. 돈도 필요했고."

우현은 그렇게 말하며 현관문을 잡았다.

"갔다 올게."

그는 그렇게 말하며 현관문을 열었다.

"…갔다 와."

현주는 멍한 얼굴로 손을 흔들었다. 밖으로 나온 우현은 계단을 내려가 빌라를 나왔다. 그는 핸드폰의 지도를 확인해가며 길을 걸었다. 거리는 평화로웠다. 우현이 기억하는 거리의 마지막과는 사뭇 달랐고, 평화로웠던 시절의 향수를 불러일으킬 정도였다. 그것을 느낀 순간 우현의 가슴은 싸늘하게 식었다. 그의 얼굴에서 웃음이 사라졌다.

우현은 우선 집 근처의 헬스장에 갔고, 트레이너의 설명을 흘려 들으면서 곧바로 1년 치의 요금을 결제했다. 그리고는 헬스장을 나와 조금 더 걸어서 근처의 복싱 도장에 등록했다. 그 뒤에는 검도장을 등록했고, 은행에 들러인터넷으로 주문한 보충제의 값을 입금했다. 그리고는 마트에 가서 운동복과 런닝화까지 구입했다.

집에는 들어가지 않았다.

해야 할 일을 마친 뒤에 우현은 다시 헬스장으로 가서 운동을 시작했다. 유산소로 몸을 덥히고 한계까지 근력운동을 했다. 이 나약한 몸뚱이는 얼마 되지도 않는 무게에도 덜덜 몸을 떨면서 근육을 움직이지 않았다. 멈추지 않았다. 우현은 빠득 빠득 이를 갈면서 얼굴이 터질 듯 달아오를 때까지 몸을 몰아 붙였다.

"저기, 열심히 하시는건 좋은데. 첫날부터 그렇게 무리하시면 내일 못 나오십니다."

보다 못한 트레이너가 다가와 우현에게 말을 걸었다. 땀을 폭포수처럼 쏟아내며 숨을 몰아쉬던 우현은 화끈거리는 뺨을 두들기며 트레이너를 향해 어색한 미소를 지었다.

"나올 겁니다."

"…근성은 좋으신데… 음… 근육통 조심하시구요. 돌아가실 때 저기 안마기에 몸 좀 돌리고 가세요. 유산소 꼭하고 가시고."

트레이너는 뒷머리를 벅벅 긁으며 그렇게 말했다. 우현 같은 사람을 많이 보아왔고, 언제나 하던 조언이었다. 헬스장을 처음 온 사람들은 대부분이 의욕이 앞서서 첫날에 너무 무리를 하곤 한다. 아무리 근육을 풀어주고 유산소로 젖산을 해소하여도 다음 날에는 온 몸이 욱신거리는 근육통에 시달려 헬스를 나오지 않는다. 그것이 반복되고, 결국 기한을 모두 채우는 사람은 극히 드물다.

뭐라고 더 말을 해주고 싶었지만 트레이너는 포기하고 몸을 돌렸다. 우현은 멀어지는 트레이너를 보다가 다시 근력운동을 시작했다. 한계까지 몰아붙인 근육이 비명을 질렀다. 우현은 땀을 손등으로 벅벅 닦으며 정수기로 가 물을 벌컥거리며 마셨다. 상체와 하체를 모두 혹사시킨 뒤에 우현은 런닝머신에 올라가 한시간 동안 걷고 달리는 것을 반복했다. 런닝머신에서 내려왔을 때에는 당장이라도 쓰러질 것 같았다. 우현은 비틀거리며 물을 마시고, 탈의실로 들어가 땀에 흠뻑 젖은 옷을 벗은 뒤에 샤워를 했다. 그리고는 다시 옷을 갈아입고 헬스장을 나왔다. 처음 들어가고 나서 4시간이 지나버려서, 하늘은 붉게 젖어 있었다.

집에 돌아가고 싶었지만 우현은 발을 질질 끌며 복싱장으로 향했다. 복싱장에서도 트레이너의 지도와 걱정을 받으며 2시간 동안 운동을 했다. 첫날에는 줄넘기와 스텝을 배웠다.

"바로 샌드백을 치고 싶다고요?"

우현의 말에 트레이너는 난감하다는 듯 머리를 흔들었다. 우현은 그런 트레이너를 똑바로 보면서 머리를 끄덕거렸다.

"어차피 다이어트 하려고 등록한 것도 아니잖습니까."

"그렇긴 한데… 그래도 샌드백이나 미트치기는 약간 기초체력을 쌓으신 뒤에 하는 것이 좋을 거예요. 복싱 하신

적 없다고 하셨죠?"

"네."

"으음… 스텝이나 몸놀림은 가볍고 좋으신데. 지금도
땀 엄청 흘리시잖아요. 일단 지구력을 키우고 하는 편
이…."

"체력은 어떻게든 늘리겠습니다. 안되겠습니까?"

우현이 절실한 표정으로 말했다. 난감하다는 듯 머리를
벅벅 긁던 트레이너는 잠시 생각하는가 싶더니 말했다.

"관장님한테 여쭤보겠습니다."

과거에 복싱을 했던 적은 있다. 헌터가 되고 나서, 체력
을 키우기 위해서였다. 제법 열심히 했었기에 그때의 경
험은 아직 남아 있었다. 문제는 체력이었다. 스텝이나 주
먹을 뻗는 법, 몸을 흔드는 법은 경험으로 알고 있었지만
나약한 몸뚱이가 버텨주지를 않는다.

"관장님이 승낙하셨습니다. 그래도 스파링은 안 됩니
다. 일단 기초체력 위주로 할 것임도 알아두세요."

"예, 감사합니다."

우현은 머리를 꾸벅 숙이며 말했다. 트레이너는 멋쩍다
는 듯 웃더니 다시 우현을 지도했다. 우현은 거울을 보면
서 줄넘기를 했고 바닥에 찍힌 발모양대로 스텝을 밟았다.
원, 투. 원, 투. 그런 식으로 두시간을 보내고서 다시 몸을
씻고 밖으로 나왔다. 하늘은 이미 어둡게 젖어 있었다.

그 후 검도장에 가서도 똑같은 것을 반복했다. 스트레칭 후에 밀어걷기를 배우고, 머리, 손목, 허리의 기본 동작을 반복했다. 본래에 헌터였을 때 우현은 검을 썼다. 하지만 이 몸으로는 검을 제대로 휘두를 수도 없을 것이다. 그것을 위한 운동이었다. 검도장에서 두시간을 보내고, 우현은 비틀거리며 밖으로 나왔다. 헬스 네시간, 복싱 두시간, 검도 두시간. 총 여덟 시간 동안 물만 마시며 운동을 한 것이다. 공복감으로 배가 찢어질 것 같았고 눈앞이 노랬다.

'생활 싸이클을 완전히 바꿔야 겠어.'

우현은 혀를 차며 생각했다. 오늘은 첫날이니 조금 과하게 몰아붙였다. 이 몸뚱이는 원래 낮아침에 자서 저녁 즈음 일어나고 밤새 게임을 하던 몸이다. 이 정도로 피로를 쌓아놓았으면 집에서 곧바로 곯아 떨어질 것이다. 그렇게 아침에 일어나고, 아침에 헬스를 네 시간 하고 집에서 조금 쉰 뒤에 검도와 복싱을 간다. 당분간은 아무 것도 하지 않고 운동만 집중할 생각이었다.

"왔니?"

집에 돌아오니 우현의 어머니가 그를 반겨 주었다. 기억 속에서, 우현의 아버지는 몇 년 전에 돌아가신 것으로 되어 있었다. 김치찌개의 냄새가 났다. 그것을 맡으니 위장이 뒤집어질 것처럼 쓰렸다.

"…네."

우현은 멈칫거리다가 대답했다. 어머니. 그에게는 낯선 존재였다. 김호정에게는 부모가 없었으니까. 어머니는 흐뭇한 얼굴로 우현을 보더니 말했다.

"현주에게 얘기 들었다. 게임 그만하고 운동 시작했다면서? 그런데 뭐 이리 늦게 오니? 듣자 하니까 아까 3시쯤에 나갔다던데."

"아… 다른 것도 하느라 그랬습니다."

"갑자기 왜 존댓말해? 오빠 진짜 어디 아픈 것 아니야?"

식탁에 앉아있던 현주가 키득거렸다. 우현은 그녀를 향해 쓰게 웃어보이며 머리를 긁적거렸다.

"뭐 어떠니? 아들 듬직해진 것 같아서 좋은데. 그래, 잘 생각했어. 게임 그거 도움도 안 되잖니. 운동 열심히 해서 좀 더 남자답게 된 뒤에, 대학 복학하면 여자친구도 만들고 좀 그래 봐."

어머니는 쿡쿡 웃으며 말했다. 그녀는 식탁에 가 앉으며 우현을 향해 손짓했다.

"배고프지? 일단 와서 밥 먹어."

우현은 머뭇거리며 식탁으로 다가갔다. 하얀 쌀밥과 김치찌개가 담긴 냄비에서는 모락거리며 김이 나고 있었다. 그는 조금 묘한 기분이 되어서 식탁을 내려 보았다. 정갈

한 반찬과 좋은 냄새를 풍기는 제육볶음.

과거, 김호정이었던 시절. 등급이 높은 헌터가 되면서 자연스럽게 부를 얻었다. 사치로운 생활을 했고 이보다 훌륭한 음식은 물리도록 먹어 보았다. 그런데도, 젓가락을 집은 손이 떨리고 있었다. 부모가 차려준 밥상이라는 것은 우현에게 있어서 너무 오랜만이고 그리웠던 것이었다. 인격은 호정의 것이고, 기억은 우현의 것과 더해진 지금. 그는 여동생인 현주나 우현의 어머니인 김영선에게 가족으로서의 정은 크게 느끼지 못하고 있었다.

그럼에도 그는 조금 울 것 같았다.

"…잘 먹겠습니다."

우현은 젖은 목소리를 꾹 누르고 그렇게 말했다. 그는 숟가락으로 크게 밥을 퍼서 입에 집어넣었다. 그런 우현의 모습을 보면서 어머니가 쿡쿡 웃었다.

"우리 아들 배가 많이 고팠나 보네. 그래도 천천히 먹어, 그러다가 체할라."

애정이 듬뿍 담긴 말이었다. 우현은 머리를 푹 숙였다. 자신이 들어도 되는 말인지, 그는 솔직히 의문이었다. 그라는 존재는 불안정하기 짝이 없었다. 그는 이 세계에서 새로 태어나는 것이 아니라 정우현이라는 인간의 몸에 빙의되었다. 인격은 김호정의 것으로 남았다. 본래의 정우현은 기억으로밖에 남지 않았다. 그렇다면 그는 김호정인가, 정우현인가.

"…예."

적어도, 그는 지금 이 순간은 정우현이 되었다. 우현의 어머니에게, 우현의 동생에게. 아들이 되고 싶었고 오빠가 되고 싶었다. 이 바람은 머릿속에 남은 우현의 기억 때문일까.

그는 스스로도 답을 내릴 수가 없었다.

밥을 먹고서, 우현은 자신의 방으로 돌아왔다. 시간은 9시가 조금 넘어 있었다. 몸이 조금씩 욱신거려왔다. 가혹한 근력 운동 덕분이다. 우현은 숨을 몰아쉬면서 침대에 앉았다. 그는 손을 들어 자신의 몸을 천천히 주무르기 시작했다. 어깨를, 가슴을, 옆구리를, 허벅지를. 손으로 누를 때마다 아릿한 통증이 느껴졌다. 오는 길에 파스를 잔뜩 사오기는 했지만, 파스를 붙이고 자봤자 내일이면 지독한 근육통으로 고생할 것이다.

'첫번째 관문이로군.'

우현은 피식 웃으면서 생각했다. 비명을 지르는 몸을 이끌고 운동을 할 수 있을까. 할 수 있다. 아니, 해야만 했다. 그가 이 세계로 오게 된 것은 데루가 마키나의 변덕 때문이다. 이 세계에도 판데모니엄이 있는 이상, 언젠가 헌터들은 판데모니엄의 마지막 던전인 판도라의 문을 열게 될 것이다.

그리고 몰살당하겠지, 처참하게. 꾸욱. 우현은 주무르던 어깨를 강하게 잡았다. 데루가 마키나는 쓰러트릴 수 없는 괴물이다. 아무리 많은 헌터들이 모여도 그것을 해낼 수는 없다.

한 명의 존재가 세계를 바꿀 수 있을까.

결말을 알고 있는 존재가 있다면, 결말을 바꿀 수 있을까.

우현은 확신할 수가 없었다. 어쩌면 데루가 마키나는 그것이 절대로 불가능하다는 것을 알았기에 우현을 이 세계로 보낸 것일지도 모른다.

그것과는 상관없이, 우현은 데루가 마키나를 죽여버리고 싶었다. 단지 그것이 전부였다. 복수니 뭐니 하는 것을 떠나 그 괴물에게 엿을 먹이고 싶었다. 상대는 판데모니엄의 마지막 보스, 최강의 몬스터다. 고작해야 근육통으로 주저앉을 수는 없다.

◎

아침에 일어나고, 침대에서 몸을 일으키는 것이 조금 힘들었다. 무리도 아니었다. 통 운동을 하지 않던 몸을 가지고 한계 이상으로 근육을 움직였으니, 근육통은 당연했다. 몸을 일으키려고 했으나 복근이 욱신거려서 일어서지 못했다. 팔을 움직이자니 어깨와 팔뚝이 그랬고, 간신히 침대에 내려왔을 때에는 허벅지와 종아리가 비명을 질렀다.

"얼마나 허약했던 거야?"

우현은 이를 갈면서 비틀거리며 방 문을 열었다. 시간은 오전 8시가 조금 넘어 있었다. 꽤 일찍 잤는데도 이 시간에 일어나다니, 아무래도 피로가 단단히 쌓여 있었던 모양이다. 우현은 한숨을 쉬면서 부엌으로 향했다. 어머니는 출근이고, 희주는 아직까지 자고 있는 모양이다. 5월 16일, 일요일. 주말에는 늦잠이라도 자고 싶은 것이리라.

우현은 냉장고를 열었다. 어제 집으로 돌아오는 길에 사두었던 닭가슴살 통조림을 빼다가 그 자리에서 통조림을 열고 씹어 삼켰다. 그렇게 배를 채우고서, 우현은 소파에 앉아 자신의 몸을 손으로 주물렀다. 손으로 건드릴 때마다 근육이 비명을 질렀다. 우현은 까득 이를 갈고서 계속해서 근육을 풀어 주었다. 그 뒤에는 가볍게 스트레칭을 했다. 별로 움직이지도 않았는데 몸을 움직이는 것이 힘들었다. 스트레칭이 끝난 후에는 화장실로 들어가 몸에 붙은 파스를 떼어냈고, 가볍게 샤워를 했다.

손등을 확인해 보았다. 표식은 나타나지 않았다. 아직 헌터가 되지 않은 모양이다. 각성의 때는 언제일까. 그것을 생각하면서 우현은 컴퓨터 앞에 앉았다. 데루가 마키나에 대한 기억은 너무나 확실했고 김호정으로서의 기억도 뚜렷했다. 적어도 이 일이 방구석에 처박혀 게임만 하던 정우현의 망상이 아니기를. 모니터만 들여보던 정우현이 결국에는 정신이 나가서, 김호정이라는 가상의 인물을 창작해낸 것이 아니기를. 우현은 진심으로 그렇게 생각했다.

2시간 정도 후에, 우현은 집을 나왔다. 그는 욱신거리는 몸을 끌고 헬스장으로 향했다.

"어? 나오셨네요?"

어제의 트레이너가 놀란 얼굴을 하고서 우현을 바라보았다. 근육통이 심할 테니 나오지 않을 것이라고 생각했던 모양이다.

"등록했으니까요."

우현은 그렇게 말하며 운동복과 수건을 챙겨서 탈의실로 들어갔다. 옷을 갈아 입고 나와서, 곧바로 런닝머신 위로 올라갔다. 운동은 어제와 똑같이 했다. 유산소 후에 근력운동. 우현이 열심히 하는 것을 보고 트레이너가 호감을 느꼈는지 다가와 말을 걸었다.

"우현씨였죠?"

"예."

우현은 땀을 닦으며 말했다. 트레이너는 우현의 몸과

숄더 프레스 머신에 올려진 중량을 보면서 턱을 어루만졌다.

"지금 우현씨에게는 조금 무거울 것 같은데…."

"하니까 어떻게든 되더라고요."

우현은 물통을 들어 물을 마시면서 말했다.

"그러다가 다치실 텐데…."

트레이너가 조금 걱정어린 목소리로 중얼거렸다. 우현은 피식 웃으면서 머리를 흔들었다.

"그 정도로 무리는 안 합니다."

"그러면 다행이군요. 군대 갔다오시고 운동하시는 거예요?"

"예."

"그런 분들 많죠. 복학 준비하면서 운동해서 몸 만드시려는 분들."

트레이너가 씩 웃었다. 우현은 마주 웃어주며 다시 운동을 시작했다. 트레이너와 친분을 쌓아서 나쁠 것은 없었다. 그는 우현의 옆에서 우현의 자세를 교정해 주는 등 도움을 주었다. 호의를 무시할 이유는 없었기에, 우현은 그가 지적해주는 부분을 신경 쓰면서 운동을 계속했다.

생각해 둔 대로 운동을 끝내고, 우현은 집으로 돌아가 점심을 먹었다. 주문해둔 보충제가 그 사이에 와 있었기에 먹어보았는데, 처음 먹은 보충제의 맛은 초코렛 맛이라는 주제에 그리 달콤하지는 않았다. 집에서 조금 쉰 뒤에 정오가 지나고서 복싱장으로 향했다. 어제와 마찬가지로 스텝과 줄넘기, 그리고 잽, 잽, 원투. 우현이 부탁한 덕분이지 담당 트레이너는 우현을 샌드백 앞으로 데리고 가서 가볍게 주먹질을 시켰다. 손목이 다치면 여러 가지로 손해가 생기기에 우현은 적당히 손목을 조심하며 샌드백을 두드렸다.

검도장에서도 마찬가지였다. 쉬지 않고, 계속해서 몸을 움직였다. 이 느슨한 몸뚱이를 가혹하게 밀어 넣었다. 예전의 몸이라면 얼마나 좋을까. 그렇더라면 적어도 이런 짓은 하지 않아도 되었을 텐데. 우현은 땀에 흠뻑 젖은 머리카락을 손으로 털면서 전면의 거울을 바라보았다.

적어도 얼굴은 이쪽이 조금 더 낫나. 쓸데없는 위안거리였다.

그런 식으로 우현은 몇 달 동안 몸을 갈아 넣으면서 자기 단련에 열중했다. 매일 헬스장, 복싱장, 검도장을 순례하듯이 찾아갔고 잠들기 전에 아무 표식도 없는 손등을 노려보면서. 헌터로 각성하게 되는 때는 언제일까. 자고 일어나면 헌터가 되어 있을까. 그런 생각을 하면서 지내는 것이 한 달이 되고 두 달이 되었다.

거울을 보았다. 가혹한 운동은 인간개조라 해도 믿을 만큼 우현의 몸을 바꾸어 놓았다. 우현은 부푼 가슴 근육과 쩍 벌어진 어깨를 손으로 꾹 눌러 보았다. 만족스럽지는 않지만 처음을 떠올린다면 장족의 발전을 거두었다. 이 정도로 기반을 닦아 놓았으니 헌터가 되고 나서 몸이 약하다고 변명을 늘어놓을 수도 없게 되었다.

헌터가 된다면, 말이다.

"…아직도냐."

우현은 거울을 노려보면서 내뱉었다. 그는 자신의 손등을 내려 보았다. 이 몸으로 살게 된 지 두 달이 지났다. 방 구석에 처박혀서 컴퓨터를 들여 보고 게임이나 하던 정우현은 변했다. 그는 더 이상 게임을 하지 않는다. 방에 처박혀서 히히 웃지도 않는다. 어깨는 넓어졌고 몸은 근육이 붙어 강인해졌다. 규칙적인 생활을 시작하니 얼굴도 좋아져서 이전의 음침함은 없다.

헌터는 되지 못했다. 아직도. 두 달이 흘렀고, 이제 7월이 되었다. 조금만 더 시간이 지난다면 대학교에 복학해야 한다. 그것이 우현에게는 마음의 걸림돌이었다. 복학을 미루는 것은 어떨까. 어머니에게는 무슨 핑계를 대야 하지? 복학을 뒤로 미룬다는 핑계거리를 생각해 낼 수는 없었다.

"빌어먹을."

우현은 주먹을 꽉 쥐고서 욕설을 뱉었다. 두 달이라는 사이에 50번 던전 '알리타우스의 미궁'은 공략되었다. 그 후로 51번 던전이 공략되었고, 이제 막 52번 던전인 '파를레야의 고성'이 개방되었다. 지금 이 순간에도 이 세상의 헌터들은 판데모니엄 던전을 개방하면서 종말을 향해 가고 있었다. 판데모니엄의 마지막 던전인 판도라. 신화 속에 등장하는 판도라의 상자는 온갖 끔찍한 것들과 함께 맨 밑바닥에 희망을 담았다지만, 판데모니엄의 판도라는 신화 속의 판도라와 다르다. 그 안에 희망은 없다. 있는 것은 끔찍한 절망뿐이다.

　초조하고 또 조급했다. 우현은 으스러지게 말아 쥔 주먹을 내려 보았다. 그는 헌터가 될 것이다. 반드시 되어야만 했다. 데루가 마키나의 존재가 꿈이 아니라면, 정우현이 사실 미쳐서 이중인격과 망상병에 시달리는 것이 아니라면 김호정은 데루가 마키나에 의해 이 세계로 보내진 존재다. 그러니 헌터가 된다. 데루가 마키나가 그렇게 말했으니까. 하지만 그 때가 언제란 말인가. 아무 것도 모르고 판데모니엄의 끝으로 향해가는 헌터들이 어디쯤 도착해야 우현은 헌터가 될 수 있을까.

　어쩌면 이것은 데루가 마키나의 조롱인가. 모든 것을 알고 있고, 종말을 알고 있으면서 아무 것도 할 수 없는 무력감과 절망에 미쳐버리라는 조롱일까. …대체 왜? 정우현, 아니. 김호정이라는 인간에게 그리 공을 들일 가치는 조금도 없을 텐데.

'차이가 벌어지고 있어.'

헌터가 되어도, 우현은 밑바닥부터 시작해야 했다. 등급 시험에서 우수한 성적을 보이면 국가에서 지원이 더해진다고는 하지만 이미 윗자리를 꿰차고 있는 헌터들을 상대하기에는 너무 거리가 벌어져 있다. 밑바닥에서는 아무것도 바꿀 수 없다. 종말에 대응하기 위해서는 그만한 위치에 올라야만 한다. 우현은 까득 이를 갈았다.

복싱장에 갈 시간이었다. 우현은 옷을 입고 밖으로 나왔다. 방학이랍시고 뒹굴거리던 현주는 소파에 퍼질러 있다가 우현을 보고서 눈을 빛냈다.

"오빠, 올 때 아이스크림 좀 사와. 메로나로."

다리를 까닥거리면서 현주가 말했다. 하나 뿐인 여동생의 저런 요구는 이제 익숙해져서, 우현은 별다른 불만 없이 머리를 끄덕거렸다. 우현이 그리 나오자 현주는 헤벌쭉 웃으면서 키득거렸다.

"옛날 같았으면 싫다고 막 그랬을 텐데."

대수롭지 않게 흘린 그 말에 신발끈을 묶다가 멈칫하여 현주를 돌아보았다. 하지만 현주는 우현을 보지 않고서 재방송으로 나오는 쇼프로그램을 보면서 깔깔 웃었다. 우현은 별 말없이 집을 나섰다.

복싱장에 도착해서, 스트레칭 후에 바로 글러브를 끼고 샌드백 앞으로 섰다. 우현이 얼마나 지독한 놈인지는 복싱장에서 모르는 사람이 없었다. 두 달 전만해도 비리비리하던 남자가 이제는 떡 벌어진 몸을 가지고, 하루도 거르지 않고 복싱장에 나와서 샌드백을 두드린다. 세월아 내월아 앉아서 신문만 보던 관장도 우현이 요청한다면 친히 미트를 잡고 연습을 시켜줄 정도였다. 프로에 도전해 보는 것이 어떠냐고 은근히 물어오던 질문을 쓴 웃음으로 물리는 것도 여러번이었다. 언제나 웃으며 인사를 해오던 트레이너는, 샌드백 앞에 선 우현의 표정을 보고 괜히 찔끔하여 물러섰다.

뻐억! 묵직하게 날린 라이트 스트레이트가 샌드백을 흔들었다. 멈추지 않고서 우현은 계속해서 레프트 스트레이트를 뻗었다. 스텝은커녕 무식하게 주먹을 내지를 뿐인 일방적인 폭력이었다. 우현이 주먹을 내지를 때마다 샌드백이 크게 휘청거렸다. 우현은 멈추지 않고 이를 악 물었다. 터질 것 같은 숨을 내리 누르고 계속해서 주먹을 내질렀다. 샌드백을 매달고 있는 사슬이 쩔그럭거리는 소리를 세차게 흘렸다.

"야, 야!"

보다 못한 관장이 다가와 샌드백을 붙잡았다. 그는 땀을 흘리는 우현의 얼굴을 기가 찬다는 듯이 노려보았다.

"너 지금 뭐하냐? 손목 나가려고 작정했어?"

"괜찮습니다."

우현은 꽉 눌린 목소리로 답했다.

"괜찮기는, 씨벌."

관장은 투덜거리면서 샌드백을 손으로 밀었다.

"지금 뭐 하는 건데? 갑자기 왜 애꿎은 이 놈 데리고 화풀이야? 뭔 일 있냐?"

"아무 일도 아닙니다."

우현은 숨을 크게 몰아쉬더니 관장을 보면서 말했다.

"오신 김에 샌드백이나 잡아주시죠."

우현의 말에 관장은 혀를 내눌렀다.

"미친놈."

관장은 그렇게 중얼거리면서도 우현의 요구에 따라 샌드백을 잡아주었다.

"제대로 쳐라, 뒈지기 전에."

관장이 으름장을 놓자 우현은 쓰게 웃었다.

규칙적으로 내지르는 주먹이 샌드백을 뒤흔들었다. 관장의 말대로, 손목이 조금 욱신거렸다. 처음 몇 번 있는 힘을 다해 주먹을 뻗는 것으로 스트레스와 가슴 속의 억압은 조금 나아지는 것 같았지만, 근본적인 문제는 결국 아무 것도 해결되지 않았다. 그는 여전히 헌터가 아니었다. 까득, 우현은 이를 갈았다. 시간이 없었다. 그것이 우현을 조급하게 만들었다. 퍼억, 퍽. 뻗는 주먹에 재차 힘이 들어갔고 관장이 눈살을 찌푸렸다. 우현은 까득 이를 갈면서 허리를 비틀어 있는 힘을 다해 주먹을 내질렀다.

"야!"

비틀거리며 샌드백을 받아주던 관장이 버럭 고함을 질렀다. 우현은 숨을 몰아쉬며 관장의 얼굴을 바라보았다. 얼굴을 가득 일그러뜨린 관장은 성큼거리며 다가오더니 우현에게서 강제로 글러브를 벗겨냈다.

"너 까였냐?"

"…예?"

"여자한테 까였냐고, 새끼야."

관장이 답답하다는 듯 물었다. 여자친구는 있어 본 적도 없었다. 적어도, 정우현에게는. 우현은 머리를 흔들었다. 관장은 숨을 크게 뱉었다.

"뭐 주식해서 돈 날리기라도 했냐?"

"아닙니다."

"그럼 뭔데. 왜 자꾸 난리야? 어?"

"…죄송합니다."

우현은 머리를 숙이며 말했다. 그런 우현의 모습을 보며 크게 숨을 들이 마신 관장은 우현에게서 뺏은 글러브를 대충 바닥에 집어 던지며 말했다.

"너 오늘 그냥 집에 가라. 오늘 치 돈, 어? 얼마 되지도

60 리벤지
헌팅 1

않는 거 내가 그냥 줄 테니까. 그냥 집에 가. 너 하는 꼴 보니까 오늘 계속 했다가는 손목 아작나겠다. 뭔 일인지는 모르겠는데 집에 가서 야동 하나 받고 딸이나 치고 자. 알았냐?"

우현은 대답하지 않았다. 관장은 투덜거리면서 품에서 지갑을 꺼내더니 만원짜리 몇 장을 우현의 손에 쥐어주었다.

"…너무 많은데…."

우현이 토를 달자, 관장은 눈을 부라리며 우현을 노려보았다.

"그냥 받고 가, 새끼야. 가는 길에 짱깨 집 가서 짬뽕이나 한 그릇 사다 먹어. 속 확 풀리게. 알았냐?"

관장이 그렇게까지 말하자 우현은 뭐라 덧붙이지 못하고 머뭇거리며 머리를 끄덕거렸다. 우현은 대충 흐르는 땀만 닦고서 복싱장을 나왔다. 주머니에는 관장이 준 만원짜리가 세 장 들어 있었다. 관장이 자신을 위해서 한 것임을 알았기에, 우현은 한숨을 쉬면서 주머니에 손을 푹 찔러 넣었다. 초조함과 불안. 그 모든 것이 우현을 조급하게 만들고 있었다.

'조급해 하지 않고서, 뭐 어쩔 건데.'

스스로에게 물었지만 대답은 돌아오지 않았다. 우현은 한숨을 쉬면서 관장이 말한 대로 가까운 중국집으로 들어갔다.

"어서 오세요."

카운터를 보고 있던 아줌마가 TV를 보다가 우현을 돌아보며 인사를 건넸다.

"짬뽕 곱빼기로 하나 주세요."

관장이 말한대로, 오늘은 운동을 하지 않고 집에서 쉬는 것이 나을 것 같았다. 가슴이 부글거리는 것이 운동에 몰두 했다가는 자신도 모르게 너무 무리할 것 같았기 때문이다. 우현은 한숨을 쉬면서 주머니에 찔러 넣었던 손을 빼다가 젓가락을 집었다. 냅킨을 한 장 뽑아 테이블 위에 두고, 아무 생각 없이 젓가락을 그 위에 올리려던 순간.

우현의 눈이 크게 떠졌다.

"어?"

그는 자신도 모르게 소리를 내면서 자신의 왼손을 내려보았다. 크게 떠진 우현의 눈이 경악으로 부르르 떨렸다. 먹물이 번진 것 같은 문양이 우현의 왼 손등에 새겨져 있었기 때문이다. 대체 언제부터? 우현은 입을 반쯤 벌리고서 주먹을 가만히 쥐었다 폈다. 글러브 안에서 묻은 것일까? 그런 생각에, 우현은 단무지와 함께 나온 물수건을 뜯어 손등을 문질러 보았다. 한참을 문지르고서 물수건을 떼어냈다. 얼룩은 그대로였고, 물수건에는 아무 것도 묻어있지 않았다.

"…하하…."

우현은 멍하니 웃음을 흘렸다. 주문한 짬뽕 곱빼기가 나올 때까지, 그는 홀로 앉아 멍하니 웃음을 흘렸다. 짬뽕을 식탁 위에 올려놓는 아주머니가 이상하다는 눈으로 우현을 바라보았다. 우현은 그런 아주머니를 향해 환히 웃더니, 그 자리에서 젓가락을 들어 짬뽕을 전부 먹어 치웠다. 국물까지 비우니 속이 화끈거렸다. 우현은 기분 좋게 몸을 일으켰다.

"잘 먹었습니다."

우현은 활짝 웃으면서 계산을 끝내고 밖으로 나왔다. 그는 크게 숨을 들이 마셨다가 뱉어냈다. 그리고는 다시 손등을 바라보았다. 표식은 그대로 있었다. 우현은 실실 웃으면서 주머니에 손을 넣었다. 그는 곧바로 편의점으로 가서 현주가 사달라고 한 메로나를 봉지 가득 담았다.

"일찍 왔네?"

집으로 돌아오자, 아직 TV를 보고 있던 현주가 머리를 돌리며 말했다. 우현은 씩 웃으며 봉지 안에 손을 집어넣고 현주에게 메로나를 던져 주었다. 우현은 자신도 메로나를 하나 집고서는, 남은 것을 봉지채로 냉동실에 넣어두었다.

"…뭐 좋은 일이라도 있어?"

현주는 메로나를 뜯으면서 우현을 힐긋 보았다.

"응."

우현은 그렇게 대답하고서 메로나를 크게 한 입 베어 물었다. 아직까지도 화끈거리던 속에 차가운 아이스크림이 들어가자 정신이 확 깨어났다. 우현은 주머니에 손을 넣은 체로 방으로 들어가 컴퓨터 앞에 앉았다.

새삼, 다시 실감이 났다.

그는 헌터가 되었다.

대한민국의 헌터 협회는 서울 시청 쪽에 위치하고 있었다. 보통의 경우, 헌터가 된다면 사는 지역의 시청, 도청에 가서 헌터가 된 것을 인증 받고 새로 헌터증을 발급받는다. 판데모니엄의 출입에 헌터증이 필요한 것은 아니지만, 인증된 헌터가 아니라면 국가 기관이나 지원을 받을 수가 없기에 거의 대부분의 헌터는 국가에 헌터로 등록하여 헌터증을 발급 받는다. 우현의 경우에도 그럴 생각이었다. 헌터증을 발급받지 않고 헌터로 활동한다면 손해가 너무 크다. 불법 브로커를 통해 몬스터의 사체를 처분하는 것은 불법적인 일인 만큼 상당한 수수료를 지불해야만 했다. 그에 비하여 국가에 인증된 기관에 사체를 처분할 경우, 수수료는 세금을 포함하여 15%밖에 되지 않는다.

"어떻게 오셨습니까?"

다음 날, 우현은 곧바로 서울 시청으로 가서 헌터 등록 수속을 밟았다. 창구에 앉아있던 여성은 우현을 보면서 활짝 웃으며 물었다. 보통 사람이 헌터로 각성하는 확률은 정확히 측정되지 않았으나, 오늘 헌터로 등록하러 온 것은 우현 혼자 뿐이었다. 우현은 창구 앞에 앉으며 왼 손을 앞으로 내밀었다.

"헌터 등록을 하기 위해 왔습니다만."

우현은 미리 작성한 서류와 신분증을 앞으로 내밀었다. 창구에 앉은 여자는 그 서류를 천천히 읽어보면서 말했다.

"잠시만 기다려 주시겠습니까."

그녀는 그렇게 말하며 우현이 준 서류를 복사하였다.

"확인하도록 하겠습니다."

여자가 말했고, 그녀는 우현의 손을 잡았다. 그녀는 우현의 손과 손등에 새겨진 문양을 천천히 살펴보며 입을 열었다.

"서류 작성시에 확인하셨겠지만, 헌터로 등록하게 되신다면 후의 등급 심사에서 배정되는 등급에 따라 년마다 세금을 지불하셔야 합니다. 또한 국가 등록 기관에서 사체나 장비를 매각, 구입하실 경우에는 15%의 추가 세금이 붙습니다. 그리고 상위 헌터가 되실 경우, 네임드 몬스터가 현실에 나타나는 사태가 발생할 경우에는 몬스터 레이드에 강제 징집되실 것이며, 헌터가 민간인에게 상해를 입힐 경우에는 헌터법에 의하여 처벌을 받게 되십니다."

"예."

"혹시 투기의 발현에 대해서는 이미 익숙해 지셨습니까? 아공간의 활용법은 알고 계십니까?"

여자가 물었다. 일종의 확인 절차였다.

"예."

우현이 대답하자, 여자는 서랍을 열더니 볼펜과 비슷한 길이의 막대를 꺼내 우현에게 건넸다.

"투기를 발현해 보시겠습니까?"

여자가 물었다. 우현은 숨을 들이키면서 천천히 투기를 발현했다.

파스스스…

우현이 쥔 막대에 탁한 백색의 투기가 엉켰다. 여자는 그것을 빤히 보더니 다시 물었다.

"아공간을 사용하실 수 있으십니까?"

아공간. 그것은 투기와 더불어 헌터가 가진 독자적인 능력이었다. 헌터는 왼 손을 통해서 넣고자 하는 물건을 자신밖에 간섭할 수 있는 보이지 않는 공간에 집어넣을 수 있다. 우현은 쥐고 있던 막대를 아공간으로 집어넣었다. 우현의 손에 쥐어져 있던 막대가 모습을 감추었다. 잠시 후, 우현은 막대를 다시 꺼내 여자의 앞에 내려놓았다. 그 모습을 보던 여자가 머리를 끄덕거렸다.

"확인 되었습니다. 정우현씨. 잠시 이쪽을 봐 주시겠습니까."

여자가 창구에 비치된 카메라를 가리키며 말했다. 우현은 자세를 잡고 그것을 빤히 보았다.

"하나, 둘, 셋."

여자가 말했고, 찰칵. 사진이 찍혔다. 여자는 사진을 확인하더니 머리를 끄덕거렸다.

"잠시만 기다려 주시겠습니까."

여자가 자리를 떠났다. 우현은 묵묵히 앉아서 여자가 돌아오는 것을 기다렸다. 부모님과 가족에게는 헌터가 되었음을 어제 알렸다. 어머니는 놀라서 아무런 말도 하지 못하셨고, 현주는 경악하여 우현의 손목을 붙잡고 한참이나 헌터의 표식을 내려 보았었다. 이 때문에 대학은 자퇴하겠다는 우현의 말에, 어머니는 머뭇거리다가 알겠다고 대답하셨었다. 대학교를 졸업하여 취직하는 것보다 하위 헌터로나마 활동하는 것이 수입이 더 좋기 때문이었다.

얼마나 시간이 흘렀을까. 여자가 돌아왔다. 그녀는 몇 가지의 서류와 신분증, 그리고 헌터 등록증을 우현에게 건네주었다. 우현은 꿀꺽 침을 삼키며 자신의 헌터 등록증을 내려 보았다. 그곳에는 조금 굳은 표정으로 찍힌 우현의 얼굴이 붙어 있었다. 정우현. 그 아래에 주민번호와 헌터 등록 번호. 등급 란은 아직 아무 것도 쓰여있지 않았다.

"분기마다 한 번 씩 있는 헌터 등급 시험은 이 주 후로 예정되어 있습니다. 등급을 배정받기 전에 판데모니엄에 출입하시는 것은 자유입니다만, 언랭크(Unranked) 상태에서는 국가 기관을 이용하실 수 없으니 무기나 장비를 구입하실 수는 없습니다. 8월 1일의 등급 시험에서는 우현님과 같은 신규 헌터들을 대상으로하는 초기 등급 심사가 준비되어 있고, 심사 내용은 당일날 알려질 것입니다."

"예."

"헌터 전용 보험에 대해 추천해 드릴 수도 있습니다만, 언랭크일 때에는 보험을 들 수 없으니 등급 조정 후에 다시 찾아오시면 추천해 드리겠습니다."

"예. 돌아가도 되겠습니까?"

우현이 물었다. 여자는 눈을 깜박거리며 우현을 보다가 머리를 끄덕거렸다.

"예."

그 대답에 우현은 의자를 뒤로 빼고 몸을 일으켰다. 우현은 헌터 등록증과 주민등록증을 지갑에 넣고, 받은 서류를 소중하게 가슴에 품었다.

"감사합니다."

우현은 그렇게 말하고서 헌터 협회를 나왔다. 그는 가까운 벤치에 앉아서 받은 서류를 확인했다. 헌터 법과 헌터가 누릴 수 있는 혜택, 국가와 협력중인 기관에 대한 목록, 판데모니엄과 몬스터, 간단한 주의사항등이 적혀져 있었다.

'국가는 헌터의 부상과 죽음에 대해 책임지지 않는다.'

몬스터와의 전투로 부상을 입거나 죽어도 국가가 그를 배상하지 않는다는 것이었다. 대신 배상하는 것은 헌터를 대상으로 한 보험들이었다. 아직 등급 조정이 끝나지 않은 우현에게는 상관없는 이야기였다. 헌터법은 헌터에게만 적용되는 법률을 말하는 것이었다. 민간인에게 상해를 입힐 경우 헌터는 그 어떤 범죄보다 강력하게 처벌된다. 그런 상해 죄 이외에도 음주운전부터 도박까지, 온갖 법률이 헌터에게는 강력하게 적용된다.

'협력기관이라.'

우현이 주목한 것은 그것이었다. 15%의 세금이 적용되는 국가 협력 기관. 대한민국에서 헌터의 장비를 가장 크게 취급하는 곳은 삼성동의 헌터 전용 백화점인 '블랙 스미스'였다. 그곳에는 헌터 전용 브랜드인 '소드 메이커'나 '아이언 실드', '쿠로자쿠라', '샤피언' 등 온갖 브랜드의 장비들이 모여 있었다. 백화점 이외에도 헌터끼리의 개인 장비 거래도 존재하지만, 그럴 경우에도 헌터 협회 소속의 브로커의 연결을 받아야만 했다. 그러지 않고서 개인적으로 수수료 없이 장비를 거래할 경우 그것은 불법으로 취급되고, 심할 경우 헌터 자격이 박탈되기도 했다.

'제법 빡세군.'

장비를 교체할 때마다 헌터 협회에게 그를 확인받아야 하는 것이다. 불법 거래를 할 생각은 없었지만 만약의 경우는 언제나 있는 법이기에, 우현은 그에 관한 헌터 법을 집중해서 보았다.

이주일 후의 등급 조정 시험. 당장 우현의 목적은 그 시험에서 좋은 성적을 거두는 것이었다. 서류에도 그에 대한 항목이 있었다. 등급 심사는 대부분이 그 날 방식이 결정되지만, 초기 등급 심사는 대부분이 상위 헌터의 보조하에 하위 던전의 몬스터를 사냥하는 형식이다. 그곳에서 얼마나 좋은 성적을 내느냐에 따라 앞으로의 등급이 결정되고, 운이 좋고 뛰어난 재능을 보인다면 즉석에서 상위 길드로 스카웃 되기도 한다. 그렇게 된다면 헌터로서의 인생이 쭉 피는 것이나 마찬가지다. 장비를 구입할 수 있는 재력이 없고 경험이 적으며 정보를 쉽게 얻을 수 없는 것이 하위 헌터다. 하지만 길드에 스카웃된다면 그 대부분의 문제가 해결된다. 장비는 길드에서 질 좋은 보급품을 제공해주고 경험과 몬스터, 던전의 정보는 길드에서 제공된다.

'국가의 지원도.'

등급 시험에서 상위 5명에 들 경우 국가가 지원금을 준다. 그 액수는 정확히는 알 수가 없지만 괜찮은 장비를 뽑을 정도는 될 것이다. 우현은 천천히 투기를 발현시켜 보았다. 이 몸은 경험이 없다지만, 우현은 호정이었을 시절 SS급 헌터였다. 투기를 발현하는 것은 전혀 어렵지 않았다. 문제는 사용할 수 있는 투기의 양이 극히 적다는 것일까.

'그래도 이 정도면 초보 헌터들 사이에서 상위권에 들기 충분하지.'

크게 주목받고 싶은 마음은 없다. 솔직히 말해서, 길드에 들고 싶지도 않았다. 아직은 그랬다. 벌써부터 길드에 들어간다면 행동을 길드에 크게 묶여 버린다. 길드에 들어가는 것은 개인적으로 실력과 명성을 쌓은 뒤가 좋을 것이다. 우현은 생각을 정리했다. 그리고서는 벤치에서 몸을 일으켰다.

일단은 집으로 돌아가서 투기에 익숙해지도록 할까. 투기는 자주 사용할수록 양이 조금씩 늘어난다. 그리고 정신은 투기의 발현에 익숙하긴 했지만 몸은 아니었다. 최대한 몸을 정신의 숙련도에 맞도록 바꿔가야 했다. 우현의 눈이 가늘어졌다.

이제 고작 한 걸음 걸었을 뿐이다. 고작 한 걸음. 이 개월 동안 몸이 부서질 정도로 고생을 해서 겨우 한 걸음. 이제야, 드디어 헌터가 되었다. 그나마 위안인 것은 분기마다 한 번 있는 등급 조정 심사가 곧이라는 것. 우현은 숨을 삼키며 주먹을 쥐었다.

그러던 중에, 핸드폰이 울렸다.

"여보세요?"

[어, 오빠. 다 끝났어?]

불안과 호기심이 담긴 목소리로 현주가 물었다. 우현은 쓰게 웃으면서 왼 손을 주머니에 집어넣었다.

"응. 다 됐어."

그는 그렇게 말하며 지하철역으로 걷기 시작했다.

[그래? 뭐 특별한 건 없었어?]

자신의 오빠가 헌터가 될 것이라고는 상상도 해 본 적이 없었다. 헌터라는 것은 다른 세계에서 살아가는 사람들이라 생각했다. 그랬기에, 현주는 우현이 헌터가 된 것에 크게 관심을 갖고 있었다. 우현은 피식 웃으며 머리를 흔들었다.

"별 것 없었어. 이제 집으로 돌아갈 거야."

[저기, 오빠.]

현주가 넌지시 입을 열었다.

[나 페북에 오빠 헌터 됐다고 말해도 돼?]

은근히 물어오는 질문에 우현은 크게 웃어버렸다.

"마음대로 해."

우현은 그렇게 말하고서 방으로 돌아왔다. 우현은 메로나를 마저 먹고서 지갑을 열어 헌터 등록증을 꺼내 보았다. 언랭크의 헌터 등록증은 사용할 곳이 없었다. 정식으로 헌터로서 활동할 수 있는 것은 초기 등급심사에서 등급이 결정되고 나서였다. 우현은 조급하게 생각하지 않도록 했다. 2주일만 지나면 된다. 2주일만. 그때까지 끌어올릴 수 있을 만큼 만전을 기하는 편이 나을 것이다.

우현의, 아니. 호정의 세계에서의 이야기다. 투기를 관리하는 것은 상위 헌터가 되기 위해 필수적으로 할 줄 알아야 하는 재주 중 하나였다. 흔히들, 투기를 자연스럽게 몸이나 무기에 싣는 것이 되면 하급은 벗어나는 것이라 하고, 필요할 때에 필요한 곳에 투기를 입히며 투기의 소모를 조절하는 것이 가능하다면 중급을 벗는 것이라고 한다. 이 몸으로는 어디까지 가능할까. 몬스터의 사체로 만든 무기가 아니고서는 투기를 입힐 수 없다. 하기에 그에 대한 연습은 불가능했다. 우현은 정신을 집중하고 투기를 움직였다.

발현은 어렵지 않았다. 투기의 발현법따위 이미 알고 있었던 것이니까. 몸이 바뀌었어도 SS급 헌터의 경험이 어디로 가는 것은 아니다. 문제는 몸이 따르지 못한다는 것이지. 낡은 자동차에 슈퍼카 엔진을 달아도 그만한 속도를 낼 수 없는 것과 똑같다. 아니, 속도를 낼 수 있어도 차가 감당하지 못한다. 우현의 경우가 지금과 똑같았다. 머리로는 알고 있는데 몸이 따르질 못한다.

'10초 정도 걸리는 군.'

집중해서 투기를 끌어올리는 것에 걸리는 시간이다. 헌터에 대한 연구는 현재진행형으로 진행 중이고, 그 중에서 투기와 아공간, 이세계인 판데모니엄의 출입 등은 수많은 연구사례 끝에도 해답이 나오지 않은 미지의 영역이었다. 그 중에서 투기는 몬스터가 두르고 있는 방어벽을 무효화시킬 수 있는, 현재까지 알려진 유일한 수단이었다. 막대한 예산을 쏟아 부어 폭격을 가하여도 몬스터를 방어벽과 함께 날려버릴 수 없다. 하지만 상위 등급의 노련한 헌터라면 큰 피해와 손해 없이 몬스터를 쓰러트릴 수 있다. 그것이 가능한 것이 투기의 존재 때문이었다. 투기는 헌터의 몸을 강화하고 몬스터처럼 견고한 방어벽을 구축할 수 있게 만들며, 몬스터의 방어벽을 뚫을 수 있다.

투기는 사용할수록 총량이 조금씩 늘어나고, 발현의 속도가 빨라진다. 상위 등급의 헌터라면 투기의 발현에 거의 딜레이를 갖지 않는다. 그 발현한 투기를 어떻게 사용하느냐가 그들 사이에서의 우위를 가른다. 발현까지 걸리는 시간이 10초. 이것도 우현의 정신이 투기의 발현에 익숙하기 때문이었다.

'전부 똑같아.'

우현이 알고 있는 지식은 이 세계에서도 먹혔다. 그래봤자 현재로서 검증할 수 있는 것은 상식선이었지만 말이다. 투기를 늘리는 방법은 숙달과 반복 외에도 더 있었다.

보스 몬스터나 네임드 몬스터가 심장에 품고 있는 마석의 존재가 그렇다. 낮은 확률로 고유한 이름을 가진 몬스터는 자신의 심장에 마석을 품고 있다. 그것을 흡수할 경우, 헌터의 투기는 크게 늘어난다. 그러나 그것은 현재의 우현으로서는 실행할 수가 없는 수단이었다. 밑바닥에서 기어올라가야 하는 이상 마석을 얻는 것은 먼 나중의 일이 될 것이다.

판데모니엄의 정경을 확인해 볼까, 라는 생각이 들었지만 그만두었다. 당장 봐봤자 의미가 없기 때문이었다. 오히려 직접 보면 더 조급해 질지도 모른다. 일단은 당장 할 수 있는 일에 몰두하는 편이 낫다. 우현은 계속해서 투기를 움직였다. 시간을 잊었다. 신경 쓰고 싶지 않았다. 지루할 틈도 없었다. 두 달 동안 바라던 일이다. 세계 평화라느니 그런 것을 떠나서, 단지 지독한 독기만으로 해내고 인내했다.

이주 정도야 얼마든지 기다릴 수 있다.

REVENGE

2. 등급심사

HUNTING

NEO MODERN FANTASY STORY & ADVANTURE

REVENGE HUNTING

2. 등급심사

8월 1일. 집합장소는 판데모니엄의 광장이었다. 헌터가 판데모니엄에 들어가는 법은 간단했다. 손등의 표식을 의식하고, 눈앞에 문이 있다는 것을 상상하면 된다. 물론 그렇다고 해서 실제로 문이 나타나는 것은 아니다. 문을 상상하고, 문을 여는 것을 다시 상상한다. 그리고 앞으로 한 걸음 걸으면.

풍경이 뒤바뀐다. 누구도 살지 않는 회색의 도시, 판데모니엄. 사람의 냄새가 전혀 풍기지 않는 도시. 도시는 아예 그 모습으로 고정된 것처럼, 건물은 훼손이 불가능하다. 현실의 집을 내버려 두고 판데모니엄에서 살아가는 이들은 괴짜가 아니고선 존재하지 않는다. 그런 괴짜를 제외하고 판데모니엄에 있는 것은 몬스터의 사체를 매각해주는 브로커나 각국의 전문 기술자에게 장비 제작을 의뢰해주는 식의 브로커들, 무기나 마석을 암거래로 처분해주는 검은 상인들뿐이다. 건물은 그런 브로커들과 대형 길드의 하우스로 쓰이고 있다. 판데모니엄에 도착한 헌터는 기본적으로 정 중앙의 물없는 분수대에 도착한다. 이 세계에서도 그것은 마찬가지였다. 우현은 꿀꺽 침을 삼키고서 주변을 둘러 보았다. 똑같다. 우현의 몸으로 처음 들어 온 판데모니엄은 호정이 보았던 판데모니엄과 다를 것이 없었다. 건물의 형태, 크기, 위치. 흔한 조형하나 없는 삭막한 분수대. 우현은 건물에게서 사람에게로, 헌터에게로 시선을 옮겼다. 멀찍이서 바쁘게 움직이는 헌터들이 보였다. 각각 그럴 듯한 장비를 입고 있었다. 지금의 우현과는 상관없는 사람들이었다.

집합시간은 정오. 우현은 10분 정도 이르게 도착했었다. 과연, 분수대가 위치한 광장은 장비 하나 착용하지 않은 신출내기 헌터들이 제법 존재하고 있었다. 모두가 동양인이었다. 그렇다고 전부 한국 사람인 것은 아니다. 협회가 주최하는 등급 심사는 분기마다 한 번씩 있는데, 그렇다고 한 국가의 소속 헌터만 등급 심사를 치루는 것은 아니다. 한국의 경우에는 동북아시아에 속한 국가이기 때문에, 헌터 등급 심사는 다른 동북아시아 소속 국가들과 함께 치렀다.

　정오가 되었을 때였다. 한 무리가 판데모니엄의 광장에 나타났다. 갑옷을 입은 헌터들 중에서, 단 한 명은 갑옷을 입고 있지 않았다. 그는 깔끔한 슈트를 입고 있었고 얇은 무테 안경을 쓰고 있었다. 그는 광장 앞에 중구난방으로 모인, 우현을 비롯한 이번 초기 등급 심사 대상자들을 보면서 입을 열었다.

　"만나서 반갑습니다."

　판데모니엄 안에서는 서로 다른 언어를 쓰고 있어도 의사소통에 문제가 없다. 이곳에 모인 이들이 한국인이던 중국인이던 일본인이던, 설사 백인이나 흑인이 있다 하더라도 판데모니엄에서는 누구나 똑같은 언어를 쓰게 된다. 그것은 언어의 학습 이전에 자연스러운 것이었다. 판데모니엄에 대해 연구하는 학자들은 이 언어를 두고 '악마어 (語)'라고 적당히 부르고 있었다.

　"이번 초기 등급 심사의 감독을 맡은 정민석입니다."

　남자는 신입 헌터들을 쭉 둘러보며 말했다. 그는 안경을 살짝 올리더니 손에 들고 있던 서류를 눈앞으로 올렸다.

　"우선 인원 체크를 하겠습니다."

　정민석은 서류를 한 장 한 장 넘기면서 모인 헌터들의 이름을 불렀다.

"정우현씨."

앞선 이름들에 모두가 대답하고, 우현의 이름이 호출되었다.

"예."

우현은 손을 들어 올리며 대답했다. 정민석은 우현의 얼굴을 보지 않았다. 대신 그가 다른 손에 쥐고 있던 펜이 움직여 우현의 이름에 체크를 그렸다. 그 뒤로 호출이 계속되었다.

"이상 24명은 6개의 팀으로 나뉘어져 1번 던전에서 등급 심사를 치를 것입니다. 팀은 저희 쪽에서 국가별로 하여 임의로 배정하였고, 만약 마음에 들지 않는다면 의견을 받겠습니다."

정민석은 곧바로 팀을 나누어 불렀다.

"정우현씨. 강선하씨. 유민아씨. 이시헌씨. 이상 네 명이 4팀입니다."

이쪽으로. 정민석의 말을 따라 우현은 그가 가르키는 방향으로 가서 섰다. 얼마 지나지 않아서 세 명의 다른 사람들이 우현의 곁에 섰다. 두 명의 여자, 한 명의 남자. 우현은 그들의 얼굴을 힐긋 보고서 팀 배분이 마저 끝나는 것을 기다렸다.

"…혼자 활동하는 솔로 헌터도 있지만, 대형 몬스터나 네임드 몬스터의 레이드는 기본적으로 팀플레이입니다.

쉽게 말해서 파티 사냥이죠. 즉, 상급 헌터는 반드시 팀플레이에 능숙해야 합니다. 각 팀은 이곳에 있는 B급 헌터들의 보호 속에서 1번 던전의 대형 몬스터인 '붉은 반달곰'을 사냥할 겁니다."

'붉은 반달곰.' 우현은 등골이 싸늘하게 식는 것을 느꼈다. 그는 저런 몬스터를 모른다.

"붉은 반달곰은 여러분이 상대하기에는 상당히 위협적인 몬스터입니다. 붉은 반달곰의 가죽은 제법 질긴 편이고, 예고 없는 갑작스러운 돌진이나 앞발 공격, 물어뜯기. 하지만 동작이 크고 굼뜨기에 익숙해 진다면 피하는 것은 어렵지 않을 겁니다."

정민석은 그렇게 말하며 서류를 보던 시선을 들어 모두를 바라보았다.

"팀플레이의 모든 것은 저와, 만약의 사태를 대비하기 위해 오신 헌터 분들에게 심사될 것입니다."

누군가가 손을 들었다.

"뭡니까?"

정민석이 그쪽을 힐긋 보며 물었다. 머리를 짧게 자른 남자는 정민석의 얼굴을 빤히 보면서 물었다.

"심사는 그것으로 끝입니까?"

"아니오. 팀플레이에 두각을 보이지 못하는 헌터도 분명 있을 겁니다. 팀플레이가 레이드에 필요한 재주이기는 하지만 재능있는 헌터를 고작 그런 이유로 공정하지 않은 점수를 줄 수는 없지요. 팀플레이 이후에는 서바이벌이 있을 겁니다."

"예?"

남자가 놀란 얼굴로 말을 받았다. 정민석은 동요없는 얼굴로 그를 빤히 보면서 말을 이었다.

"서바이벌 말입니다. 최소한의 보급품을 받고, 여러분은 1번 던전에서 생존해야만 합니다. 물론 협회 쪽에서는 위기에 곧바로 대응할 준비가 되어 있습니다. 자세한 것은 팀 심사가 끝난 뒤에 전하도록 하겠습니다."

정민석은 손을 들어 올렸다. 쿠웅. 허공에서 묵직한 나무 박스들이 생겨나더니 아래로 떨어졌다. 아공간에서 물건을 꺼낸 것이다.

"이것은 이번 등급 심사 동안 여러분이 사용하실 보급용 갑옷입니다. 갑옷은 가죽갑옷으로 통일하였고, 무기는 다양하게 준비되어 있고, 저에게 원하는 무기를 말씀하시고, 그것이 준비되어 있다면 드리도록 하겠습니다. 그 후에는 각각 원하시는 장비를 골라 착용하시면 됩니다. 갑옷의 경우 사이즈가 맞지 않는다면 교환이 가능합니다만, 혹시나 해서 말씀드리는데, 고른 무기는 교환할 수가 없습니다."

정민석은 그렇게 말하며 한 걸음 뒤로 물러섰다.

"팀 순서대로 하도록 하겠습니다. 1팀, 나와서 장비를 고르십시오."

정민석의 말에 머뭇거리던 1팀이 나서서 장비를 고르기 시작했다. 그것을 빤히 보던 중,

"통성명이나 하죠."

누군가가 말을 걸었다. 옆을 보니, 검은색 긴 생머리에 키가 큰 여자가 우현을 빤히 보고 있었다. 우현과 눈이 마주치자, 그녀는 팀원들을 쭉 돌아보며 말했다.

"강선하라고 합니다. 나이는 스물 넷이고, 서울에서 살고 있습니다."

그녀는 시원스레 자신을 소개했다. 선하는 등허리까지 내려오는 장발에 여자치고는 키가 제법 컸다. 아마 170이 조금 넘을까. 복장은 편한 츄리닝에 운동화였고, 화장은 엷었지만 빼어난 미인이었다.

"…아… 유민아라고 해요! 나이는 스물 둘이고, 저도 서울에서 살고 있어요. 잘 부탁 드려요!"

머뭇거리던 민아가 목소리에 힘을 주고 자신을 소개했다. 그녀는 곱슬거리는 검은 단발 머리에 눈동자가 동그랗고 컸다. 선하가 조금 차가운 인상의 미인이라면 민아는 왠지 모르게 여동생 같은 이미지였다. 그렇다고 현주와 민아가 닮은 것은 아니었지만 말이다.

"이야, 저희 팀은 두 분 다 미인이시네요! 아, 저는 이시

헌이에요. 나이는 스물 하나고, 아마 제가 막내일 것 같은 데…."

시헌은 갈색으로 염색한 머리를 긁적이면서 쾌활하게 웃었다. 자연스럽게 마지막 순서가 된 우현이 입을 열었다.

"정우현입니다. 스물 네 살이고, 열심히 하겠습니다. 잘 부탁드립니다."

딱딱한 소개였다. 소개가 끝나자 조금 공기가 어색해졌고, 시헌이 곧바로 말을 덧붙였다.

"일단 같은 팀이 되었으니 말은 편하게 하는 것이 어때요? 제가 막내니까, 다들 형, 누나라고 부르면 되는 거죠?"

"아, 네. 아니… 어, 응. 저도… 편하게 해도 되나요?"

민아는 머뭇거리며 우현과 선하를 힐긋 보았다. 별 상관은 없었기에 우현이 머리를 끄덕거렸지만,

"아직은 조금 이른 것 같네요."

선하는 쓰게 웃으며 거리를 두었다. 시헌은 어쩔 수 없다는 듯이 머리를 끄덕거렸다. 자연스럽게 선하를 제외하고 남은 셋이 말을 놓게 되었다. 시헌은 붙임성이 좋았다. 그는 곧바로 우현에게 가까이 다가오며 키득거리며 웃었다.

"열심히 하겠습니다는 뭐예요, 형. 이게 면접도 아니고."

"그냥, 조금 긴장해서."

우현은 편하게 다가오는 시헌을 향해 쓰게 웃으며 대답했다. 앞선 팀이 장비를 고르고 있는 것을 보면서 선하가 입을 열었다.

"다들 생각하고 계신 장비는 있으신가요?"

선하가 물었다. 모두가 대답하기 전에, 선하가 먼저 입을 열었다.

"후에 서바이벌이 있으니 장비 선택이 중요할 텐데. 서바이벌 뿐만 아니라 팀플레이도 점수에 반영이 되니, 일단 팀플레이에서 좋은 성적을 거두는 것이 먼저라고 생각합니다. 일반적으로 헌터가 던전에서 파티를 맺을 때, 몬스터의 이목을 끄는 탱커의 존재는 필수적이죠. 해서 묻는데, 혹시 탱커용 무기를 선택하실 분, 계십니까?"

선하의 물음에 시헌과 민아는 서로 시선을 나누며 곧바로 대답하지 않았다. 그녀의 이야기를 듣고 있던 우현이 입을 열었다.

"선하씨는 무슨 무기를 고르실 겁니까?"

"…저는 검을 고르려 합니다만."

선하가 대답했다. 우현은 잠시 생각하는가 싶더니 입을 열었다.

"저도 검을 고를 생각입니다. 검도를 조금 했었거든요.

아무래도 손에 익은 무기니까, 다른 것보다 낫겠지요. 탱커의 존재는 파티에서 꼭 필요하긴 합니다만, 네임드 몬스터를 사냥하는 것도 아니니 이번 경우에 탱커가 반드시 존재할 필요는 없다고 봅니다. 그리고 선하씨가 말씀하셨던 것처럼 팀플레이가 심사의 전 내용은 아니지요. 후에 서바이벌을 생각해서라도 팀플레이에 맞춰 무기 선택의 폭을 좁히는 것보다는 각자 원하는 무기를 스스로 선택하는 편이 낫다고 봅니다. 그 편이 후에 변명거리도 없을 테니까."

우현이 정면으로 선하의 의견을 반박했다. 우현이 그렇게까지 말하자 선하는 더 이상 의견을 고집하지 않았다.

"제 생각이 짧았군요. 죄송합니다."

오히려 그녀는 머리를 살짝 숙이며 사과까지 하고 나섰다. 그녀가 그렇게 나오자 우현은 되려 난감하다는 듯 손을 내저었다.

"아니, 사과하실 필요는 없습니다. 선하씨의 의견도 타당했었으니까요."

그런 이야기가 오가던 중에 정민석이 4번 팀을 호출했다. 호출을 받은 즉시 우현은 상자로 다가갔다. 상자에는 사이즈 별로 가죽 갑옷이 정리되어 있었다. 우현은 자신의 치수에 맞는 갑옷을 골랐다. 그리고 우현은 곧바로 정민석에게 다가갔다.

"투핸드소드, 있습니까?"

그것은 우현이 호정이었을 때부터 쭉 사용하던 무기였
다.

"대검은 쓰기 힘드실 텐데."

정민석은 그렇게 말을 덧붙이며 아공간에서 투핸드 소
드를 꺼내 주었다. 길이가 180이 넘는 장검, 양 손으로 잡
을 수 있도록 손잡이가 긴 검이다. 등에 멜 수 있도록 벨
트도 함께 딸려 있었다. 우현은 정민석에게서 투핸드 소
드를 건내 받았다. 5kg가 조금 넘을까. 우현은 그것을 양
손으로 잡아보았다. 전문적으로 우현에게 맞추어 제작된
것이 아니기에 손에 감기는 그립감이 조금 어색하게 느껴
졌다. 괜찮아. 우현은 그렇게 생각하며 머리를 끄덕거렸
다.

무기를 고르고 돌아오자, 속속들이 다른 팀원들이 돌아
왔다. 우현은 그들이 선택한 무기를 쭉 훑어보았다. 선하
가 고른 것은 검신이 길게 휘어진 태도였다. 길이는
150cm 정도 될까. 우현이 선택한 투핸드 소드보다는 조
금 짧았다. 시헌이 선택한 무기는 창이었다. 조금 놀란 것
은 민아였다. 그녀는 한 손으로 들 수 있는 원형의 버클러
에 가벼운 롱소드를 선택했다.

"방패가 있는 게 안심될 것 같아서…"

우현과 눈이 마주치자 민아는 멋쩍다는 듯이 웃었다. 선하가 바랐던 대로 탱커의 역할을 할 수는 있겠지만, 저렇게 작은 버클러로 탱커의 역할을 수행하는 것은 민아의 수준으로는 무리일 것이다. 우현은 턱을 어루만지며 나름대로 포지션을 생각해 보았다.

'하지만 붉은 반달곰이 어떻게 생겨먹은 놈인 줄 모르니….'

일단 보통 곰하면 떠오르는 모습으로 이미지 했다. 몬스터라고 하니까 조금 더 크겠지. 트럭 정도의 크기라고 생각할까. 아니, 일반 몬스터니까 그 정도로 클 것 같지는 않다. 그냥 진짜 곰보다는 조금 더 큰 정도겠지. 정민석이 말하기를, 붉은 반달곰의 공격법은 앞발 휘두르기, 물어뜯기, 돌진이라고 했다. 그렇다면 가장 위기에 노출되는 것은 놈의 정면이다. 반대로 말해서, 가장 주목받기 쉽고 중요한 포지션도 그쪽이다.

"제가 정면을 맡겠습니다."

생각을 정리하고서, 우현이 입을 열었다.

"포지션 말씀이신가요?"

선하가 말을 받았다. 그녀는 잠시 생각하는가 싶더니 머리를 끄덕거렸다.

"…좋아요. 그렇다면 제가 후방을 맡죠. 남은 두 분들은 몬스터의 옆을 부탁드리고 싶은데, 괜찮으신가요?"

사족보행의 몬스터 경우, 후방은 마음 놓고 공격을 퍼부을 수 있는 포지션이다. 특히나 정민석이 말했던 붉은 반달곰의 공격법과 대입한다면 그랬다. 돌진, 앞발 휘두르기, 물어뜯기. 모두가 정면으로 향하는 공격이기 때문이다.

"그럼 시헌씨와 민아씨가 옆을 맡아 주세요. 시헌씨가 고르신 무기는 창이니까, 멀찍이서 찔러주며 신경만 잡아 주셔도 문제는 없을 듯해요. 민아씨도 너무 가까이 접근하지는 마시고, 견제만 하는 것으로도 충분하니까요."

선하의 말에 민아와 시헌은 긴장한 얼굴로 머리를 끄덕거렸다. 4팀이 포지션에 대한 이야기를 마칠 즈음, 모든 팀의 무기 선택이 끝이 났다. 손목에 차고 있던 시계를 내려 보던 정민석은 머리를 들었다.

"무기 선택이 끝났군요. 그러면 일단 판데모니엄에서 나가서, 갑옷을 입고 다시 돌아와 주십시오. 혹시나 해서 하는 말입니다만, 여러분에게 보급된 갑옷은 별 값어치가 없는, 최소한의 방어구일 뿐입니다. 굳이 돈을 주고 살 가치가 있는 물건도 아닌지라, 당연히 사려 드는 사람도 없을 겁니다. 무기 역시 마찬가지고 말입니다. 무슨 뜻인지 아시겠습니까?"

장비를 들고 도망치지 말라는 뜻이다. 당연한 이야기겠

지만, 이런 기초 장비를 들고 도망치는 것으로 얻는 이득
은 없다. 당연히 도망칠 사람도 없다. 침묵을 대답으로 받
아들인 정민석이 어깨를 으쓱거렸다.

"10분 드리겠습니다. 갑옷을 입고, 돌아오십시오."

그 말에 하나 둘 헌터들의 모습이 사라지기 시작했다.
판데모니엄을 나가 현실로 돌아가는 것이다. 우현도 그리
했다. 판데모니엄에서 나가는 방법은 판데모니엄으로 돌
아오는 것과 똑같았다. 문을 상상하고, 문을 여는 것까지
이어가면서 한 걸음. 우현은 자신의 방으로 돌아왔다. 그
는 곧바로 갑옷으로 갈아 입었다. 보급된 갑옷은 몸통을
감싸는 흉갑과 양 팔뚝을 보호하는 완갑, 양 다리를 감싸
는 각반이었다.

우현은 능숙하게 갑옷을 몸에 걸쳤다. 묘한 향수가 일
어났고, 우현은 그것에 휘둘리지 않았다. 과거의 생각을
계속 떠올려 봐야 무의미하다는 것을 알았기 때문이다.
갑옷으로 갈아입은 우현은 곧바로 판데모니엄으로 돌아
왔다.

"빠르시군요."

목소리가 맞이했다. 돌아보니, 정민석이 우현을 보고
서있었다. 우현은 멈칫하여 주변을 둘러 보았다. 아직 돌
아온 사람은 없었다.

"제가 첫 번째입니까?"

"보시다시피."

정민석이 어깨를 으쓱거렸다. 우현은 그의 얼굴을 빤히 보다가 물었다.

"혹시, 이것도 심사에 반영됩니까?"

"그랬다면 미리 말을 하였겠지요. 아쉽게도 장비 환복은 심사에 반영되지 않습니다. 다만, 다른 사람들보다 그쪽에게 좋은 인상을 갖게 되겠지요. 분명, 이름이 우현씨였지요?"

"예."

우현은 머리를 끄덕거리며 대답했다. 정민석은 가죽 갑옷을 입은 우현의 모습과, 그의 등에 걸린 대검을 보면서 턱을 어루만졌다.

"흠 잡을 곳은 없군요."

정민석은 그렇게 중얼거리면서 우현을 빤히 보았다.

"투핸드소드는 사용하기 힘들다, 라고 제가 말했었죠. 굳이 선택한 이유가 있으십니까?"

"심사에 반영되는 질문입니까?"

우현이 묻자 정민석은 입꼬리를 살짝 올리며 웃었다.

"심사는 공정해야 합니다. 우현씨에게만 심사에 반영되는 질문을 할 수는 없지요. 이것은, 그래. 단순히 제 호기심입니다."

정민석의 대답에 우현은 피식 웃으며 대답했다.

"그렇다면 다행이로군요. 그럴 듯한 대답을 궁리할 필요는 없을 테니까. 투핸드소드⋯ 대검을 선택한 이유는, 솔직히 말해서 멋졌기 때문입니다."

"⋯멋?"

"예, 뭐⋯ 로망이라거나, 그런 것 있지 않습니까."

호정이 처음 대검을 쥐었던 이유도 분명 그런 것이었다. 정민석은 웃으며 말하는 우현의 얼굴을 빤히 보다가 피식거리며 웃음을 흘렸다.

"그건 나쁘지 않은 이유로군요."

그는 그렇게 중얼거리며 안경을 살짝 올렸다.

"하지만, 하나 충고를 드리자면. 몬스터와의 전투에 로망 같은 것은 없습니다. 제대로 다루지 못할 무기를 그런 이유로 쥐고 있다가는 나중에 후회하실 겁니다."

"그것은 해 봐야 아는 것이지요. 충고 감사합니다."

우현은 웃음을 지우지 않고서 대답했다. 우현이 그렇게 나오자 정민석은 더 이상 말하지 않고 어깨를 으쓱거렸다. 얼마 지나지 않아 헌터들이 하나 둘 나타나기 시작했다. 우현의 다음으로 모습을 보인 것은 선하였다. 그녀는 조금 놀란 얼굴로 우현 쪽을 바라보았다.

"먼저 오셨군요?"

"저도 방금 전에 왔습니다."

'내가 처음인 줄 알았는데.'

선하는 새삼스럽다는 듯이 우현을 바라보았다. 아무래도 팀원은 잘 만난 것 같다. 그런 생각이 들었다. 계속해서 헌터들이 나타났다. 전원이 10분이라는 시간 안에 갑옷을 전부 갈아입고 온 것은 아니었다. 당장 민아와 시헌만 해도 15분이 다 되어서 간신히 나타났고, 가장 늦은 사람은 20분이 조금 넘어서 나타났다.

"이동하죠."

하지만 지각자들에 대해서 정민석은 뭐라 말을 붙이지는 않았다. 심사에 반영하지 않는다는 것은 사실이었던 모양이다. 곧바로 정민석을 선두로 하여 이동이 시작되었다. 목적지는 1번 던전. 그들은 판데모니엄의 광장을 가로지르고 도시를 빠져 나갔다.

"힘내라 병아리들!"

누군가가 낄낄거리며서 그렇게 외쳤다.

"게이트에 대해서 설명할 수 있는 분, 있으십니까."

불쑥, 정민석이 물었다. 우현은 곧바로 손을 들었다. 정민석은 그런 우현을 힐긋 보다가 말했다.

"해보십시오."

"게이트란 판데모니엄의 던전으로 출입하는 유일한 통로입니다. 한 던전에 게이트는 보통 세 개 존재합니다. 던전의 시작지점에 존재하는 게이트. 던전의 중간 지점 존재하는 '세이브 포인트.' 세이브 포인트의 게이트를 통해 던전을 빠져 나올 경우, 한 번에 한해서는 다시 그 게이트로 출입할 수 있습니다. 한 번 이상 세이브 포인트의 게이트를 이용했다가는 처음의 게이트로 되돌아가게 됩니다. 그리고 마지막으로 던전 보스의 영역에 존재하는 게이트. 던전 내의 게이트는 기본적으로 판데모니엄의 게이트와 이어집니다만….”

“시크릿 던전으로 이어지는 게이트도 드물게나마 존재하지요. 제법 조사를 잘 해 오셨군요.”

게이트의 앞에 도착했다. 게이트는 허공에 보랏빛으로 소용돌이치는, 원형으로 일그러진 공간이었다.

“1번 던전이라고 부르고는 있지만, 이 던전의 정확한 이름은 '세로이드의 숲' 입니다. 물론 던전의 보스였던 세로이드는 이미 옛적에 사냥됐습니다만. 던전에 숫자를 붙여 구분하는 것은 어디까지나 편의를 위해서지요. 현재 협회는 던전을 10개 단위로 하여 표식을 두고 있으니, 후에 헤맬 일은 거의 없을 겁니다.”

정민석은 예고하지 않고 곧바로 던전으로 들어갔다. 그 뒤를 머뭇거리며 신입 헌터들이 따라갔다. 던전을 통과하고서, 우현은 주위를 둘러 보았다. '세로이드의 숲' 이라는 이름에 맞게 던전은 울창한 녹색의 밀림이었다. 정민석은 보호 역할로 붙은 6명의 헌터들을 힐긋 보았다.

"여러분은 지정된 팀에게 붙어 붉은 반달곰의 영역으로 향해 주십시오."

"예."

4팀으로 배정된 것은 눈밑에 음영이 짙은, 피로해 보이는 인상의 사내였다. 자르지 않은 수염이 지저분하게 나 있었고, 갑옷과 무기는 손질이 제대로 되어 있지 않았다. 그의 무기는 무게만 해도 어마어마할 것 같은 거대한 배틀액스였는데, 애초에 그렇게 만들어 진 것인지 단순히 날이 빠진 것인지 모를 정도로 도끼날 부분이 톱날처럼 되어 있었다. 솔직히 말해서 첫인상은 그리 믿음직스럽지 않았고, 무기보다는 소주병을 들고 있는 것이 어울려 보이는 사내였다.

"강만석이다."

과연, 남자의 입에서는 술냄새가 진하게 풍겼다. 그는 눈을 깜박거리며 4팀의 얼굴을 쭉 훑어 보았다.

"대검이 둘, 창이 하나, 검방이 하나…."

그는 그렇게 중얼거리며 어깨를 으쓱거렸다.

"내 알바는 아니지. 자, 가자."

그는 그렇게 말하며 성큼거리며 앞으로 향했다. 민아는 질색이라는 듯이 얼굴을 뒤로 빼며 코를 잡았다. 면전 앞이라 말을 하지 않았을 뿐, 강만석의 냄새는 지독했다.

"믿어도 되는 거예요?"

시헌이 불안하다는 듯 목소리를 낮춰 물었다. 강만석은 위기 상황 때 4팀을 보호하는 역할이다. 그가 하지 않는다면, 4팀의 신출내기 헌터들은 1번 던전의 몬스터를 감당하지 못하고 죽을 것이다.

일반적인 경우라면 말이다.

그리고 그런 걱정이 기우였다는 듯, 강만석이 실력을 보일 기회가 나타났다.

"이 놈이 일각 멧돼지다."

강만석은 수풀에서 뛰쳐나와 이쪽을 향해 발을 구르는 회색의 짐승을 가리키며 말했다. 일각 멧돼지는 그 이름답게 미간에 일직선으로 길게 튀어나온 뿔을 가지고 있었고, 덩치나 어지간한 승합차에 비견될 정도였다.

"웃…."

민아가 겁먹은 얼굴로 턱을 뒤로 당겼고, 시헌은 꿀꺽 침을 삼키며 창을 쥐었다. 우현은 반응없이 일갓 멧돼지를 노려보았다. 그는 저렇게 생긴 몬스터를 알지 못했다. 아무래도, 이쪽 세계의 판데모니엄의 몬스터는 호정이 살았던 세계의 판데모니엄과는 다른 모양이었다.

"크지? 그래도 별 볼 일 없는 놈이야. 패턴이 단순하거든. 놈들은 돌격밖에 할 줄 몰라. 돌격하고서 방향을 틀지도 못하고. 그러니까, 처음 돌격만 피하면 된다. 그 뒤에는 좆밥이거든. 1번 던전의 몬스터는 대부분이 그래."

붉은 반달곰을 잡는 팀플레이 이후에는 일각 멧돼지의 영역에서 개인 서바이벌을 해야 한다. 강만석을 비롯한 보호 헌터들은 서바이벌 이전에 일각 멧돼지를 잡아주며 그 패턴을 익히게 하는 것도 있었다. 강만석은 퉤 침을 뱉더니 등에 걸친 배틀엑스를 붙잡았다.

"돌진을 피한다, 가 일반적인 방법이기는 한데."

일각 멧돼지가 달려들었다. 거구의 놈이 네 발로 땅을 박차니 땅이 가볍게 진동할 정도였고, 정면에서 받는 위압감이 엄청났다. 하지만 강만석은 동요하지 않았다. B급의 헌터는 1번 던전의 몬스터를 무자비하게 학살할 능력을 갖고 있으니까. 강만석의 배틀엑스가 뽑혔다.

쿠웅!

강만석의 배틀엑스가 땅을 내리 찍었다. 머리가 반으로 갈라진 일각 멧돼지는 비명도 지르지 못하고 죽었다. 강만석은 그것을 심드렁한 눈으로 보더니 뒤를 힐긋 보았다.

"일격에 썰어버릴 자신이 있고, 무기가 크다면 이런 방법도 가능하다. 이 파티에서 그것이 가능한 것은 투핸드소드와 태도 정도겠고, 아마 너희 수준으로는 지금 무리일 거다. 나중에 써먹어라, 나중에."

강만석은 그렇게 말하더니 배틀액스를 뒤에 걸쳤다. 그리고서는 시헌에게 다가가 손을 내밀었다.

"네?"

시헌이 화들짝 놀라 뒤로 주춤 물러서자, 강만석은 미간을 찡그리며 말했다.

"창 줘봐, 창."

"아, 예."

시헌은 움찔거리다가 강만석에게 창을 넘겨 주었다. 강만석은 그것을 손으로 훑더니 빙글 돌렸다. 그는 낮게 숨을 뱉으며 그것을 바라보더니 머리를 끄덕거렸다.

"가자."

강만석은 창을 돌려주지 않고 계속해서 숲으로 들어갔다. 그는 이후에 나타난 일각 멧돼지를 향해 창을 던져 머리를 꿰뚫었고, 그 후에 나타난 다른 놈은 돌진하는 것을 기다렸다가, 몸을 비틀어 빼며 창을 옆구리에 꽂는 것을 보여 주었다.

"알겠냐?"

강만석은 그렇게 말하며 시헌에게 창을 돌려 주었다. 시헌은 붉은 피로 흠뻑 젖은 창날을 멍하니 보다가 감격했다는 얼굴로 강만석을 바라보았다.

"알겠습니다!"

시헌은 머리를 꾸벅 숙였다. 강만석은 그런 시헌의 얼굴을 뚫어져라 보다가 말했다.

"창은 쓰기 어려워. 몬스터는 기본적으로 방어벽을 가

지고 있는데, 그것을 일격에 꿰뚫는 것은 너희 수준으로
는 불가능하거든. 있는 힘을 다해서 찔렀는데 막히면 손
만 다치지."

강만석은 양 손을 활짝 피면서 시헌을 바라보았다.

"그러니 살살 해라. 찌른다고 생각하지 말고, 툭 건드린
다고 생각해. 알았냐?"

"예, 예!"

시헌이 차렷자세로 대답했다. 시헌이 그러던지 말던지
강만석은 다시 길을 열어갔다.

'나쁜 사람은 아니로군.'

태도가 건성인 것은 있었지만, 강만석은 가르쳐야 할
부분은 정확하게 인지하고 있었다. 솔직히 말해서 이곳의
모두는 헌터가 되기 전에는 평범하게 살던 사람들이다.
창이나 검, 방패를 쥐어본 적도 없는 사람들이란 말이다.
그런 그들이 갑자기 무기를 쥐어서 무엇을 할 수 있겠는
가. 강만석은 그것을 정확하게 알고 무기의 기본적인 쓰
임에 대해 알리고 있었다.

"봐라."

강만석이 손을 들었다. 그는 멀찍이 있는 커다란 나무
를 가리켰다. 나무는 여태까지 수풀에서 보았던 나무들보
다 훨씬 굵고 높았는데, 기둥에 무언가가 할퀸 자국들이
잔뜩 있다.

"이 이후가 붉은 반달곰의 영역이다. 원래 하위 던전은 공략이 끝나고서 GPS용으로 지도를 만들어 배포하는데, 공략되지 않은 던전에 지도 같은 것이 있을 리가 없잖아. 그럴 경우 몬스터의 영역을 구분하는 것은, 저렇게 몬스터가 남긴 흔적이다. 기억해 놔. 괜히 나중에 멋모르고 돌아다니다 죽지 말고."

강만석은 그렇게 말하고서는 다시 걷기 시작했다. 오오, 시헌이 중얼거렸다. 그는 완전히 감격했다는 듯이 강만석을 따랐다.

"이후부터는 가르쳐주지 않는다."

길을 열던 강만석이 말했다. 그는 뒤를 힐긋 보면서 말을 이었다.

"지금부터 시험 시작이야."

"네? 하, 하지만 어떻게 하는 지도 모르는데…."

시헌이 더듬거리며 말했다. 그 말에 강만석은 콧방귀를 뀌었다.

"붉은 반달곰의 패턴에 대해서는 아까 감독관이 말했잖아. 그 제한된 정보를 실전에서 어떻게 써먹는가, 그것도 시험에 들어간다고. 걱정하지 마라. 죽게 내버려 두지는 않을 테니까."

"하, 하지만…."

시헌은 목을 움츠리며 중얼거렸다. 그런 시헌을 힐긋

보던 우현이 입을 열었다.

"포지션대로 해. 그러면 돼."

우현의 말에 시헌은 흠칫 놀라 우현을 돌아보았다.

"형…?"

"내가 앞. 선하씨가 뒤. 민아와 네가 옆. 이 포지션만 고수하고, 틈 보이면 계속 공격 해. 투기 사용하는 것 잊지 말고, 너무 가까이 붙지도 마. 위험하다 싶을 때는 내가 소리 지를 테니까 괜히 객기 부리지 말고 뒤로 빼고. 알았어?"

우현의 말에 시헌은 머뭇거리다가 머리를 끄덕거렸다. 그 말을 가만히 듣고 있던 강만석이 피식 웃었다.

"네가 오더냐?"

오더. 지시를 내리는 사람을 칭하는 말이다. 이 경우에는 몬스터와의 전투에서 전체적으로 지시를 내리는 사람을 뜻하고, 그것은 대부분 파티의 대장이 맡는다. 우현은 머리를 흔들었다.

"오더랄게 뭐 있겠습니까. 그냥 겁 먹지 말라고 말해주는 건데."

"그게 그거지. 오더라는 건 지시부터 해서 팀 분위기까지 신경 쓰는 놈인데."

강만석은 그렇게 중얼거리며 품에서 담배를 꺼냈다.

"담배 한 대 피고 가자."

그것을 입에 물다가, 강만석은 다른 이들을 쓱 돌아보았다.

"피고 싶으면 한 대 펴. 점수 마이너스 그런 것 없으니까."

강만석의 말에 시헌이 울상을 지었다. 갑옷으로 갈아입으면서 담배를 두고 왔기 때문이다. 강만석은 그럴 줄 알았다는 듯 담배를 하나 빼서 시헌에게 건네 주었다. 그리고는 우현을 힐긋 보았다.

"넌 안 피냐?"

"끊었습니다."

호정은 담배를 폈었지만, 우현은 아니었다. 가끔 담배 생각이 나기는 했지만, 우현의 몸은 담배를 피우지 않던 몸이었고, 굳이 담배를 새로 필 마음도 들지 않았다.

"끊는 게 좋지."

강만석은 중얼거리면서 자신의 담배에 불을 붙이고, 시헌의 담배에 불을 붙였다. 둘은 말없이 담배를 피웠고, 우현과 민아, 선하는 그것을 가만히 바라보았다. 그들의 시선을 의식한 것인지 시헌은 연신 빼끔거리면서 담배를 빨리 피웠다. 하지만 강만석은 느긋이 필터까지 담배를 피웠다. 그는 휴대용 재떨이에 꽁초를 넣고, 엉거주춤 서있는 시헌에게 손을 내밀어 그의 꽁초까지 받아냈다.

"가자."

강만석이 앞장섰다. 그는 휘파람을 불면서 숲의 안으로 파고들어갔다. 그 뒤를 긴장한 얼굴로 우현의 일행이 따랐다. 크허어엉! 멀리서 짐승의 포효소리가 들렸다.

"꺄악!"

민아가 화들짝 놀라 소리를 질렀다.

"다른 팀들이 시작한 모양이다."

강만석은 그렇게 중얼거리면서 걸음을 빨리 했다. 간간히 부러진 나무와, 거대한 무언가가 할퀸 자국이 눈에 띄었다.

"한 가지 조언을 주자면, 저렇게 크게 울부짖는 몬스터는 소리를 지르지 못하게 하는 것을 중점으로 둬라. 저런 놈들은 대부분 울음소리로 동료를 불러 오거든. 붉은 반달곰의 경우도 그렇고. 가끔 재수가 좋으면 저 울음소리를 듣고 이 숲의 네임드 몬스터인 '비루사'가 나타나기도 하는데. 그건 네임드 몬스터 사냥하는 파티에게나 재수가 좋은 경우지, 몬스터 하나 잡는데 허덕거리는 일반 파티에게는 재수가 없는 경우야."

우현은 가만히 머리를 끄덕거렸다. 맞는 말이었다.

"잠깐."

계속해서 걷던 도중 강만석이 손을 들어 올려 일행의 전진을 멈추었다. 그는 눈을 가늘게 뜨고 수풀 너머를 바라보았다. 작게, 소리가 들리고 있었다. 쉭쉭 거리는 숨소리였다.

"준비는?"

강만석이 우현을 힐긋 보았다. 그는 이 파티의 오더를 우현으로 생각한 모양이었다.

"문제없습니다."

우현은 등에 걸친 투핸드소드의 손잡이를 잡고서 대답했다. 다른 이들도 준비를 갖췄다. 시헌은 긴장한 얼굴로 창대를 꼬나 쥐었고, 민아도 꿀꺽 침을 삼키며 방패와 검을 들어 올렸다. 선하는 말없이 태도를 움켜 잡았다. 그들의 표정을 확인하고서, 우현이 입을 열었다.

"돌입은 제가 먼저."

모두의 귀가 활짝 열렸다.

"제가 들어가고서, 놈의 주의를 끌겠습니다. 저와 놈이 대치하는 상황이 되면 들어오십시오."

몬스터는 인형이 아니다. 놈들은 당연히 스스로 생각하고, 또 움직인다. 갑자기 우루루 몰려 들어갔다가는 위축되어 날뛰는 경우도 있고, 포지션을 잡는 것도 어려워 진다. 가장 이상적인 형태는 빙 둘러 싸는 것. 놈이 도망칠 수 없도록 퇴보를 확보하고, 보다 많은 곳에 공격을 넣고.

"내… 내가 옆이었나?"

시헌이 떠듬거리며 중얼거렸다. 우현은 그 말을 무시했

다. 그는 수풀을 뛰어 넘었다. 심호흡을 하고, 마음을 다 잡기도 전에. 지금의 상황이, 처한 현실이 폭력처럼 우현의 정신을 때려 갈겼다. 그는 네 발로 선 거대한 짐승을 보았다. 뻣뻣한 털은 진한 적갈색이었고, 노란 눈은 흉폭하게 번뜩거리고 있었다. 〈붉은 반달곰.〉 우현은 놈의 머리 위에 쓰인 이름을 보았고

자신도 모르게 웃어버렸다. 드디어 완전한 실감이 우현의 몸을 뜨겁게 만들었다. 그리고 우습게도, 그는 조금 긴장했다. 1번 던전에서의 몬스터. 예전이라면 조금의 위협 감도 느끼지 못 할 놈인데. 그것은 어디까지나 예전의 이야기였다. 지금 이 몸은 호정의 것이 아니다. 우현의 것이다. 이제 갓 헌터가 된 약해빠진 몸이었다.

그러니, 긴장은 당연했다. 오히려 그 긴장이 즐거웠다. 우현은 자신을 보고 크릉거리는 붉은 반달곰을 보면서 검을 뽑았다. 오늘 쥐게 된 투핸드소드는 예전에 사용하던 애검과는 비교할 수 없었지만, 그래도 나름대로 손에 맞았다. 우현은 그것을 양 손으로 꽉 쥐고서 발을 천천히 움직였다.

"크어헝!"

붉은 반달곰이 포효했다. 놈은 곧바로 덤벼들지 않고 우현을 살피듯 노려보았다. 우현은 양 손으로 검을 꽉 잡고서 놈의 눈을 피하지 않았다.

곧, 수풀에서 나온 선하와 시헌, 민아가 포지션을 잡았다. 우현은 그들이 준비가 된 것을 보고서 슬며시 발을 움직였다. 화악! 우현의 몸이 앞으로 튀어나갔다. 그 즉시 붉은 반달곰이 반응했다. 놈은 우현이 움직인 즉시 앞발을 들어 우현을 향해 후려쳤다.

맞지 않았다. 튀어 나간 것은 상체 뿐, 하체는 단단히 중심을 잡고 있었다. 놈의 앞발이 허공을 가른 순간, 그제서야 우현의 다리가 움직였다. 우현은 앞으로 튀어나가면서 양 손으로 잡고 있는 검을 휘둘렀다. 얇게 감싸인 백색의 투기가 붉은 반달곰의 머리로 날아갔다.

쩌엉!

베어내지 못했다. 몬스터가 가진 방어벽 때문이다. 일격에 벨 수 없다. 우현은 그것이 조금 씁쓸했다. 1번 던전의 조무래기 몬스터를 일격에 죽일 수 없다니. 하지만 어쩔 수 없는 일이기도 했다. 지금은 오히려 투기가 생각처럼 잘 움직인다는 것에 감사해야 할 것이다.

데미지는 거의 없다지만, 우현에게 일격을 얻어 맞은 붉은 반달곰은 거친 숨소리를 뱉으며 우현을 노려보았다. 놈은 몸을 낮추며 우현을 향해 돌진했다. 박치기? 물어뜯기? 어찌 되었든, 일단은 이쪽에서 학습할 필요가 있었다. 우현은 저런 몬스터를 처음 보니까. 일단 우현은 몸을 옆으로 빼냈다. 콰득! 쩍 벌린 놈의 입이 우현이 있던 곳을 물어뜯었다. 그것을 깔끔하게 피해낸 우현은 손잡이를 고쳐 잡으며 다시 검을 휘둘렀다. 쩌엉! 또다시 놈의 투기와 우현의 검이 부딪혔다. 우현이 공격을 넣은 순간, 놈의 후방에서 대기하고 있던 선하가 빠르게 튀어나왔다. 그녀는 어느새 등의 검을 뽑아 양손으로 잡고 있었다. 쌔액! 휘어진 태도가 날카로운 파공성을 내며 놈의 뒤로 날아갔다. 그녀의 공격도 우현의 것과 마찬가지로 붉은 반달곰의 방어벽을 뚫을 수는 없었으나, 그것은 본격적으로 공격이 시작된다는 신호와 같았다.

"뭐해? 놀고만 있다가는 점수 못 받는다."

우현이 빠른 목소리로 내뱉었다. 그 말에 머뭇거리던 시현과 민아가 흠칫 놀랐다. 시헌은 이를 악물고 창대를 꽉 잡았다. 괜찮아, 괜찮아. 민아는 그렇게 스스로에게 암시를 걸고서 검을 들었다. 먼저 공격한 것은 시헌이었다.

"으앗!"

힘을 준 기합을 뱉으며 시헌이 창을 내질렀다. 시헌은 강만석의 조언을 잊지 않았다. 가볍게, 가볍게. 전력을 다해 찔렀는데 꿰뚫지 못한다면 오히려 이쪽이 손해다. 그저 투기를 방어벽에 부딪치고, 그것을 소모시키는 것으로 충분하다. 동시에 옆과 뒤에서 공격이 들어오자 붉은 반달곰은 성난 소리를 지르며 날뛰었다. 그것을 붙잡는 것이 우현의 역할이다. 우현은 놈이 다른 곳으로 신경을 쓰지 못하도록 맹렬하게 공격을 넣었다. 빠르고, 무겁게. 우현의 검이 붉은 반달곰을 향해 쉬지 않고 휘둘러졌다. 우현의 검을 맞을 때마다 곰의 머리가 휘청거리며 밀려났다. 공격에만 집중하지 않는다. 방어벽 위로 행해지는 공격은 놈에게 데미지를 주지 못한다. 단지, 짜증나게 할 뿐이다. 그것으로 충분했다. 애초에 몬스터의 정면에 선 탱커는 몬스터의 시선만 끄는 것이 역할의 전부다.

그것을 충분히 알고 있었기에, 무리하지 않았다. 열심인 것을 보이는 것도 좋겠지만 괜히 무리하는 것이 마이너스가 되지 않을까 생각했기 때문이다. 그리고 우현의 판단은 정답이었다.

'어쭈?'

판데모니엄 안에서 전파는 통하지 않는다. 하지만 그렇다고 해서 전자기기의 사용이 불가능한 것은 아니었다. 충전식의 캠코더 같은 종류의 물건은 충분히 사용이 가능했다. 캠코더를 들고서 붉은 반달곰과 4팀이 맞서는 영상을 찍고 있던 강만석의 눈이 가늘어졌다. 밸런스가 좋은 팀이다. 강만석은 그것을 순순히 인정했다. 팀을 결성하는 것에 본 것은 최소한의 팀워크를 위한 국적 뿐. 그 외의 모든 것은 무작위였는데. 저 팀의 밸런스는 나무랄 곳이 없었다. 겉으로 보기에는 그랬다.

'모두가 뛰어난 것이 아니야. 중심을 단단히 잡고 있는

놈이 제법인데.'

　강만석은 우현을 주목했다. 몬스터의 정면에서 탱커의 역할을 수행하는 우현은, 숙련된 헌터인 강만석이 보기에도 흠 잡을 곳이 없을 정도로 완벽에 가까웠다. 물론 붉은 반달곰은 하위 던전의 몬스터이고 패턴도 비교적 간단한 편이다. 하지만 저들은 이제 갓 헌터가 되었고, 몬스터를 상대로 처음 싸우는 이들이다. 사람은 자신보다 크고 강한 것, 그리고 미지의 것에게 자연스럽게 위축되고 두려움을 품는다. 하지만 우현에게는 그런 것이 조금도 보이지 않았다.

　'물 만난 고기 같군.'

　적절하지 못한 비유라는 것을 알면서도 인정할 수밖에 없었다. 몬스터의 시선을 끄는 법과 공격에 대한 회피, 그리고 공격. 우현은 그것을 반복하면서 붉은 반달곰의 시선을 확실하게 잡아 끌고 있었다. 배리어로 보호되는 동안 몬스터는 통증을 느끼지 않는다. 결국 몬스터로서는 눈앞에서 깔작거리는 벌레에게 신경을 집중할 수밖에 없는 것이다. 우현이 그 역할을 훌륭하게 수행하는 덕분에 다른 이들이 마음 놓고 공격을 넣을 수가 있었다.

　'쟤도 제법인데.'

　강만석이 우현 다음으로 주목한 것은 강선하였다. 그녀는 커다란 태도를 능숙하게 휘두르며 붉은 반달곰의 뒤에서 쉼 없이 공격을 집어넣고 있었다. 저렇게 공격에 집중할 수 있도록 판을 깐 것은 물론 우현이겠지만, 강만석이 선하를 주목한 이유는 그녀의 호흡이 조금도 흐트러지지 않는 것 때문이었다. 체력이 아무리 좋은 남자여도 저만한 크기의 검을 쉼없이 휘두른다면 지칠 수밖에 없다. 물론 능숙한 헌터라면 투기를 이용해 몸의 힘을 증폭시킬 수 있다. 하지만 그것은 투기의 소모가 굉장히 빠르기에, 뛰어난 헌터가 되기 위해서는 기초 체력이 뛰어난 것이 필수적이었다.

'설마 투기를 그렇게까지 다룰 수 있는 것은 아닐 테고.'

투기를 이용해 몸을 강화하는 것은 강만석도 힘든 경지였다. 그렇다면 단순히 기초체력이 좋은 것일까? 아니면 익숙한 것일까. 이유는 자세히 알 수 없었지만 강만석은 선하를 주목했다. 체력이 좋은 것이 전부가 아니다.

'수를 앞보고 있어.'

그새 몬스터에게 적응했다는 말인가? 강만석은 놀란 얼굴이 되었다. 선하는 붉은 반달곰의 움직임 하나하나에 반응하면서 몸을 움직이고 있었다. 그것은 언제고 물러설 준비가 되었다는 말이다. 보통 저렇게 탱커가 뛰어날 경우, 딜러는 자신의 힘에 취해서 쉼없이 공격만 쏟아 부을 뿐 퇴로를 생각하지 않는다. 그러다가 탱커가 실수하거나, 몬스터가 변덕을 부리기라도 한다면 꼼짝없이 공격에 노출 될 수밖에 없다. 하지만 선하는 아니었다. 그녀는 우현이 탱커의 역할을 훌륭히 하고 있음에도 언제고 도망칠 준비를 하고 있었다.

'다른 둘도… 음….'

우현과 선하에게 비할 것은 아니었지만, 민아와 시헌도 나쁘지는 않았다. 오히려 저 편이 풋풋하고 신참 헌터답다고 생각했다. 시헌은 땀을 뻘뻘 흘리면서 창을 찔러 넣고 있었는데, 그는 강만석이 조언했던 대로 거리를 유지하면서 충분히 힘을 조절하고 있었다.

'하지만 체력이 안 좋아.'

붉은 반달곰을 상대로 싸운지 아직 5분이 채 되지 않았다. 그 사이에 저렇게 땀을 흘리고 호흡이 거칠다. 발놀림도 무디고 공격도 너무 느려. 하지만 가능성은 충분히 있었다. 배우는 것이 빨라. 강만석은 그렇게 생각했다. 체력을 늘리고 경험을 쌓는다면 뛰어난 헌터가 될 가능성이 있었다. 물론 대부분은 그 경험을 쌓는 와중에 죽어버리지만 말이다.

'저 여자애 쪽도….'

기초체력이 부족한 것은 민아도 마찬가지였다. 검과 방패. 버클러라고는 하지만 여자가 다루기에는 처음에는 조금 버거운 무기다. 민아 역시 땀을 흘리면서 호흡이 거칠었다. 강만석이 주목한 것은 민아의 독기였다. 그녀는 당장이라도 쓰러질 것 같은 얼굴을 하고서 이를 악물고 계속해서 공격을 집어 넣고 있었다. 자세도 어설프지만 나무랄 것은 없었다. 방패를 든 손을 아래로 내리지 않고 반격에 대응하면서 검이 닿을 거리를 유지, 그리고 공격. 단순한 동작이었지만 반복하는 중에도 크게 느려지거나 비틀거리지 않는다.

'독해.'

뭔가의 계기가 있는 것일까? 저런 경우의 신참은 살아남아야 할 이유까지 더해졌을 때 어지간하면 죽지 않는다. 죽지 않는 것. 그것이 헌터에게서 가장 필요한 덕목이었다. 죽지 않는 헌터는 강해진다. 강해질 수밖에 없다.

'저 둘이 오히려 체력 면에서는 평범해. 선두의 놈은….'

이름이 우현이었지. 강만석은 우현의 등을 노려 보았다. 저 정도 크기의 투핸드소드를 휘두르고 있으면서도 크게 지치지 않았다. 중량 면에서는 선하가 휘두르는 태도보다 훨씬 나갈 텐데. 새삼 우현의 체격이 몸에 들어왔다. 180 정도의 키에 떡 벌어진 어깨. 따로 운동을 한 것일까? 아무리 운동을 했어도 저렇게 공격을 하면 당연히 지칠 텐데. 게다가 탱커는 몸이 지치는 것 뿐만이 아니라 몬스터의 정면에 있다는 위압감까지 감당해야 한다. 아무리 봐도 이제 처음 몬스터를 상대하는 신참이라고는 생각할 수가 없었다. 담력도, 움직임도 말이다.

'힘들어.'

체력이 부족하군. 우현은 냉정하게 결론을 내렸다. 최근 몇 개월 운동에 몰두하기는 했지만, 몬스터를 상대로 무기를 휘두르는 것은 역시 체력의 소모가 대단했다. 투기의 양이 많았더라면 몸을 강화할 수 있었을 텐데. 강화된 몸이라면 이 정도 무게의 투핸드소드 쯤 나무젓가락처럼 쉽게 휘두를 수 있었을 것이다. 어차피 지금 생각해봐야 무의미했다. 이 몸의 투기로는 몸을 강화할 수가 없다. 설령 할 수 있다 하더라도 투기의 소모가 너무 커서, 무기에 투기를 담을 수 없을 것이다.

'그래도 쓰러질 정도는 아니로군.'

처음 우현의 몸이었더라면 검을 휘두르는 와중에 어깨가 빠지거나 근육이 파열됐을 지도 모른다. 그나마 강화를 해 두었기에, 이나마 버티는 것이다. 차라리 투핸드소드말고 일반 검을 잡을까. 아니, 이 편이 익숙해. 우현은 이를 악물었다. 투핸드소드를 쓰는 것은 우현이 아닌 호정의 자존심이었다.

"웃!"

손에 전해지는 느낌이 달라졌다. 우현은 눈을 부릅 떴다.

"크허엉!"

붉은 반달곰이 울부짖었다. 놈의 방어벽이 사라진 것이다. 우현은 급히 몸을 앞으로 당기며 외쳤다.

"뚫렸다! 조심해!"

방어벽이 사라진 이상 놈은 공격에 대한 통증을 그대로 느끼게 된다. 즉, 다른 곳에서 느껴지는 통증에 반응할 수 있다는 말이다. 이전까지는 우수한 탱커 하나로 몬스터를 상대할 수 있었지만, 방어벽이 사라진 후부터는 파티원 전원이 긴장해야만 했다. 아픔을 느낀 몬스터가 어찌 행동할지를 모르니까. 우현의 행동도 바빠졌다. 지금부터 그는 더욱 적극적이 되어야만 했다. 놈이 우현을 위협적이라고 느끼게 해야만 했다. 우현은 숨을 들이키고서 거리를 좁혔다. 이전까지는 검이 닿을 수 있는 거리, 또 우현이 공격을 피하기에 쉬운 거리를 유지했지만 지금부터는 아니다. 놈이 적극적으로 우현을 공격할 수 있도록, 놈이 유리한 거리로 들어간다.

"카악!"

거리를 좁힌 즉시, 놈이 공격해 왔다. 지금의 장비로는 방어보다는 회피가 낫다. 휘둘러지는 놈의 앞발을 피해 옆으로 몸을 굴렸다. 한 바퀴 구르고서 곧바로 반동을 주어 일어나고, 놈의 얼굴을 향해 검을 휘둘렀다. 좌악! 붉은 반달곰의 얼굴을 우현이 휘두른 검이 스쳤다. 가죽이

제법 두꺼워 깊이 베어내지는 못했지만 고통을 느끼기는 충분하고, 피가 튀었다.

"커허엉!"

놈이 울부짖었다. 우현은 놈의 몸이 살짝 옆으로 기울어지는 것을 보았다. 앞발을 다시 휘두르나? 아니다.

"옆!"

우현이 고함을 질렀다. 그 신호에 옆에서 공격을 넣고 있던 민아와 시헌이 급히 뒤로 물러섰다. 쐐액! 놈이 크게 몸을 돌리며 발을 휘둘렀다. 하지만 미리 뒤로 뺀 민아와 시헌은 맞지 않았다. 우현은 곧바로 몸을 달려 방향을 바꾼 놈의 정면에 섰다. 다른 이들도 이동하여 포지션을 잡았다. 순간 멈췄던 공격이 시작되었다. 사방에서 쏟아지는 공격에 붉은 반달곰의 몸이 피범벅이 되었다. 놈은 거친 숨을 몰아쉬면서 다른 이들을 노리려고 했지만, 그때마다 우현이 신호하였고 곧바로 몸을 날려 놈의 정면 위치를 고수했다.

'슬슬.'

강만석의 눈이 가늘어졌다. 붉은 반달곰은 목숨의 위기를 느끼면 몸을 일으키고 크게 울부짖는다. 자신의 덩치를 키워 상대에게 위압감을 주기 위해서이기도 하고, 지르는 울음성으로 동료를 부르는 것이기도 하다. 그에 대해서는 미리 언질을 주었는데, 과연 어떻게 행동할까?

우현은 붉은 반달곰의 숨이 거칠어지는 것, 행동이 느려지는 것을 놓치지 않았다. 놈의 뒤가 씰룩거리며 뒷다리에 힘이 들어갔다. 돌진? 아니다. 일어서려고 하고 있다. 우현은 틈을 놓치지 않았다. 그는 곧바로 다리를 크게 앞으로 뻗었다. 쿠웅! 뻗은 다리에 단단히 힘을 주고, 옆으로 뉘인 검을 꽉 잡았다. 그리고는 아래에서 위로 크게 휘둘렀다. 콰악! 크게 휘두른 검이 붉은 반달곰의 목젖을 두들겼다.

"카학!"

놈의 입에서 핏물이 튀었다. 일격에 베어낼 수는 없군. 우현은 검을 살짝 떼었다가, 다시 힘을 주어 위로 올려 쳤다.

"넘어뜨려!"

우현은 고함을 질렀다. 붉은 반달곰의 뒤에서 공격을 퍼붓던 선하가 자리를 옮겼다. 그녀는 옆으로 뉘인 검을 크게 휘두르며 붉은 반달곰의 뒷다리를 공격했다. 그것을 보고 민아와 시헌도 공격의 위치를 바꾸었다. 얼마 지나지 않아 놈의 다리가 당장이라도 떨어질 것처럼 덜렁거리고, 놈이 넘어졌다. 놈은 발버둥을 치면서 피거품일 끓는 입으로 소리를 지르려고 했으나 소리는 나오지 않았다. 우현은 양 손으로 잡은 검을 크게 들었다가 도끼처럼 놈의 목을 향해 내리 찍었다.

"…후우!"

우현은 이마를 타고 흐르는 땀을 닦으며 크게 숨을 토해냈다. 이 몸으로 하는 첫 번째 사냥이 끝났다. 동료들을 보았다. 민아와 시헌 역시 땀 범벅이었지만, 그들은 감격했다는 얼굴로 붉은 반달곰을 내려 보고 있었다. 선하를 보았다. 선하도 땀을 흘리는 것은 똑같았지만 호흡은 아직 안정되어 있었다. 체력이 대단하군. 우현은 그런 선하를 보면서 내심 혀를 내둘렀다.

"잘했다."

강만석은 캠코더의 녹화를 끊고서 다가왔다. 그는 흐뭇한 얼굴로 죽은 붉은 반달곰을 바라보았다"생각보다 잘해줬어. 칭찬하고 싶을 정도로." 그는 그렇게 말하면서 우현에게 다가와 그의 어깨를 두들겼다.

"특히, 너. 처음 몬스터와 싸우는 헌터라고는 생각할 수 없을 정도였다. 뭐 운동이라도 하는 거 있냐?"

"…검도랑 복싱, 헬스를 했습니다."

"음, 좋아. 체력은 중요하니까. 너희 둘도 운동 하는 것 없으면 해 봐. 물론 이 짓 하다보면 싫어도 체력이 쌓이지만, 처음에는 체력 부족해서 힘들 거다. 지치면 거의 죽어. 그렇게 생각해."

그는 그렇게 말하며 선하를 바라보았다. 선하는 검에 묻은 피를 털어내고 있었다.

"너도 여자라고 생각할 수 없을 정도고. 운동하는 것 있냐?"

강만석이 물었다. 그 물음에 선하는 천천히 머리를 끄덕거렸다.

"어렸을 때부터 했어요."

"음, 확실히. 단기간에 쌓을 수 없을 정도였지. 뭐 좋아. 일단 이 시체는 내가 가져간다."

그는 그렇게 말하며 손목에 채운 시계를 내려 보았다.

"8분 걸렸다. 뭐, 신입치고는 잘 한 거지."

8분. 우현은 쓴웃음을 지었다. 보스 몬스터도 아니고 1번 던전의 일반 몬스터를 잡는 것에 8분이나 걸렸다. 그것도 혼자 잡는 것이 아니라 4명이서 잡았는데. 처참하군. 우현은 새삼 자신이 처한 상황을 깨달았다. 지금의 그는 과거의 SS급 헌터가 아니라 이제 갓 헌터가 된 신입일 뿐이었다.

"너무 걱정하지 마라. 헌터라는 것들은 장비만 제대로 갖춰도 강해지거든. 너희에게 준 무기는 거의 위력 없이, 모양새만 그럴 듯하게 갖춘 무기들이야."

강만석은 그렇게 말하면서 어깨를 으쓱거렸다.

"최초 등급 테스트에서 우수한 결과를 낸다면 협회 쪽에서 장비를 지원해 준다. 가능성 있는 신입은 투자할 가치가 충분하니까. 비록 꼴찌를 해도 지금보다는 나은 장

비가 지급 돼. 그것만 들어도 시간을 두 배 이상 단축할
수 있어."

상위 다섯명에게는 국가에서 지원금을 준다고 했다. 그
외에도 장비까지 지원해준다는 것인가. 우현은 머리를 끄
덕거렸다. 강만석의 말대로 헌터는 장비만 좋은 것으로
바꾸어도 몇 배는 강해질 수 있다. 물론 그만한 성능의 장
비는 어마어마한 가격으로 거래되지만 말이다.

"지금부터는 어떻게 되는 거죠?"

선하가 물었다. 붉은 반달곰을 잡는다는 팀 플레이 테
스트는 이미 끝났다. 남은 것은 개인 테스트인 서바이벌
뿐이다.

"입구 게이트로 돌아간다."

◎

입구쪽 게이트에는 정민석을 제외하고 아무도 없었
다.

"저희가 처음입니까?"

강만석이 물었다. 그는 척 봐도 자신보다 어려보이는
정민석에게 존칭을 쓰고 있었다. 시계를 보던 정민석이
머리를 들었다. 그는 강만석과, 그 뒤에 있는 우현의 파티
를 보고서는 천천히 머리를 끄덕거렸다.

"예. 빨리 오셨군요."

정민석의 대답에 민아와 시헌이 활짝 웃었다. 가장 처음. 모르긴 몰라도 이것은 점수가 꽤 될 것임이 틀림없었다. 우현은 선하 쪽을 힐긋 보았다. 선하는 담담한 얼굴이었다. 이렇게 되리라고 생각하고 있었던 것일까? 그럴 지도 모른다. 우현이 보기에도 선하는 처음 치고는 모든 것이 능숙하고 뛰어났으니까.

"몇 분 걸렸습니까?"

"7분 56초 걸렸습니다."

강만석이 대답했다. 그 대답에 정민석은 낮은 감탄성을 흘렸다.

"여태까지 신입 등급 심사에서 새워진 기록 중에서도 최상위로군요. 동아시아 기록 중에서는 1위입니다."

"들었냐? 너희들 1위래."

강만석이 휘파람을 불었고, 민아와 시헌이 탄성을 질렀다. 이 정도 성적이라면 팀 플레이 점수는 최상위일 것이다. 강만석도 말하지 않았나, 잘했다고. 우현은 쓰게 웃으며 안도했다. 협회에서 지원해 준다는 장비가 얼마나 좋은 것일지는 모르겠지만, 솔직히 말해서 우현에게는 헌터의 장비를 구입할 경제력이 없었다.

시간이 지나고 다른 팀들이 속속들이 모여들기 시작했다. 그들은 먼저 와있는 우현의 팀을 보고서 놀란 표정을 지었지만, 말을 걸어오지는 않았다. 경쟁자라고 생각하는 것이리라. 호정의 세계에서도 헌터들은 무한하게 경쟁했다. 좋은 무기를 얻기 위해서, 그리고 네임드 몬스터를 사냥하기 위해서. 그것은 하위 헌터들도 마찬가지다.

"모두 모였군요."

정민석이 말했다. 그는 모인 헌터들을 쭉 훑어보았다.

"죽은 사람은 없는 것 같고. 부상자 있습니까?"

강만석이 물었다. 그 말에 몇몇이 머뭇거리며 손을 들었다. 강만석은 그들을 뚫어져라 보면서 말을 이었다.

"도저히 움직일 수 없고, 내버려 두면 목숨이 위험할 정도인 중상입니까?"

그 말에 머뭇거리던 이들이 손을 내렸다. 대부분이 경상이었기 때문이다. 저들을 담당했던 헌터들이 중상까지 이어지지 않도록, 위험하다 판단했을 때 적절하게 난입한 덕분이다. 정민석은 손을 앞으로 뻗었다.

"곧바로 서바이벌에 들어가도록 하겠습니다."

"바, 바로요?"

누군가가 놀란 소리를 냈다. 그 말에 정민석은 그럴 줄 알았다는 듯 그쪽을 힐긋 보았다.

"이것은 새로 헌터가 된 여러분이 얼마나 이 세계에 적응할 수 있는가를 보는 테스트입니다. 던전에서 싸우다 보면 그곳에서 야영하는 일은 굉장히 많습니다. 바로 방금 전에 몬스터와 싸웠고, 약간의 부상이 있다고 해서 입구의 게이트까지 돌아갈 수는 없지요. 안 그렇습니까?"

정민석은 빙글 웃으며 물었다. 그 물음에 다들 대답을 하지 않았다. 정민석이 손가락을 까닥거리자 그의 아공간에서 물건들이 쏟아졌다. 가방이었다.

"서바이벌은 3일 동안입니다."

정민석이 입을 열었다.

"그 안에는 살아남기 위한 최소한의 도구들이 있습니다. 각자 가방을 가져가서 확인해 보시지요."

우현이 먼저 앞으로 나섰다. 그는 평온한 얼굴로 가방 중 하나를 들어 올렸다. 제법 묵직했다. 그것을 안고서 돌아와 안을 열어 확인해 보았다. 가장 먼저 눈에 들어온 것은 묵직한 거버 나이프였다. 우현은 그것을 가볍게 쥐어 보았다. 몬스터의 사체로 만든 것이 아니었다. 그 외에는 불을 붙이기 위한 파이어 스틸, 지포 라이터와 기름, 열량이 높은 초코바가 몇 개. 생수,접이식 우산처럼 생긴 경량 침낭, 로프, 손전등, 통조림.

그리고 폭죽. 그게 전부였다.

"지금부터, 여러분은 게이트가 보이지 않는 숲 속에서 살아남아야 합니다. 방식은 자유입니다. 아무 것도 하지 않아도 좋습니다. 어떻게든 3일을 버티면 됩니다. 위험을 느끼고, 도저히 못하겠다고 느낄 때에는 폭죽을 터트리십시오. 곧바로 지원이 갈 겁니다."

"다른 사람과 협력하면 어떻게 되나요?"

질문한 것은 선하였다. 그 물음에 정민석은 빙긋 웃으며 선하를 돌아보았다.

"그렇게 될 경우는 점수에 마이너스가 생길 겁니다."

철저하게 개인 생존능력을 보겠다는 말이다. 선하의 질문에 대답한 정민석이 다시 입을 열었다.

"시작하기 전에, 가방에서 필요가 없다고 생각하는 물건이 있다면 버리십시오. 물론, 버릴 것인가 말 것인가는 자유입니다."

그 말에 우현은 눈을 가늘게 뜨고 가방 안의 내용물을 다시 살펴 보았다. 지포 라이터와 파이어 스틸. 불을 붙이는 도구가 두 개였다. 뭔지 알겠군. 우현은 쓰게 웃었다. 편한 라이터를 쓰는가, 아니면 파이어 스틸을 쓰는가. 무엇을 버릴 것인가로 추가 점수가 들어오는 방식인 듯 했다. 우현은 우선 지포 라이터를 가방에서 꺼내 바닥에 버렸다. 그리고는 비상 식량인 초코바, 침낭, 손전등, 통조림까지 전부 버렸다. 결국 우현에게 남은 것은 거버나이프와 파이어 스틸, 로프 뿐이었다. 주변을 쓱 보니 대부분이 파이어 스틸과 로프, 통조림 정도를 버리고 있었다.

"전부 다 끝나셨으면 이동하도록 하겠습니다."

정민석이 앞장섰다.

"형, 저렇게 많이 버려도 되요?"

곁에 다가 온 시헌이 불안하다는 듯이 말했다. 우현은 가벼워진 가방을 흔들며 씩 웃었다.

"괜찮아."

"으… 형이 그렇다고 하면 뭐 상관없겠지만… 아, 근데 나는 이런거 해본 적도 없는데. 대체 어떻게 하라는 거야…"

시헌은 머리를 벅벅 긁으면서 투덜거렸다. 조언이라도 해줄까 하다가, 그만두었다. 이것은 개인전이다. 결국 모두가 경쟁자라는 말이다. 우현의 눈이 가늘어졌다. 시헌에게 나쁜 감정이 있는 것은 아니지만, 괜한 호의로 자신의 점수에 마이너스를 만들 생각은 없었다.

"여기서부터."

정민석의 걸음이 멈추었다. 숲의 중심이었고, 게이트는 보이지 않았다.

"3일 후, 이곳에서 푸른색의 폭죽이 터질 것입니다. 그 후에는 여러분과 가까운 곳에서 머무는 헌터들이 여러분을 지원하기 위해 갈 것이고. 협회는 철저하게 여러분의 목숨을 보장할 것입니다. 뭐, 어쩔 수 없는 일은 언제나 발생하는 법입니다만… 너무 큰 걱정은 하지 말아달라는 이야기입니다. 다른 헌터들과 가까운 곳에 머물러도 상관은 없습니다만, 만약 접촉이 생긴다면 점수에서 마이너스가 됩니다. 아시겠습니까?"

예. 모두가 대답했다. 정민석은 시간을 확인했다.

"그러면, 시작하겠습니다."

그 말에 우현이 가장 먼저 움직였다. 그는 가벼워진 가방을 어깨에 들쳐 메고 빠르게 이동했다. 가장 먼저 해야 할 것은 좋은 자리를 선점하는 것이었다. 최대의 안전이 보장되는 곳. 숲을 헤집은 끝에 우현은 적절한 곳을 찾았다. 그가 주목한 것은 두꺼운 나무였다. 그늘이 무성했지만 주변에 나무들이 적어 하늘을 보는 것에 무리는 없었다. 우현은 가방을 내려놓고 로프를 꺼냈다. 로프는 길고 두꺼웠다. 체중을 지탱하는 것에 무리는 없어 보였다. 우현은 로프의 일정부분을 끊어낸 뒤에, 로프의 긴 쪽을 거버 나이프의 칼자루에 묶었다. 로프의 매듭을 확인하고 나서, 우현은 뒷걸음질을 치며 나무를 올려 보았다. 몇 미터 위에 굵직한 나뭇가지가 보였다. 일단 확인해 볼까. 아직 시간은 많다. 배가 그렇게 고픈 것도 아니고.

몇 번인가 시도 끝에 우현은 나뭇가지에 로프를 걸 수 있었다. 몇 바퀴 그것을 감고서, 로프를 당겨 매듭을 단단히 했다. 그리고는 여분의 로프를 나무 밑동에 빙 둘러서 단단하게 매듭을 지었다. 반대쪽 로프가 팽팽해지자 우현은 로프를 잡고서 나무 위로 올랐다.

"···후우!"

나무를 오르는 것은 어렵지 않았다. 체력도, 근력도 충분했으니까. 목표로 두었던 나뭇가지는 상당히 두꺼워서, 우현의 체중을 지탱하기에 무리는 없어 보였다. 일단 이곳을 잠자리로 삼는다. 불편하지만 어쩔 수 없었다. 잠을 잘 때에는 때어둔 로프를 써서 나무에 몸을 묶어야겠군. 끔찍한 잠자리일 거야. 우현은 쓰게 웃었다. 하지만 지금 선에서는 이곳이 가장 안전한 잠자리였다.

밤에 불을 피울 수는 없다. 바닥에서 자는 것도 무리다. 짐승은 불을 무서워하지만, 몬스터는 불을 무서워하지 않는다. 괜히 불을 피웠다가는 몬스터의 이목을 끌기에 딱 좋다. 그래서 보통 던전에서 야영할 때에는, 파티원들끼리 보초를 선다. 하지만 지금은 개인 서바이벌이니 그럴 수는 없다. 불편을 감수하더라도 안전을 꾀하는 편이 낫다.

그렇다면 다음은 식량 조달인가. 우현은 몸을 낮춰서 밑동에 묶었던 로프를 끊어냈다. 그리고 그것을 끌어 올려 나뭇가지에 단단히 매듭을 지었다. 그리고 다시 로프를 타고 아래로 내려왔다. 우현은 식량을 모두 버렸다. 그렇다면 자력으로 조달할 수밖에 없다.

기본적으로, 짐승형 몬스터는 식용이 가능하다. 독을 쓰는 몬스터는 예외지만, 일각 맷돼지같은 몬스터는 먹을 수 있다. 하지만 대부분이 먹지 않는다. 그것은 몬스터가 어찌 생겼던, 그것은 짐승이 아니니까. 하지만 극한이라면 먹지 못할 것도 없다. 던전에서 식량이 떨어진다면 궁여지책으로 몬스터라도 먹어야 한다. 아니, 그 전에 일단 불을 피운다. 이쪽이 내 영역이라는 것을 알리기 위해서. 나중에 돌아올 수 있도록. 우현은 근처에서 마른 나뭇가지를 모아 왔다. 그리고 주저앉아서 파이어스틸을 쓰기 시작했다. 치익, 치익. 몇 번인가 긁으니 작은 불씨가 튀기기 시작했다. 다시 몇 번의 반복 후에 불이 붙었다. 불이 붙자 우현은 몸을 낮춰 입김을 불어 불을 살렸다. 몇 개의 장작을 더 집어넣고, 불꽃이 유지되자 우현은 미련 없이 몸을 일으켰다.

일각 맷돼지와 직접 싸워 본 적은 없다. 하지만 강만석이 싸우는 것은 보았다. 우현이 판단하기에, 일각 맷돼지는 쉬운 상대였다. 붉은 반달곰에 비하자면 그랬다. 붉은 반달곰은 일반 몬스터인 주제에 체력과 방어벽이 너무 두꺼웠다. 패턴도 제법 까다로운 편이었다. 하지만 일각 맷돼지는 아니다. 돌진, 그것만 피하면 된다. 강만석이 그렇게 말했고 우현이 보기에도 그랬다.

'맛있으면 좋을 텐데.'

내심 그렇게 생각했다. 얼마 지나지 않아서 우현은 나무 밑을 파헤치는 일각 멧돼지 한 마리를 발견했다. 한 마리. 정면으로? 아니, 안 돼. 우현은 자신의 힘을 과신하지 않았다. 정석인 공략법이 있다면 정석을 따른다. 우현은 호흡을 고르면서 아래를 내려 보았다. 딱 좋은 돌멩이가 하나 있었다. 우현은 그것을 손으로 들어 올린 뒤에, 주변을 살펴 보았다. 일각 멧돼지를 유인할 만한 곳을 찾는 것이다. 가까운 곳에 쓸 수 있을 법한 나무가 보였다. 우현은 눈을 반짝이며 그곳으로 다가갔다.

일부러 크게 소리를 내면서 수풀을 넘었다. 땅을 파헤치던 놈이 머리를 들어 우현을 바라보았다. 놈의 눈이 야성을 담는 것을 보았고, 우현은 그 즉시 돌을 집어 던졌다. 따악! 놈의 큼직한 코에 돌멩이가 부딪혔다. 물론 데미지는 없다. 방어벽을 두들겼을 뿐이다. 하지만 놈을 열받게 하는 것에는 그것으로도 충분했다.

"꿰애액!"

놈이 울부짖으며 땅을 박찼다. 하나, 둘, 셋. 우현은 마음 속으로 숫자를 세고, 놈의 거리가 충분했을 때에 몸을 옆으로 날렸다.

콰직! 급히 몸을 일으키니 나무에 뿔을 박아 넣고서 낑낑거리는 일각 멧돼지가 보였다. 그것을 보면서 우현은 크게 숨을 몰아쉬었다. 저렇게 돌진하는 놈들은 뒤로 몸을 빼는 것이 힘들다. 즉, 마음 놓고 공격을 퍼부을 수 있는 찬스라는 것이다.

우현은 양 손으로 검을 잡았다. 마음이 편해졌다.

애초에 그는 탱커가 아닌 딜러였다.

"…저 새끼 뭡니까?"

강만석은 옆에서 들리는 목소리에 그쪽을 힐긋 보았다. 강만석의 후배 격인 헌터, 박의성이었다.

"뭘?"

강만석은 그렇게 투덜거리면서 담배를 입에 물었다. 박의성은 반쯤 넋이 나간 얼굴로 손을 들어서 앞을 가리켰다.

"저 새끼 말입니다. 안 보입니까?"

"안 보이기는, 씨발. 잘 보이지."

강만석은 투덜거리면서 연기를 위로 뿜었다. 그들이 가리킨 방향에서는 나무에 박힌 일각 멧돼지에게 맹공을 퍼붓는 우현이 있었다.

"햐, 새끼 물건이네."

박의성이 탄성을 질렀다. 강만석은 동감하여 머리를 끄덕거렸다.

"그러게."

강만석의 눈이 가늘어졌다. 그들이 보는 우현은 도저히 오늘 처음으로 몬스터와 싸우는 헌터라고는 상상할 수 없을 정도였다. 저만한 크기의 투핸드소드를 제 손발이라도 되는 것처럼 자유롭게 휘두르고 있었다. 조금도 쉬지 않는다. 계속해서 발을 움직이고, 허리를 비틀어 반동을 주고, 양 손으로 꽉 잡은 투핸드소드가 위에서 아래, 아래에서 위, 오른쪽에서 왼쪽… 사방에서 폭풍처럼 몰아친다.

"보이냐? 저 놈, 저렇게 움직이면서도 투기를 쓰고 있어."

그 말에 박의성은 침을 꿀꺽 삼켰다. 이제 갓 최초 등급 심사를 보는 헌터가 저렇게까지 투기를 능숙하게 사용하다니. 불가능한 일이었다. 박의성은 볼 것도 없다는 듯이 머리를 흔들었다.

"이번 테스트 1등은 이미 결정 난 것 아닙니까? 저 새끼 팀이 팀 플레이에서도 1등이었죠? 거기에 개인 서바이벌에도 처음부터 점수 제일 많이 챙겨갔고. 몬스터 잡는 꼴도 보니까…."

박의성의 말에 강만석이 머리를 끄덕거렸다. 우현은 이미 처음에 배낭에서 물건을 버리는 것에서부터 제일 많은 점수를 받아 갔다. 물론 그렇게 물건을 버리고서 어떻게 던전에서 버티느냐가 관건이겠지만, 저러고 있는 것을 보니 볼 것도 없었다.

"체력 좀 더 붙고, 투기의 양만 많아지면… 저 새끼. 금

방 우리 있는 곳까지 쫓아오지 않겠습니까?"

"투기 불릴 것도 없지. 좋은 장비만 갖춰져도 날아다닐 거야. 그러다가 운 좋게 마석 얻고서 투기까지 불리면…."

강만석이 몸을 부르르 떨었다. 마석. 네임드 몬스터의 심장에서 발견되는 그것은, 헌터가 흡수한다면 투기의 양을 빠르게 불릴 수 있다. 일곱 종류의 마석 중 가장 낮은 등급인 퍼플 스톤만 먹어도 보유한 투기의 양이 2배는 불어난다. 물론 그만큼의 효율이 있기에 마석은 희귀하고, 고가로 거래된다.

"아니면 길드에 들어가는 방법도 있지. 저 정도의 재능이면, 가능성을 보고 투자할 대형 길드는 널렸어."

강만석의 중얼거림에 박의성이 공감하여 머리를 끄덕거렸다.

"잡았네."

강만석이 중얼거렸다. 그는 더 볼 것 없다는 듯이 머리를 돌렸다.

"야, 가자. 저 놈은 더 볼 것 없어. 병아리다운 놈들이나 보러가자고."

강만석의 말에 박의성은 머리를 끄덕거리며 몸을 돌렸다.

"…후우!"

우현은 막혔던 숨을 내뱉었다. 허리가 조금 뻐근했다. 마음 놓고 공격을 하다가 자신도 모르게 몸을 돌보지 않은 탓일까. 우현은 허리를 두드리면서 투핸드소드를 내려 놓았다. 그는 자신의 앞에 주저앉은 고깃덩어리를 바라보았다. 그는 손을 쥐었다가 피면서 그것을 향해 다가갔다.

짙은 피비린내가 났다. 우현은 미간을 찡그리면서 다시 검을 들었다. 3일이라. 다리만 잘라가면 되겠군. 그는 검을 내리 찍어 일각 멧돼지의 다리를 잘라 냈다. 그것을 아공간에 집어넣고, 남은 시체도 아공간에 우겨 넣었다. 이렇게까지 가죽이 상해버렸으니 팔 수는 없을 것이다. 애초에 1번 던전의 몬스터 사체가 수요가 있을 것 같지도 않았고. 하지만 전리품의 증명은 되겠지. 우현은 피에 젖은 얼굴을 대충 손으로 닦았다.

모닥불로 돌아왔다. 방문자는 특별히 없어 보였다. 몸을 꽤 움직인 덕분인지 허기가 느껴져서, 우현은 곧바로 식사를 준비했다. 모닥불에 장작을 몇 개 더 집어넣고, 불을 크게 하고. 돌을 모아 주변에 두르고, 나뭇가지를 박아 지지대를 만들었다.

'너무 크군.'

적당한 크기로 고기를 썰었다. 누린내가 조금 심하게 풍겼다. 소금이나 후추가 있으면 좋겠지만, 지금으로서는 사치였다. 우현은 고기를 올려 놓고서 투기를 점검했다. 조절할 대로 조절했는데 투기의 양이 크게 줄어 있었다.

'슬슬 조심해야겠는데.'

냄새를 맡고서 몬스터가 나타날 지도 모른다. 물론 그것은 최악의 가정이었다. 우현은 자신이 거처로 삼은 나무를 힐긋 보았다. 땅을 달리는 멧돼지가 나무를 오를 방법은 없다. 방법이 있다면 나무를 쓰러트리는 것 정도일 텐데. 아까 전의 돌진을 보건데 놈의 돌진이 나무를 무너트릴 정도는 아니다. 게다가 저 나무는 아까 전 우현이 유인했던 나무보다 두꺼웠다.

'삼일 정도는 버티겠지.'

조금 낙관적으로 생각하기로 했다. 그보다 근처에 냇가는 없는 것일까. 식수를 조달할 방법에 확신이 없어서 물은 버리지 않았는데. 우현은 배낭을 열어 생수통을 열었다. 삼일 정도는 여유롭게 마실 수 있을 양이었다. 그래도 만약이라는 것이 있으니, 우현은 아주 약간의 물만 마셨다.

'다른 사람들은 어떻게 하고 있을까?'

먼저 떠오르는 것은 선하와 민아, 시헌이었다. 잠깐이었지만 같은 팀에서 심사를 받았으니까. 선하의 모습이 떠올랐다. 그 기다란 태도를 익숙하게 다루던 모습. 고른 호흡과, 안정적인 공격. 선하는 우현이 생각하기에는 조금 이해할 수 없는 존재였다. 우현의 경우야 특별한 것이지만, 다른 사람들과 똑같은 신입 헌터인 선하가 어떻게 그 정도로 능숙했던 것일까?

'민아와 시헌이도 제법이었지.'

둘은 신입다웠지만 쓸만 했다. 그대로 성장하기만 한다면 무리없이 상위 등급 헌터가 될 수 있을 정도로. 생각해서 뭘. 우현은 피식 웃었다. 지금 코가 석자인 것은 우현이다.

'일단 등급 심사에서 좋은 점수를 받고…'

자만하는 것은 아니었지만, 이대로 간다면 등급 심사의 1등은 우현의 것이리라. 헌터의 등급은 SSS에서 I까지 존재한다. 심사를 받지 않은 신입 헌터, 언랭크가 등급 심사에서 받을 수 있는 최저 등급이 I다. 그리고 이 심사에서 가장 높게 받을 수 있는 등급은 F. 우현이 노리는 것은 그것이었다. 최초 등급 심사에서 F등급을 받는다면, I등급보다 몇 계단은 앞서 가게 된다.

'그것으론 부족해. 더 좋은 장비를 갖춰야 하고… 마석.'

결국 초점을 마석에 맞출 수밖에 없었다. 마석을 얻는다면 빠르게 강해질 수 있다. 종말과 데루가 마키나의 존재에 대해 아는 이상, 우현은 누구보다 강해져야만 했다.

하지만 할 수 있을까. 아니, 강해지는 것을 떠나서

그 괴물을 죽일 수 있을까?

오싹 소름이 돋았다. 결국 우현은 데루가 마키나에 의해 이곳에 보내졌다. 우현이 헌터가 된 것 역시 데루가 마키나가 그렇게 바랐기 때문이다. 생각하면 생각할수록 무언가가 이상했다. 데루가 마키나는 결국 몬스터다. 헌터가 숱하게 잡아 온 몬스터. 그런 몬스터가 어찌 그런 일을 할 수 있다는 것인가.

"빌어먹을."

데루가 마키나를 떠올리는 것만으로 우현의 손이 바들거리며 떨렸다. 복수심, 증오 이전에 공포가 그의 육체와 정신에 깊숙이 박혀 있었다. 우현은 까득 이를 갈았다. 좆같은 년. 우현은 숨을 몰아쉬면서 눈을 질끈 감았다. 판데모니엄의 마지막 던전, 판도라. 그곳에서 벌어진 끔찍한 살육이 우현의 몸을 더욱 떨게 만들었다.

대체 데루가 마키나는 뭐고, 판데모니엄은 뭐지. 왜 이런 것들이 나타난 것이지.

알 수가 없었다.

◎

"수고들 하셨습니다."

정민석은 모인 헌터들을 쭉 둘러보면서 말했다. 삼일이 지나고, 개인 서바이벌은 끝났다. 24명 중에서 최후에 최후까지 버틴 이들은 16명. 돌려보내진 사람들 중 8명은 몬스터의 습격을 받아 다른 헌터에게 구조 당하거나, 버티지 못하여 폭죽을 터트려 도움을 받았다.

"여러분의 헌터 등록번호는 헌터 협회 사이트의 ID고, 핸드폰 번호가 비밀번호입니다. 심사에 대한 결과는 사흘 후에 협회 계정의 메일함에 도착해 있을 겁니다. 결과를 확인하신 뒤에는 부디 협회에 방문하시어 헌터 등록증의 등급을 수정해 주십시오."

정민석은 무표정한 얼굴로 말했다.

"예."

모두의 대답이 작았다. 3일 동안이나 던전에서 홀로 지내고 잘 먹지 못한 탓에 기운이 없는 것이리라.

"장비는 그쪽 협회에서 받으실 수 있을 겁니다. 일단 던전을 나가도록 하죠."

정민석이 앞장섰다.

"으아… 죽는 줄 알았네…."

옆에서 목소리가 들렸다. 떡진 머리에 꾀죄죄한 몰골인 시헌이 보였다. 그는 어깨를 축 늘어트리고 우현의 곁으로 다가왔다.

"형은 잘 지냈어요?"

시헌은 우현의 얼굴을 살피며 물었다. 꾀죄죄한 것은 같았지만 우현은 여유로워 보였다.

"뭐, 그럭저럭."

"으으… 역시 군필이라서 그런가? 별로 안 힘들었나 봐요?"

"캠핑은 원래 좋아했거든."

우현은 쓰게 웃으며 적당히 둘러댔다.

"으, 이럴 줄 알았으면 나도 미리 좀 해두는 건데. 국토대장정이라던가."

시헌이 투덜거렸다.

"다들 괜찮아요?"

민아가 다가왔다. 민아 역시 몰골은 시헌과 다를 것이 없었지만, 그래도 체력 적으로는 시헌보다 나아 보였다.

"누나는 괜찮아 보이네요?"

시헌이 눈을 동그랗게 뜨고 물었다. 그 물음에 민아는 멈칫하더니 멋쩍다는 듯이 웃었다.

"다이어트 때문에 굶는 것이랑 적게 먹는 것은 익숙했거든. 그래도 잠자는 것은 힘들었어. 아니, 거의 못 잤을 정도인걸."

"아, 저도요. 웅크리고 좀 자려고 하면 이상한 소리 나서 괜히 깨어나고…"

시헌이 투덜거렸다. 그러는 중에 그들은 게이트를 통과하여 판데모니엄으로 돌아왔다.

"입으신 장비는 등급을 수정하러 지역 협회에 갈 때에 반납해 주십시오. 수고들 하셨습니다."

정민석이 무표정한 얼굴로 말했다.

"…끝?"

민아가 조금 허탈하다는 듯이 중얼거렸다. 정말 끝이라고 증명이라도 하듯이 정민석의 모습이 사라졌다. 반쯤 넋이 나간 얼굴로 서있던 민아가 어이가 없다는 듯이 투덜거렸다.

"수고들 하셨습니다, 는 무슨. 아, 모르겠다. 집에 돌아가서 샤워하고 싶어… 자고 싶어…."

민아가 머리를 푹 숙이고 중얼거렸다. 그 말에 시헌의 눈이 반짝거렸다.

"뒤풀이라도 하는 게 어때요?"

시헌이 빠르게 말했다. 그 말에 민아가 숙이고 있던 머리를 퍼뜩 들었다.

"뒤풀이?"

"네. 어차피 다 서울 산다면서요? 지하철 타면 금방 만나는데. 그러니까, 만나서 술이나 한 잔 마시자구요. 고기도 먹고."

"고기! 그래, 고기를 먹어야 돼. 삼일 동안 초코바에 마른 과자만 먹으니 속이 니글거려. 기름을 칠해야 해!"

민아가 주먹을 불끈 쥐고 열변을 토했다. 그 말에 시헌은 맞다고 맞장구를 치더니 우현을 쓱 보았다.

"형도 같이 갈 거죠?"

이미 함께 할 것이라고 반쯤 확정을 짓고 확인차 물어보는 뉘앙스였다. 우현은 쓰게 웃었다.

"상관없어."

솔직히 말해서 환영이었다. 우현은, 이 빌어먹을 정우현이라는 놈은 인간관계가 얕아도 너무 얕았다. 이 몸으로 지낸 것이 몇 달인데 개인 카톡이 한 번도 안 왔다. 그렇다고 이쪽에서 나서서 인간관계를 만들자니, 이런 저런 일로 심적으로 부담도 되었고 바빴던지라 만들어두지도 않았다. 즉, 술을 마시고 싶어도 같이 마실만한 친구가 없었다는 말이다.

"…선하 언니는?"

민아가 조심스레 입을 열었다.

"…윽."

시헌이 낮은 신음을 흘렸다. 내심 선하가 어려웠던 탓이리라. 삼일 전에 같이 팀을 짜고서 붉은 반달곰과 싸울 때에도, 선하는 별다른 말을 하지 않았었다. 서로 말을 놓을 때에도 끝까지 말을 놓지 않았었고.

"내가 말하고 올게."

우현이 나섰다. 선하와 동갑이기도 하고, 우현 개인적
으로도 선하에게 약간의 흥미가 있었기 때문이다.

"형이요?"

시헌이 놀란 표정을 지었다. 그는 곧 은근한 얼굴을 하
고서 우현에게 가까이 다가와 소곤거렸다.

"관심있어요?"

"그런 것 아냐. 그냥, 이것도 인연이니까 술 한 잔 하자
고 말하는 것이 어려운 건 아니잖아."

우현의 말에 시헌은 피식 웃으면서 머리를 끄덕거렸
다.

"알았어요. 그러면 형이 말하고 와요."

그 말에 우현은 머리를 돌려 선하를 찾았다. 선하는 아
직 남아 있었다. 우현은 곧바로 선하에게 다가갔다.

"저기요."

우현이 슬며시 말을 걸었다. 그 말에 선하는 머리를 들
어 우현을 바라보았다.

"아, 우현씨."

선하가 빙그레 웃었다. 꾀죄죄한 몰골인 것은 똑같았는
데, 워낙에 미인이라서 그런 것인지 지저분하다는 느낌이
별로 들지 않았다.

"무슨 일이세요?"

"아, 그게… 4팀끼리 뒤풀이를 하려고 하는데, 선하씨

도 오실래요?"

"뒤풀이요?"

선하가 눈을 동그랗게 떴다. 우현은 머리를 끄덕거렸다.

"선하씨는 어떠세요?"

우현의 물음에 선하는 잠시 생각하는가 싶더니 머리를 끄덕거렸다.

"상관없어요."

"그러면 이쪽으로 오시죠. 날짜와 장소를 정해야 하니까요."

우현의 말에 선하는 머리를 끄덕거렸다. 우현이 선하를 데리고 오자 시헌이 흐뭇한 미소를 지었다. 시헌이 나서서 본격적으로 뒤풀이의 날짜를 잡았다. 이틀 후 신촌의 고기뷔페가 약속장소가 되었다.

"그러면, 그때 뵙겠습니다."

"네. 그때 6시에 보죠."

우현이 살짝 머리를 숙였다. 선하는 가느다란 미소를 짓고서는 판데모니엄에서 사라졌다. 밖으로 나간 것이다. 우현은 크게 한숨을 쉬면서 머리를 흔들었다.

"그러면 나도 가볼게."

"네, 형. 모레 봬요."

"나중에 봐요, 오빠."

둘의 배웅을 듣고서 판데모니엄을 나왔다. 삼 일만에 돌아 온 집은 반갑고도 낯설게 느껴졌다. 우현은 한숨을 쉬면서 방 안에 둔 거울을 바라보았다. 깎지 못한 수염이 지저분하게 나있었고, 몸과 얼굴은 지저분하게 더럽혀져 있었다. 의식하지 못했던 악취가 느껴졌다. 우현은 일단 입고 있던 갑옷과 무기를 벗어 아공간에 집어넣었다. 그리고는 방을 나왔다. 현주는 아직 돌아오지 않은 듯 했다.

우현은 입고 있던 기능성 티를 벗고서 세탁기에 빨래통에 집어넣었다. 피 비린내와 땀의 찌린내가 섞여 악취가 심했다. 차라리 세탁기를 돌리는 편이 나을 것 같아서, 세제를 듬뿍 풀어다가 세탁기의 버튼을 눌렀다. 콸콸거리고 물이 세탁기를 채우기 시작하자 우현은 화장실로 들어갔다. 온수로 돌린 샤워기에서 뜨거운 물이 쏟아졌다. 우현은 그 아래에 서서 정수리부터 뜨거운 물을 받았다. 삼일 간의 서바이벌은 솔직히 말해서 힘들다고 할 정도는 아니었는데, 이 몸으로는 낯선 경험이었던 탓인지 이렇게 온수를 받고 있으니 상당한 피로감이 느껴졌다. 우현은 샴푸를 듬뿍 짜서 머리를 감고, 면도크림을 써서 거친 수염도 깔끔하게 밀어버렸다. 그리고는 오래오래 시간을 들여 몸을 씻었다. 개운한 몸으로 나오고서 시간을 확인하니 5시가 넘어 있었다. 우현은 입맛을 다시며 소파에 앉았다. 솔직히 말해서 잠을 자고 싶었지만, 잠을 자기에는 시간이 애매했다. 곧 있으면 현주도 돌아올 것이고 어머니도 돌아올 것이다. 삼일 만에 보는 것인데 자는 얼굴을 보여주고 싶지는 않았다.

시간이라도 때울 겸 해서 TV를 켜 보았다. 당연스럽게 우현은 뉴스 채널을 틀었다. 마침 속보가 나오고 있었다. 중국의 광저우에서 네임드 몬스터인 '라콘피스트'가 강림했다는 뉴스였다. 라콘키스트는 아직 공략되지 않은 파를레야의 고성에 나타나는 몬스터인데, 몇 번인가 레이드가 시도되었지만 잡히지 않은 몬스터였다. 그러다가 시간이 다되어서 현실로 넘어 온 모양이었다. 네임드 몬스터는 각각 고유의 이름과 머리의 숫자를 갖는다. 사냥이 성공한다면 이후에 던전에서 출현할 때에 더 이상 숫자를 갖지 않지만, 사냥되지 않는다면 숫자는 계속해서 줄어들어, 그것이 마침내 0이 되면 세계 어딘가에 몬스터가 나타나게 된다.

'제법 피해가 많군.'

광저우는 중국의 대도시 중 하나다. 가뜩이나 인구가 많은 곳이라서, 대처가 빨랐어도 인명 피해는 어쩔 수가 없다. 토벌을 맡은 것은 중국의 대형 길드 중 하나인 '송하'였다. 아마 늦어도 오늘 안에는 토벌이 끝날 것이다.

"별세계로군."

우현은 낮은 목소리로 투덜거렸다. 헌터가 되기는 했지만 저들과 우현의 사이에는 거리가 너무 멀었다. 이 세계에서 SSS급 헌터는 10명이 채 안된다. SS급 헌터가 몇 명인지는 정확한 기록을 알 수가 없었지만, 만약 호정이 이 세계에 왔어도 최강은 될 수가 없다는 말이다. 하긴, 원래의 세계에서도 호정은 최고가 아니었다. 최상위 헌터였을 뿐.

그런 내가, 대체 왜. 우현은 씁쓸한 자괴감을 느꼈다. 크게 내세울 것도 없는 자신이, 단순히 제일 늦게 죽었다는 이유로 인류의 존망을 짊어지게 되다니. 아니, 존망을 짊어지게 되었다는 것도 오버인가. 우현은 큭큭 웃었다.

얼마간 뉴스를 보고서, 채널을 돌려 영화 채널을 보고 있으니 시간이 6시가 조금 넘었다. 철컥하는 문소리가 들렸다. 머리를 돌리니 현관문을 지나 들어오는 현주가 보였다.

"어? 오빠 왔어?"

현주가 놀란 얼굴을 하고서 물었다. 19살, 고등학교 3학년. 지금은 여름방학 기간이지만, 현주가 다니는 학교는 방학에도 수험생을 불러 보충학습을 하며 야자까지 시키고 있었다. 하지만 현주는 수험생이었지만 보충학습은 들어도 야자는 하지 않고 있었다. 야자를 하지 않아도 최상위권의 성적이 유지되기 때문이었고, 오히려 야자를 하니 성적이 떨어져버려서 학교에서 특별히 야자를 빼준 탓이다. 솔직히 우현은 현주가 공부를 잘한다는 것을 도저히 이해할 수가 없었다. 집에서는 쇼파 위에 뒹굴거리며 과자를 먹고 TV나 보며 낄낄거리는 현주가 전교에서 노는 성적이라니.

"응, 방금 전에."

"와, 오빠 얼굴 홀쭉해진 것 좀 봐. 많이 힘들었나봐? 엄마한테 전화는 했어?"

현주가 총총 걸음으로 다가와서는 물었다. 우현은 쓰게 웃으며 머리를 흔들었다.

"일하고 계실 텐데, 괜히 신경쓰이게 하고 싶지 않아."

우현의 말에 현주는 어이가 없다는 듯이 혀를 찼다.

"거 참, 언제부터 그런 효자셨다고. 밥은 먹었어?"

"이따가 같이 먹으려고 안 먹었지."

"그럼 잘 됐다. 오늘 반찬거리 없다고, 엄마가 나한테 카드 줬거든. 마트에서 적당히 저녁거리 사다 두라고. 오빠 꼴 보니까 밥도 제대로 못 먹었지? 그러니 오늘은 고기나 먹자. 마침 나 삼겹살 먹고 싶었거든."

현주는 히죽 웃으며 지갑에서 어머니의 카드를 꺼냈다.

"삼겹살?"

우현이 눈을 동그랗게 떴다. 현주는 씩 웃으며 머리를

끄덕거렸다.

"응. 엄마는 두부랑 참치 통조림이나 사오라고 했는데, 오빠도 왔으니 고기는 먹여야지. 엄마도 좋다고 할 거야."

"…나는 상관없기는 한데…."

불판에서 지글거리는 삼겹살을 떠올린 순간 맹렬한 공복감이 올라왔다. 우현은 꿀꺽 침을 삼켰다. 그런 우현을 보면서 현주는 낄낄 웃었다.

"자자, 빨리 옷 입어. 엄마 오기 전에 마트 갔다 와야 하니까."

"너는 옷 안 갈아입어도 돼?"

우현은 교복 차림인 현주를 보며 물었다.

"괜찮아, 옷 갈아입는 게 더 귀찮아."

현주는 혀를 삐죽 내밀며 말했다. 우현은 쓰게 웃으며 몸을 일으켰다.

"잠깐만 기다려."

우현은 방으로 들어가 옷을 입었다. 날씨가 더운지라 반팔티에 반바지만 새로 입고서 밖으로 나오니, 현관에서 신발을 신은 현주가 우현을 기다리고 있었다. 우현은 운동화를 신고 현주를 따라 집을 나왔다.

"상추도 사야 돼. 마늘이랑… 오이고추랑…."

마트는 집의 바로 뒤편이었다. 카트에 백원짜리 동전을 넣고 뺀 현주가 신이 난 목소리로 말했다. 우현은 피식 웃으면서 머리를 끄덕거렸다.

"술도 살 거야?"

현주가 눈을 빛내며 물었다. 우현은 그 말에 잠시 생각하는가 싶더니 머리를 끄덕거렸다.

"맥주나 조금 사자. 어머니 좋아하시니까."

"나도 마셔도 돼?"

현주가 히죽 웃으며 물었다. 그 물음에 우현은 헛웃음을 흘리며 머리를 흔들었다.

"어머니한테 물어 봐. 나한테 물어보지 말고."

둘러말한 부정이었다. 현주는 그럴 줄 알았다는 듯이 콜라를 집어다가 카트 안으로 집어넣었다. 우현도 맥주 몇 병과 소주 한 병을 집어 카트에 넣었다.

그리고서는 야채 코너로 가서 상추와 깻잎, 오이고추와 마늘을 골랐다. 그 사이에 현주가 쫄레쫄레 정육 코너로 가서 삼겹살 두근을 봉지에 받아 왔다.

"이 정도는 먹어야지."

현주가 씩 웃었다. 우현은 마주 웃어주면서 카트를 끌었다. 묘한 기분이 들었다. 생각해 보니, 현주와 마트에 온 것은 처음이었다. 우현이 아닌 호정은 그랬다. 기분이 묘했을 뿐 어색함은 없었다. 그 사이에 이런 상황에 완전히 적응해 버린 것이다. 가족, 가족이라. 우현은 신이 나서 과자 코너로 가는 여동생의 등을 바라보았다.

지키고 싶다는 생각이 들었다. 여동생도, 어머니도. 이 마음이 우현의 것인지, 아니면 그에 감화된 호정의 것인지. 그는 그것을 잘 알 수가 없었지만 신경쓰고 싶지 않았다. 순수하게 지금 이 순간이 소소하게 행복했던 탓이다.

"어? 현주야!"

과자 코너에서 현주가 과자를 고르는 것을 보고 있는데, 누군가가 현주를 불렀다. 그쪽을 돌아보니 교복을 입고 있는 학생들이 보였다. 여학생 둘과 남학생 셋이었다.

"어? 너희 야자는?"

현주가 눈을 동그랗게 뜨고 그쪽을 바라보았다. 현주를 불렀던 여학생이 키득키득 웃었다.

"쨌지. 그래도 방학인데, 학교에 박혀 있는 걸 아까워서 어떻게 해?"

"아─ 나도 공부 잘했으면 야자 강제 빼는 건데."

투덜거리는 말에 현주는 피식 웃었다.

"그러게 공부 좀 하지 그랬어?"

현주가 농담을 말하자 투덜거리던 여학생이 혀를 내밀었다.

"남이사 공부를 하든 말든. 그런데 너 여기서 뭐해?"

"오빠랑 장보러 왔어."

현주가 마침 잘 됐다는 듯 우현에게 다가왔다. 그녀는 우현의 팔을 잡고서 히죽 웃었다.

"학교 친구들이야."

현주는 그렇게 말하면서 자신의 친구들을 가리켰다.

"저기, 저 머리 짧은 애가 희진이. 오빠도 본 적 있지?"

"…어, 응."

기억을 더듬었다. 호정이 우현이 되기 전의 기억이었
다. 방에서 게임을 하다가 나왔는데, 집에 와 있던 현주의
친구들과 눈이 마주쳤던 적이 있었다. 어색하게 인사를
나누었고 도망치듯 방으로 돌아왔었지. 우현은 쓰게 웃었
다.

"안녕."

어색하게 인사를 건넸다.

"아… 안녕하세요."

희진이라는 아이는 눈을 깜박거리다가 머리를 숙였다.
현주는 계속해서 친구들을 소개했다. 머리가 긴 여학생의
이름이 수희였고, 투블럭으로 머리를 자른 남학생의 이름
이 상혁. 안경을 쓴 남학생의 이름이 원후였다. 간단한 인
사를 나누고서 그들은 곧바로 다른 곳으로 가버렸다. 현
주는 킥킥 웃더니 우현의 옆구리를 팔꿈치로 찔렀다.

"오빠, 쟤들 얼굴 봤어? 쟤들도 다 알거든, 오빠가 헌터
됐다는 거."

그러고 보니, 현주가 그것을 페이스 북에 적어도 되느
냐 물어봤던 적이 있었다.

"그래?"

우현은 별로 신경 쓰지 않았다. 현주의 친구들이 자신을 어떻게 보던 그게 무슨 상관이란 말인가.

"오빠 사진 보여준 적 있거든? 희진이 그년이 뭐라 했는 줄 알아? 오빠보고 사람 됐대, 사람. 몇 달 전에 봤을 때는 방구석 폐인에 비실거리는 멸치였는데 다른 사람 된 것 같다고."

현주의 말에 우현은 쓴웃음을 지었다. 확실히 그때의 인상과 지금의 인상은 많이 달라져 있었다. 가끔 옛날 사진을 볼 때마다 우현은 그를 절실히 느꼈다. 노력하지 않았더라면 예전과 똑같았겠지. 방에서 게임을 하고, 나오지 않고….

"지금의 내가 싫어?"

우현은 문득 생각이 나서 물었다. 우현은, 지금의 우현은. 과거의 우현과 다른 인물이라 해도 좋았다. 모습부터 말투와 생각, 그 전부가. 우현의 물음에 현주는 눈을 깜박거리더니 머리를 갸웃거렸다.

"아니? 나는 지금의 오빠가 훨 나은데. 예전에는 별로 얘기도 안 했잖아. 내가 같이 마트 가자고 해도 싫다고 하고. 그런데 지금은 같이 다니고, 나랑 얘기도 많이 하고… 게임도 안하고. 뭔 일이 있었던 것인지는 모르지만, 나는 지금의 오빠가 좋아."

현주가 배시시 웃었다. 우현은 피식 웃으며 손을 들어
현주의 머리를 헝클어 주었다.

"그래, 그러면 다행이고."

그는 그렇게 말하며 카트를 끌었다.

"아! 뭐하는 거야! 머리 망가지게!"

현주가 뒤에서 투덜거리면서 우현의 등을 툭툭 때렸다.
조금도 아프지 않았다. 우현은 다시 웃어버렸다.

지금의 오빠가 좋다.

별 것 아닌 그 말이 가슴에 깊이 닿았다.

REVENGE

3. 뒷풀이

HUNTING

NEO MODERN FANTASY STORY & ADVANTURE

REVENGE HUNTING

3. 뒷풀이

목요일이었지만, 저녁 때의 신촌은 사람이 제법 많았다. 특히 고기뷔페가 즐비한 거리는 더욱 그랬다. 핸드폰의 약도를 힐긋거리며 길을 찾은 우현은, 약속 장소로 정한 고기뷔페의 앞에 도착했다. 일인당 만원 내외로 고기를 실컷 먹을 수 있다는 광고 문구가 크게 붙어 있었다. 가게에 들어가기 전, 우현은 핸드폰을 힐긋 내려보았다. 약속 시간보다 15분 정도 빠르다.

'지각하는 것보다는 낫지.'

우현은 그렇게 생각하며 고기집의 문을 열었다. 지글거리는 기름 끓는 소리와 고기 냄새가 심하게 풍겼다. 점심을 괜히 먹었나, 그런 생각이 들었다. 일단 자리를 잡아둘

까 하여 주변을 쓱 둘러보는데,

멀찍이서 홀로 앉아있는 선하가 보였다.

우현이 그쪽으로 다가가자, 핸드폰을 내려 보고 있던 선하가 발소리를 듣고 머리를 들었다. 우현과 선하의 눈이 마주쳤다.

"안녕하세요."

선하는 머리를 살짝 숙이며 말했다.

"…아, 예. 빨리 오셨네요?"

우현은 그녀의 인사를 어색하게 받으며 물었다. 그 물음에 선하는 머리를 흔들었다.

"아뇨, 저도 방금 전에 왔어요."

우현은 머리를 끄덕거리며 선하의 앞 자리에 앉았다. 고기집에서 흔히 볼 수 있는 원형의 테이블 위에는 아무것도 올려져 있지 않았다. 고기뷔페라고는 하지만 취급하는 것은 고기 뿐만이 아니다. 기본적인 야채부터 밥, 그 외에 치킨 너겟이나 돈까스 등. 물론 질은 조금 떨어지겠지만, 고기만 먹지 말라는 나름의 배려인 것일지도 모른다. 우현은 우선 수저통을 열어 인원수대로 수저와 젓가락을 꺼냈다. 그것을 보며 선하가 눈을 깜박거리다가 뒤늦게 손을 뻗어 우현을 도왔다.

"죄송해요. 이런 곳은 익숙하지 않아서…."

"네? 아, 아뇨. 죄송하실 것 까지야…."

우현은 쓰게 웃으며 말했다. 새삼 선하의 모습이 눈에 들어왔다. 지난번, 판데모니엄에서 보았을 때의 꾀죄죄한 모습과는 달리 선하는 깔끔한 모습이었다. 하얀 셔츠와 검은 스커트, 굽이 낮은 구두. 본래부터 선하는 키가 커서 높다란 힐을 신으면 너무 커 보일 것이다. 얼굴에 한 화장은 옅었지만 판데모니엄에서 보았을 때 보다는 조금 진했다.

"어어? 벌써 와계셨어요?"

약속 시간에서 10분 정도 남았을 때 시헌이 도착했다. 왁스를 살짝 바른 머리가 시헌의 얼굴과 잘 어울렸다. 시헌은 난감하다는 듯이 웃으면서 들고 있던 가방을 바닥에 내려놓았다.

"으아, 먼저 와서 준비해 두려고 했는데… 설마 이렇게 빨리 오셨을 줄이야."

시헌은 그렇게 중얼거리며 우현의 옆에 앉았다.

"준비랄 것이 뭐 있어? 어차피 전부 셀프잖아."

"그래도 기본 세팅은 해 놔야죠. 아직 주문 안 하셨죠? 민아 누나는 아직 안 온 것 같지만… 일단 먼저 주문할까요?"

시헌의 말에 우현과 선하가 머리를 끄덕거렸다. 시헌은 몸을 일으켜서 지나가던 알바생을 붙잡았다.

"사람 넷에 소주 한 병, 맥주 두 병이요."

그렇게 말하면서 시헌은 지갑을 꺼내서 현금을 지불했다. 자리로 돌아 온 시헌이 말했다.

"여기는 고기 값이랑 선불로 줘야 되요. 주류는 시킬 때마다 돈 내야하고."

"그래? 그러면 술값은 나중에 나누고, 일단 고기값 줄게."

우현은 지갑을 꺼내 고기값을 시헌에게 건네주었다. 그것을 보고 선하도 지갑을 꺼내 시헌에게 돈을 주었다.

"그나저나 민아 누나는 오늘 못 오는 거예요?"

시헌이 머리를 갸웃거렸다. 시계를 보니 어느덧 약속했던 6시였다.

"죄, 죄송합니다!"

숯이 들어가고 불판이 달궈졌다. 각자 접시에 따로 먹을 음식과, 고기를 담아왔을 즈음에 민아가 헐떡이며 자리로 뛰어왔다. 그녀는 숨을 헥헥 몰아쉬면서 울상을 지었다.

"주변이 죄다 고기뷔페라서… 기, 길을 헤맸어요."

"아니, 괜찮아. 뭐 많이 늦은 것도 아니고… 우리도 방금 고기 가져왔거든."

우현의 말에 민아는 다행이라는 듯 크게 한숨을 쉬었다. 그녀는 어깨에 걸치고 있던 숄더백을 내려 놓았다. 민아는 얇은 청색 남방에 찢어진 스키니 진, 편한 운동화를 신고 있었다. 그녀는 우선 시헌에게 고기값을 건네고서, 물수건으로 이마에 흐르는 땀을 닦으면서 침을 꿀꺽 삼켰다.

"으… 배고파… 저, 오늘 아침부터 굶었어요."

민아가 우현과 선하를 힐긋 보면서 헤헤 웃었다. 그 말에 우현은 피식 웃으며 집게를 잡아 고기를 올려 굽기 시작했다. 그 사이에 시헌은 상추와 마늘 등의 야채, 된장국을 퍼왔다. 그리고는 소주병을 흔들더니 뚜껑을 열었다.

"혹시 술 안 드시는 분?"

대답하는 사람은 없었다. 시헌은 우현과 선하, 민아의 잔에 술을 따랐다. 그 뒤에는 민아가 소주 병을 들고 시헌의 잔에 술을 채워 주었다.

"건배라도 할 까요?"

각자의 잔에 술이 채워지자 시헌이 씩 웃으며 물었다. 민아는 키득거리며 소주잔을 들었다.

"건배사는 뭐라고 하게? 4팀 파이팅, 뭐 이런 것?"

"에이, 쪽팔리게. 그냥 위하여 하죠, 위하여. 뭘 위하는 건지는 모르겠지만."

"앞으로 헌터 생활 잘 할 수 있기를, 뭐 이런 마음으로 하면 되지."

우현은 즐거운 기분이 되어 씩 웃었다. 최근 몇 달 동안 가족 외에 이런 식으로 사람과 어울리지 않았기 때문이다. 본래 우현은 소심한 성격이었지만, 우현의 인격과 뒤섞인 호정은 소심한 성격은 아니다. 우현이 잔을 앞으로 뻗었다. 민아가 냉큼 잔을 뻗었고, 선하가 머뭇거리며 잔을 뻗었다.

"위하여!"

촌스럽고 흔한 건배사와 함께 낄낄거리는 웃음이 터졌다. 우현은 기분 좋게 잔을 단 번에 비웠고, 선하는 머리를 옆으로 돌리며 쓰다는 표정을 지었다. 민아는 어울리지 않게 입맛을 다시며 소주잔을 비웠다.

"누나 잘 마시네요?"

"야, 새내기 때 내가 얼마나 퍼먹었는 줄 알아? 이 정도는 물이지, 물."

민아는 깔깔 웃으며 김치를 집어 와작거리며 씹었다. 시헌은 우현이 고기를 굽는 것을 보며 냉큼 손을 내밀었다.

"형, 제가 할 게요."

그 말에 우현은 머리를 흔들었다.

"아니, 괜찮아. 그리고 너무 깍듯이 할 필요도 없어."

"에이, 어떻게 그래요? 솔직히 말해서 저번 등급 심사, 형이랑 선하 누님 없었으면 나랑 민아 누나 뭐 할 수도 없었을 텐데."

그렇게 말하고서, 시헌은 민아를 보며 씩 웃었다.

"제쪽에서 누님이라고 부르는 것은 상관없으시죠?"

"아, 네. 편한대로 하세요."

선하는 가느다란 미소를 지으며 말했다. 그 말에 시헌은 다행이라는 듯 휘파람을 불었다.

"어쨌든, 그때 형이랑 누님 아니었으면… 으. 아직도 몸 떨리네."

시헌은 어깨를 부르르 떨며 말했다.

"맞아, 오빠랑 언니 아니었으면 저희 큰일 났을 걸요. 그러고 보니 오빠랑 언니 엄청 대단한 것 아니에요? 처음인데도 그렇게 잘 하시고. 나는 솔직히, 무서워서 도망치고 싶었는데."

"아, 그거 저도 그랬어요. 덕분에 서바이벌 때는 쫄아서 숨기만 했는데…."

거기까지 말하고서, 시헌은 생각났다는 듯이 우현을 빤히 보았다.

"그러고 보니, 형. 그때 지급받은 식량 다 버리고 시작했잖아요. 설마 그 동안 굶은 거예요?"

"그건 아니야. 그냥, 적당히 사냥해서 먹었어."

우현은 대수롭지 않다는 듯이 말했다. 그는 익은 고기를 높이 들어 가위로 숭덩숭덩 잘랐다. 불판 위로 떨어진 고기가 지글거리며 기름을 끓였다.

"…사냥이요?"

선하가 머리를 갸웃거렸다. 우현은 쓰게 웃으며 머리를 끄덕거렸다.

"네. 왜, 거기 있었잖아요. 일각 멧돼지. 그 놈 사냥해서 먹었어요."

우현의 말에 모두가 멍한 표정을 지었다.

"…몬스터를요?"

시헌이 더듬거리며 물었다. 우현은 머리를 끄덕거리며 집게를 내려놓았다.

"응. 독도 없고, 먹을 수 있는 놈이었으니까. 그런데 좀 질겼어. 냄새도 났고. 소금이나 후추 있었으면 훨씬 덜했을 텐데, 그런 것은 안 챙겨갔거든."

우현은 씩 웃었다. 그는 모두가 놀란 표정을 짓는 것을 내심 즐겼다. 놀리는 기분이 된 것이다. 우현의 말에 민아가 어색하게 웃었다.

"…아… 그, 그래요. 먹을 수 있었구나… 으음…."

민아는 복잡하다는 얼굴로 불판 위의 고기를 바라 보았다. 연상하고 싶지 않았는데, 불판 위에서 맛있는 냄새를 풍기며 구워지는 고기와 매섭게 돌진하던 일각 멧돼지의 모습이 겹쳐졌다. 민아는 머리를 벅벅 긁다가 자포자기한 심정으로 젓가락을 뻗었다.

"…잘 먹겠습니다."

민아는 그렇게 중얼거리며 집은 고기를 쌈장을 듬뿍 찍어다가 입에 넣었다. 그 모습을 보면서 우현은 씩 웃더니 각자의 잔에 술을 채워 주었다.

"심사 결과가 나오는 것이 내일이었죠?"

"사흘 뒤라고 했으니까… 어, 사흘이 3일이던가?"

민아가 머리를 갸웃거렸다. 그 말에 시헌은 한심하다는 표정을 지으며 머리를 흔들었다.

"사흘은 3일, 나흘은 4일. 그러니까 내일이죠."

시헌이 가르치는 것처럼 말하자 민아는 눈을 찡그리며 시헌을 힐긋 보았다.

"그래, 너 잘났다. 확, 내일 I등급이나 받아라."

"…누나가 그렇게 말 안해도 I등급 받을 것 같은데. 그리고 누나도 위험하지 않아요?"

"내가 뭘! 나 서바이벌은 나름 잘했거든?"

민아가 투덜거렸다. 둘이 말싸움을 하는 것을 보고 우현은 쓰게 웃었다.

"그렇게 부정적으로 생각하지는 마. 우리 팀 심사에서는 최단시간이었잖아. 그쪽에서도 그렇다고 말했고."

우현의 말에 선하가 머리를 끄덕거렸다.

"점수 분배가 어떻게 될 지는 모르겠지만, 못해도 H등급 이상은 받을 수 있을 거예요."

"H… H라. 까마득하네요. 솔직히 저, 아직도 잘 모르겠어요. 등급 심사에서 등급 받고, 그 뒤에는 뭐 어떻게 해야 되는 거예요?"

시헌은 투덜거리며 손으로 턱을 괴었다. 그 말에 선하는 쓰게 웃으며 입을 열었다.

"언랭크에서 등급이 정해지면, 일단 협회에서 지원하는 헌터 사이트들에 접속할 수 있어요. 사이트는 다양한데, 현재 가장 큰 헌터 사이트는 '슬레이어즈'죠. 그쪽은 각 나라 별로 게시판도 나뉘어져 있으니, 굳이 영어를 할 줄 몰라도 활동하는 것은 어렵지 않아요."

"거기 접속하면 뭐 어떻게 되는 건데요?"

"일단 파티를 쉽게 구할 수 있죠. 각 등급마다 게시판이 나뉘어져 있으니까, 그곳에서 파티원을 구해 판데모니엄에서 만나고, 사냥을 가는 거예요. 그 외에도 중고 장비나 몬스터의 사체 등도 거래할 수 있고요. 장비 변경과 거래는 협회 쪽에서 칼처럼 관리하는 것 아시죠? 그러다 보니 거래는 조금 번거로워요. 거래 쪽은 차라리 블랙 스미스에서 직접 거래하는 것이 낫죠."

그렇게 말하고서는 선하는 소주를 조금 마셨다. 그녀는 쓴 웃음을 지으며 입술을 손등으로 훔쳤다.

"신규 헌터는 대부분 그렇게 시작해요. 슬레이어즈의 게시판에서 파티를 구하고, 던전에서 사냥을 하고. 일단 신규 헌터에게 필요한 것은 자금이니까요. 하급 몬스터라도 잡아서 돈을 벌어야죠. 그러다가 장비를 교환 할 수 있는 돈이 마련되면 더 좋은 장비로 바꾸고… 등급이 낮아도 장비가 좋다면 충분히 제 몫 이상을 할 수 있으니까요. 그러다가 운이 좋으면 길드 쪽에서 러브 콜을 받을 수도 있구요."

"길드… 길드. 으음, 러브콜을 받을 수 있으면 좋을 텐데."

민아는 입술을 삐죽거리며 중얼거렸다. 대형 길드에 스카웃 되는 것은 비단 신규 헌터 뿐만이 아니라, 소속이 없는 헌터들 대부분이 바라는 꿈이었다.

"길드에 스카웃 되는 쪽이 안정적이기는 하죠. 대형 길드 쪽은 대부분 장비를 지원해주니까요. 그 외에도 고정 파티를 만들기도 쉽고요."

"고정파티요?"

"매번 다른 사람들이랑 파티를 맺으면 손발을 맞추기 버겁잖아요? 그래서 똑같은 멤버로 다니는 파티를 고정 파티라고 하는 거예요. 그쪽이 효율이 좋기도 하고. 마음도 편하죠."

"잘 아시네요?"

선하의 말이 끝나자 우현이 물었다. 그 물음에 선하는 움찔거리더니 우현을 돌아 보았다. 우현은 싱글벙글 웃으면서 고기를 쌈에 싸고 있었다.

"제 아버지가 헌터셨거든요."

선하가 입을 열었다.

"헌터요?"

민아가 물었다. 선하는 천천히 머리를 끄덕거렸다.

"네. 헌터셨어요. 돌아가셨지만요."

그 한마디에 공기가 무겁게 내려갔다. 민아는 어쩔 줄 모르다가 머리를 푹 숙였다.

"…죄… 죄송해요."

그 말에 선하는 오히려 이상하다는 듯이 머리를 갸웃거렸다.

"죄송할 일이 뭐 있어요? 뭐, 어쨌든. 덕분에 헌터에 대해서는 이것 저것 많이 알아요. 궁금한 것이 있다면 물어보세요. 제 아는 선에서 대답해 드릴 테니까요."

"아, 그럼… 그때, 저희 도와줬던. 만석이 아저씨 같은 헌터는 뭐예요?"

시헌이 곧바로 물었다. 아무래도 어색한 공기를 풀기 위함인 듯 했다. 그 말에 선하는 잠시 생각하는가 싶더니 입을 열었다.

"협회 소속 헌터죠."

"협회 소속? 그런 것도 있어요?"

"정확히 말하자면 협회에 매인 헌터들이예요. 헌터법을 위반하여 징계를 받은 헌터라던가, 아니면 거액의 빚을 진 헌터들."

그 말에 시헌의 눈이 동그래졌다. 우현은 선하의 말을 들으면서 술 냄새를 풍기던 강만석을 떠올렸다.

"좋게 말하면 공무원이고, 나쁘게 말하면 노예죠. 그들은 자신이 사냥한 몬스터의 사체를 처분할 수가 없거든요. 사냥한 몬스터의 사체는 그대로 국가, 협회에게 귀속되어요. 대신에 일정량의 보수를 받죠. 그 보수도 무시할 정도의 금액은 아니지만… 일확천금을 노리기 쉬운 헌터에게 몬스터의 사체를 압수당하는 것은 치명적이죠. 물론 어느 정도의 혜택은 있다는 모양이지만."

그렇게 말하고서, 선하는 쓰게 웃었다.

"하급 헌터들 중 꽤 많은 헌터가 협회 소속으로 지원하기도 해요. 대부분이 성장에 대한 희망을 포기한 이들이죠. 헌터는 죽는 사람이 많은 직업이지만, 그만큼 증원도 꾸준히 돼서 균형이 유지되고 있어요. 그리고 살아남은 헌터들은 반드시 강해지죠. 가능성이 있는 신인들은 대형 길드에 스카웃 되고, 지원을 받고, 또 강해져요. 윗층은 단단해지고 아래층은 그 벽을 뚫기 힘든 거죠."

"결국 있는 놈이 다 한다는 거네요."

우현이 중얼거렸다. 그 말에 선하는 가만히 머리를 끄덕거렸다.

"뭐 그렇게 볼 수도 있겠네요. 하지만 대형 길드들의 존재는 필요악이에요. 새로운 던전을 공략하는 것도, 보스를 쓰러트리는 것도. 그리고 현실에 나타나는 몬스터를 잡는 것도 그들의 몫이니까요."

필요악.

우현은 조용한 목소리로 선하가 한 말을 중얼거렸다. 대형 길드는 필요악이다. 우현은 그녀의 말을 부정하지 않았다. 과거, 그의 세계에서. 호정은 대형 길드였던 '퍼레이드'의 핵심 멤버였다. 원년 멤버이기도 했고, 길드장과 부길드장의 바로 아래가 호정의 위치였었다. 대형 길드의 멤버는 많은 이점을 갖는다. 각 대형 길드 간에도 세력 구도가 있기는 하지만, 대형 길드들은 대부분이 빠듯한 경쟁 대신에 적당한 타협을 선택한다.

가령, 새로운 던전이 열렸을 때. 방향을 나누어 탐색을 나간다거나. 시간을 정한다거나. 물론 그렇게 정해진 룰 아래에서 네임드 몬스터나 보스 몬스터를 만나게 되고, 그것의 사냥을 성공했을 때. 그 이득은 해당 길드가 독차지한다. 제법 그럴 듯 하고 공정한 룰이다. 약간의 양보만 한다면 모두가 적당한 이득을 볼 수가 있다.

물론 그것은 대형 길드들에게나 해당되는 이야기다. 그 세력구도에 끼어들어가지 못한 중소 길드는 결국 상위 던전, 신규 던전 대신에 이미 공략이 끝난 아랫 던전에 머무를 수밖에 없다. 그리고 그 아래에 길드에 들지도 못한 하위 헌터들이 들어가고. 뛰어난 실력을 가진 솔로 헌터는 길드에 가입하지 않고 용병으로 쓰이는 경우도 있지만, 그런 실력이 안 되는 하위 헌터들은 기회조차 제대로 갖지 못한다.

하지만 그들의 존재가 던전 공략의 핵심이라는 것을 부정할 수는 없다. 네임드 몬스터를 시간 안에 해치워야만 현실로의 강림을 막으니까. 국가와 협회 쪽에서도 힘을 가진 대형 길드와 헌터들을 지원하고 혜택을 준다.

어쩔 수 없는 일이다.

"…조금 분위기가 무거워졌네."

우현은 피식 웃으며 말했다.

"제가 괜한 말을 한 건가요?"

선하가 머리를 갸웃거렸다. 그 말에 우현은 천천히 머리를 흔들었다.

"아뇨. 그냥, 이제야 실감이 났다는 것이겠죠. 헌터가 됐다고는 하지만 특별히 했던 일은 없었으니까."

우현은 어깨를 으쓱거리며 말했다. 그 말 대로였다. 언랭크의 헌터가 알 수 있는 정보는 제한되어 있다. 이 세계도 기본적인 형태는 호정의 세계와 비슷해서, 선하가 한 말에 우현은 공감할 수 있었지만 민아와 시헌에게는 아닐 것이다.

"일단 열심히 해 보자. 아직 등급도 안 나왔잖아? 아래에서도 올라갈 수 있는 확률은 충분히 있어. 하위 던전의 네임드 몬스터에게도 마석은 나와. 마석만 얻는다면 헌터는 빠르게 강해지지."

"네, 그 말 대로에요. 헌터의 우위를 가르는 것은 여러 가지가 있지만, 그 중 헌터의 신체 능력을 급격히 올려주는 것은 장비가 아닌 마석이죠. 투기의 총량만 늘어나도 헌터의 전투력은 압도적으로 강해져요."

"…투기… 투기라. 그것도 솔직히 잘 모르겠는데. 뭐, 무협 영화에 나오는 것이랑 비슷한 것은 알겠지만…."

시헌이 중얼거렸다. 그는 복잡하다는 얼굴을 하고서 소주잔을 비웠다.

"그, 왜. 저도 조금 알아봤는데, 투기라는 거… 과학적으로 증명할 수도 없고, 뭐 그런 거라면서요? 뭐 보니까 최면이니 암시라느니 그런 추측도 있던데…."

"투기는 존재하는 힘이에요. 현실에 나타난 재래식 병기가 몬스터의 방어벽에게 무의미하다는 것은 이미 증명되었죠. 그래서 헌터가 대우받는 것이구요."

선하의 말에 우현은 머리를 끄덕거렸다. 하급 던전의 몬스터라도 현대로 나온다면 끔찍한 괴물이 되고 학살자가 된다. 그 이유는 재래식 병기가 몬스터의 방어벽을 뚫을 수 없기 때문이다. 죽이지 못하는 괴물이 무차별적으

로 날뛰는데, 아무리 약하다고 해도 죽일 수가 없으니 위
험할 수밖에 없다. 데루가 마키나가 세상을 멸망시킬 수
있었던 것도 그녀가 절대로 죽일 수 없는 괴물이었던 탓
이 크리라.

"투기가 늘어난다면 어떻게 강해지는 건데요?"

민아가 머리를 갸웃거렸다. 그 질문에 선하는 잠시 생
각하듯이 턱을 어루만졌다.

"투기의 활용법은 다양해요. 그 중 가장 보편적으로 쓰
이는 것이 무기에 투기를 불어넣는 것이고, 거기서 조금
더 나아간다면… 육체도 강화할 수 있죠."

"육체를… 요?"

"네. 아무리 단련해도 육체에는 한계가 있어요. 좋은 장
비를 휘두르고 투기로 아무리 강화를 해도, 결국 사람의
몸은 몬스터에 비교하자면 너무 약하죠. 상위 던전에 출
현하는 몬스터일수록 하위 던전의 몬스터보다 빠르고 강
한 것은 당연하잖아요? 하지만 헌터가 할 수 있는 대비는
장비를 교환하는 것이 전부죠."

맞는 말이었다. 아무리 좋은 장비를 입고, 투기로 몸을
보호한다고 해도. 처음 몇 번은 막아낼 수 있겠지만 그 이
상이 된다면 몬스터의 공격 한 번에 죽어나가는 경우가
비일비재하다.

그래서 탱커와 딜러의 역할이 확실한 것이다. 딜러는

방어에 투기를 쏟지 않고 공격에 집중한다. 탱커는 공격 대신에 방어에 투기를 집중한다. 공격을 대신 받으면서 딜러가 공격할 틈을 만든다. 그것에도 한계가 있어서 보스 몬스터나 네임드 몬스터의 레이드는 '로테이션'을 사용한다. 투기와 몸이 한계에 다르면 뒤로 빠지고 다른 탱커나 딜러가 그 자리를 메우는 식이다.

"몬스터와의 싸움에서 중요한 것은 센스와 기술도 있겠지만 체력이에요. 중장비를 입고 무기를 휘두르는 것은 어마어마한 중노동이죠. 거기에 투기로 공격을 강화한다고 해도 무기를 휘두르는 것은 결국 근력이고. 그것을 보충하는 것이 투기를 더한 육체의 강화예요. 근력도, 체력도, 반사신경도. 그 모든 것이 강화되는 거죠. 그렇게 강화한 헌터의 육체는 몬스터와 비교해도 크게 꿀리지 않을 정도라고들 하더군요."

제법 많이 알고 있군. 우현은 선하를 힐긋거리며 생각했다. 아버지가 헌터라고 했던가. 그렇다면 당연히 정보에 대해서 앞서고 있겠지. 우현은 선하의 아버지가 어떤 헌터였는지 궁금해졌다. 아무래도 선하가 하는 말을 보면 그녀의 아버지는 제법 높은 등급의 헌터였을 것 같았다.

'그러고 보니.'

우현은 붉은 반달곰을 상대로 싸우던 선하의 모습을 떠

올렸다. 모두가 지쳐 헐떡거리는 와중에도 선하는 크게 지치지 않았었다. 땀을 조금 흘리고 호흡이 거칠었기는 했지만, 다른 이들과 비교한다면 훨씬 덜했었다.

투기로 인한 육체 강화. 그것까지 떠올리고서, 우현은 말도 안 된다고 생각했다. 선하가 그 정도의 경지에 이른 헌터일 리가 없다.

"으으… 어려워… 난 솔직히, 무기에 투기 불어넣고 유지하는 것만으로도 빡셌는데… 육체 강화라니….."

"투기의 양이 적고, 익숙해지지 않아서예요. 왜, 처음 자전거를 타면 비틀거려서 타기 힘들잖아요? 요는 익숙해지는 거죠."

"잘 아시네요?"

우현이 선하의 말을 끊었다. 선하는 우현을 힐끗 보고서 가느다란 미소를 지었다.

"아버지한테 들었거든요."

그게 전부일까? 우현은 말없이 어깨를 으쓱거렸다. 선하가 하는 말은 누군가에게 들은 것이 아니라, 마치 자신이 경험했던 것 같았으니까. 그녀가 하는 말은 틀린 것이 아니었다. 투기는 익숙해진다면 숨을 쉬는 것처럼 자연스럽게 발현된다. 양이 많아진다면 컨트롤이 쉬워지고.

"…열심히 해야지."

시헌이 중얼거렸다. 그 말에 민아도 동감한다는 듯이 머리를 끄덕거렸다. 우현은 피식 웃으며 둘의 잔에 술을 따라주었다. 민아와 시헌은 가능성이 있었다. 살아만 남는다면, 강해질 것이다.

살아남는다면.

◎

"솔직히 잘 모르겠어요."

시헌은 담배 연기를 위로 뿜으며 중얼거렸다. 그 말에 우현은 시헌을 힐긋 보았다. 시헌은 복잡한 표정으로 머리를 벅벅 긁었다.

"잘 할 수 있을지. 저… 음. 평범하게 살았거든요, 아마도. 별 탈도 없었고… 운동은 뭐, 고등학교 체육시간에 축구했던 것이 전부고. 헌터 되고 나서 부랴부랴 운동 시작했지만, 그럭 저럭이고."

시헌은 쓰게 웃으며 담뱃재를 털었다. 바람이라도 쐴 겸 밖으로 나왔던 우현을 따라 시헌이 담배를 피러 따라 나온 것이다. 말없이 서있기도 뭐해서 잡담이라도 나누려 했는데.

"…몬스터도 좀 무섭고. 죽을 위험도 많잖아요?"

"조심하고 준비만 해 두면 죽을 일은 생각보다 없을 거야."

우현은 진지한 얼굴로 조언해 줬다. 상위 던전의 헌터들은 죽는 경우가 확실히 많다. 하지만 하위 던전은 예상외로 그런 경우가 적다. 초보 헌터들에게는 또 다른 이야기지만, 어느 정도 중견 헌터들은 쉽게 죽지 않는다.

그 이유는 그들이 상대하는 몬스터는 이미 대부분이 공략된 몬스터이기 때문이다. 공격법과 약점, 패턴 등. 그것을 알고 있다는 것 만으로도 상당한 이점과 안전이 보장된다.

"…그야 그렇겠지만."

시헌은 반쯤 탄 담배를 재떨이에 지져 끄면서 중얼거렸다. 취한 것일까. 그는 조금 붉게 물든 뺨을 손으로 툭툭 치다가 우현을 힐긋 보았다.

"…저기, 형."

"왜?"

우현의 물음에 시헌은 머뭇거리다가 머리를 흔들었다.

"아니, 아무 것도 아니에요."

그는 그렇게 중얼거리고선 씩 웃었다. 우현은 시헌이 무슨 말을 하려 했을지 궁금했지만, 굳이 묻지는 않았다.

"들어가자."

우현은 시헌의 어깨를 손으로 두들기며 말했다.

"네."

시헌은 머리를 끄덕거리며 몸을 돌렸다.

불판은 이미 식었다. 몇 병인가 더해진 술병이 바닥에 서있었고, 민아는 조금 붉어진 얼굴로 풋고추를 와작거리 며 씹고 있었다.

"2차는 무리겠네요."

시헌이 중얼거렸다. 선하는 처음과 그리 달라지지 않은 얼굴인 듯 했지만, 자세히 보니 안색이 조금 창백했다. 술 을 마시면 얼굴이 붉어지지 않고 하얘지는 체질인 듯 했다.

"뭐, 다음에도 기회는 있으니까."

번호 교환은 이미 각자 끝냈다. 서로 같은 지역에 살고 있으니까, 만나고자 한다면 얼마든지 만날 수 있다. 시헌 은 바닥에 두었던 가방을 들어 올렸다.

"그럼 갈까요? 배도 부르고, 술도 더 마시면 취할 것 같 으니까."

시헌은 붉어진 얼굴로 씩 웃었다.

그 뒤에는 계산서를 받아서 각각 술값을 나눠서 계산했 다. 계산을 끝내고서 밖으로 나왔다. 시간은 10시가 조금 넘어 있었고, 거리에는 사람들이 제법 많았다.

"오늘, 즐거웠어요."

선하가 말했다. 그녀는 우현과 시헌, 민아를 향해 가느 다란 미소를 지었다.

"사실, 최근 들어서 이런 자리를 가졌던 적이 없었거든 요."

그 말에 우현도 공감하여 머리를 끄덕거렸다.

"저도요."

민아가 손을 번쩍 들었다. 그녀는 배시시 웃으면서 모두를 쓱 돌아보더니 킁하고 코를 마셨다. 시헌과 더불어 그녀는 술을 꽤 많이 마셨다. 얼굴은 조금 붉은 정도였지만 아무래도 취한 것 같았다.

"다음에도 또, 또 만나요. 알았죠?"

약속! 민아는 새끼손가락을 들면서 까르르 웃었다. 시헌은 마주 웃으며 민아와 손가락을 걸었다. 그녀는 총총거리는 걸음으로 선하에게 다가갔고, 선하에게도 손가락 약속을 받아냈다. 그리고는 우현에게 다가와 그의 얼굴을 빤히 보았다.

"오빠."

민아가 우현을 불렀다. 그녀는 우현을 향해 손가락을 내밀었다.

"약속!"

"…어, 그래. 약속."

우현은 어색하게 웃으며 그녀의 손에 손가락을 걸었다.

"돌아갈 수 있겠어?"

우현이 걱정스레 물었다. 그 물음에 민아는 깔깔 웃더니 머리를 크게 끄덕거렸다.

"당연하죠!"

하지만 영 신뢰가 가지 않았다. 어찌할까 고민하던 차에, 우현의 눈이 선하와 마주쳤다.

"…저기, 죄송한데…."

우현이 슬그머니 말을 꺼내자, 선하는 웃으며 머리를 끄덕거렸다.

"걱정하지 마세요. 제가 잘 챙길 테니까."

선하의 말에 우현은 한숨을 쉬며 머리를 끄덕거렸다. 민아는 혼자 깔깔거리며 웃었다. 시헌은 뒷머리를 긁적거리더니 모두를 쭉 돌아보았다.

"다들 지하철 타시나요?"

"아뇨, 저는 택시에요. 집이 근처거든요."

선하는 그렇게 말하며 민아의 팔을 잡았다.

"민아씨는 오늘 제 집에서 재울게요."

"와! 나 언니 집에서 자는 거예요? 과자, 과자 사가요!"

민아가 깔깔 웃었다. 완전히 취했군. 우현은 피식 웃으며 시헌을 보았다.

"나도 지하철이야."

"음, 그러면 일단 큰 길로 나가죠."

시헌이 앞장서서 길을 안내했다. 대로로 나와서, 선하는 곧바로 민아와 함께 택시를 탔다. 택시가 멀리 가는 것을 보고서 우현은 핸드폰을 들어 차 번호를 적어 저장했다. 그 뒤에는 시헌과 함께 지하철 역으로 향했다.

"다음에 봬요, 형."

도중에 환승하는 쪽에서, 우현이 먼저 내렸다. 자리에 앉아 있던 시헌은 몸을 일으켜서 우현을 향해 머리를 숙였다. 우현은 그런 시헌을 보며 피식 웃었다.

"그렇게 빡세게 할 필요 없다니까."

그 말에 시헌은 씩 웃으며 머리를 흔들었다.

"제가 편해서 그래요."

지하철의 문이 열렸다. 우현은 열린 문으로 나가면서 시헌을 향해 손을 흔들었다. 자리에 앉은 시헌이 다시 한 번 머리를 숙였다. 우현은 환승을 위해 걸으면서 손을 들어 얼굴을 어루만졌다.

'내일이군.'

우현은 눈을 가늘게 뜨고 생각했다.

REVENGE

4. 제안

HUNTING

NEO MODERN FANTASY STORY & ADVANTURE

REVENGE
HUNTING

4. 제안

정우현님의 헌터 등급은 F입니다.

우현은 메일함에 써있는 내용을 몇 번이고 다시 읽어 보았다. 눈을 비벼 보기도 했고, 가볍게 뺨을 때려 보기도 했다. 하지만 결과는 바뀌지 않았다. 그의 헌터 등급은 F. 초기 등급 심사에서 받을 수 있는 가장 높은 등급을 받게 된 것이다. 내심 F를 받을 것이라고 기대는 했지만, 정말 F 등급을 받게 되니 기분이 들떴다.

'아니, 이럴 때가 아니지.'

우현은 곧바로 의자를 뒤로 빼고 몸을 일으켰다. 등급 이 확정 된 이상 서울 시청의 헌터 협회로 가서 등록증의 등급 수정을 신청해야만 한다. 또한, 심사에서 사용했던 장비를 반납해야만 한다. 씻어 두었기에 외출 준비는 옷만 입는 것으로 끝이었다. 우현은 크게 숨을 들이키며 방문을 열고 나왔다.

지하철 역으로 가서, 시청으로 향하는 지하철을 탔다. 이어폰과 연결한 핸드폰은 호정이 몰랐던, 우현이 즐겨 듣던 음악이 흘러나오고 있었다. 쿵쾅거리는 비트음 위로 랩이 흘러나왔다. 본래 이런 노래는 취향이 아니었지만, 헬스장에서 계속해서 듣다보니 우현도 이런 노래가 좋아졌다. 뒤섞인 것은 인격이니, 음악 취향 같은 것은 우현의 것과도 공유되는 것일까.

카톡.

음악의 사이로 그런 알림음이 들렸다. 핸드폰을 켜보니 시헌에게 온 카톡이었다. '등급 받으셨어요?' 그 질문에 우현은 피식 웃으며 답장을 보냈다. F등급을 받았다고 답장을 보내자 잠시 후에 시헌의 카톡이 도착했다. 텍스트였지만 시헌이 감탄하고 있다는 것은 느낄 수 있었다. 시헌이 받은 등급은 H등급이었다. 최저 등급인 I 보다는 높은 등급이었다.

민아에게도 카톡이 도착했다. 민아는 카톡이 조금 어색한 지 말끝마다 ;;라는 땀방울을 붙였다. 아마 어제 술에 취한 것이 부끄러운 것이리라. 집에 잘 들어갔냐고는 굳이 묻지 않았다. 그냥, 모르는 척 하는 것이 예의라고 생각했다. 민아 역시 H등급이었다.

우현은 잠시 생각하다가 선하에게 카톡을 보내 보았다. 어제 집에 잘 들어가셨나요? 민아는 괜찮았나요? 그런 카톡을 보냈다. 지하철 역을 두 개 정도 지나쳤을 때 선하에게 답장이 도착했다. 민아는 오늘 아침 일찍 일어나서 선하가 차려준 아침을 먹고 집으로 돌아갔다고 했다.

[우현씨, 등급 확인하셨나요?]

선하가 먼저 물어왔다. 우현은 곧바로 답장을 보냈다. F등급을 받았다고 카톡을 보내니, 잠시 후에 선하에게 답장이 돌아왔다.

[저도 F등급을 받았어요. 지금 시청 가고 계시나요?]

[네. 선하씨는요?]

[저도 지금 시청으로 가려고 해요. 20분 정도 걸릴 것 같은데. 혹시 괜찮다면 시청에서 만나실래요?]

선하가 물었다. 설마 선하가 시청에서 만나자고 할 줄은 몰랐기에 우현은 조금 놀란 얼굴로 핸드폰을 내려 보았다. 민아와 시헌은 오늘 일이 있어서 시청에 가지 못한다고 했었다. 우현은 잠시 생각하다가 답장을 보냈다.

[그렇다면 시청에서 뵙도록 하죠.]

[네. 협회 입구에서 봬어요.]

답장을 확인하고서 우현은 핸드폰의 액정을 껐다. 그는 내심 선하에게 호기심을 가지고 있었다. 선하의 지식은 아버지가 헌터라는 것을 제외하고도 너무 또렷했다. 지식 이야 아버지에게 들었을 수도 있다. 하지만, 투기에 대해 설명하던 선하는 마치 자신이 경험한 것처럼 말했었다.

그리고 심사 당시 선하가 보였던 모습이 조금 마음에 걸렸다. 가라앉은 호흡과 크게 지치지 않았던 모습. 그에 대해서 노골적으로 물어볼까 싶기도 했었지만, 괜히 자리 가 어색해 질까봐 그러지 않았었다.

선하 쪽에서도 말하고 싶지 않은 것 같았고.

2호선으로 가는 지하철로 갈아타고, 얼마 지나지 않아 서 우현은 시청 역에 도착했다. 쭉 걸어서 개찰구를 나오 고, 입구를 나오고. 협회 쪽으로 향했다. 조금 늦었으려 나. 어쩔 수 없는 일이었다. 미리 약속을 했던 것도 아니 었으니까. 협회 입구 쪽에 가까워 졌을 때, 먼 곳에 있는 그쪽을 보니 과연 선하의 모습이 있었다. 그녀는 어제와 는 차림새가 달랐다. 바지 안으로 집어넣은 흰색 셔츠에 발목 위에 거치는 스키니 진. 커다란 선글라스를 낀 선하 의 모습은 멀리서 보니 모델이 아닐까 싶을 정도로 잘 어 울렸다.

사실 그것은 가까이 다가가서도 크게 변하지 않는 감상 이었다.

"많이 기다리셨나요?"

우현이 다가갔다. 데이트하는 것도 아닌데, 새삼 자신의 옷차림이 민망하게 느껴졌다. 편한 티셔츠에 바지, 운동화. 우현은 낮게 헛기침을 했다.

"아, 우현씨."

이어폰을 끼고 핸드폰을 내려보고 있던 선하는 선글라스를 머리를 들었다. 그녀는 이어폰을 귀에서 뽑고, 선글라스를 이마 위로 올렸다.

"저어, 죄송한데… 제가 못 들어서요. 방금 뭐라고 말씀하셨죠?"

선하의 물음에 우현은 피식 웃으며 머리를 흔들었다.

"많이 기다리셨냐고 물었습니다."

"아니예요. 저도 방금 전에 왔거든요."

방금 전에 왔다. 우현은 그 말을 마냥 믿지는 않았다. 앞으로 이런 일이 몇 번이 더 있을 지는 모르겠지만, 선하와 약속이 있으면 무조건 20분은 먼저 오는 편이 나을 것 같았다. 어제도 선하가 가장 먼저 와버렸으니까. 우현은 크게 숨을 들이켰다.

"잘 어울리시네요."

농담처럼 던져 보았다.

"네?"

선하가 화들짝 놀라 우현을 돌아보았다.

"잘 어울리신다고요."

일부러 그러는 건가? 우현은 민망한 기분이 되어서 다시 말해주었다. 그 말에 선하는 머뭇거리다가 웃었다.

"우현씨도요."

놀리는 걸지도 모르겠군. 우현은 자신의 옷차림을 힐긋 내려 보면서 생각했다. 동네에 담배 사러 나가는 것과 다를 바 없는 패션인데, 잘 어울리기는 무슨. 어쩌면 비꼬는 건가? 아니, 그건 너무 비관적이야. 우현은 그렇게 생각하며 협회 쪽을 힐긋 보았다.

"…음, 가시죠."

"네."

우현이 어색해 하는 것과는 달리 선하는 별 신경을 쓰지 않는 것 같았다. 선하는 구두를 또각거리며 우현의 곁에 서서 걸었다. 선하에게는 향긋한 과일향 같은 것이 풍겼다. 변태도 아니고. 우현은 입맛을 다시며 주머니에 손을 찔러 넣었다.

협회 창구 쪽은 사람이 없어서 한산했다. 헌터가 아무나 되는 것도 아니고, 협회까지 찾아오는 일도 등급 변경 외에는 그다지 없기 때문이리라. 번호표를 뽑을 필요도 없이 우현과 선하는 창구쪽으로 다가갔다. 창구에 앉은 것은 우현이 처음 이곳에 왔을 때 보았던 여직원이었다.

"무슨 일로 오셨습니까?"

찾아 온 이유는 이미 알고 있을 테지만, 여직원은 웃으면서 그렇게 물었다. 우현은 선하에게 창구 앞에 있는 의자의 자리를 양보했다.

"감사합니다."

선하는 머리를 우현 쪽으로 살짝 숙이며 의자에 앉았다. 우현은 허리를 살짝 낮추며 말했다.

"등급 변경을 위해서 왔습니다만."

"초기 등급 심사 대상자들이십니까?"

여직원이 물었다. 선하가 머리를 끄덕거렸다. 우현은 지갑을 꺼내 그 안의 헌터 등록증을 빼냈다. 선하 역시 우현이 하는 것을 보고 자신의 헌터 등록증을 꺼냈다. 여직원을 그것을 건네 받고서 키보드를 두드리기 시작했다.

"정우현씨… 그리고 강선하씨. 두 분 다 초기 등급 심사에서 F등급으로 배정받으셨군요."

"네."

"우선, 우수한 성적을 기록하신 것을 축하드립니다. 장비의 반납은 조금 후에 받도록 하겠습니다. F등급 배정에 대해 설명을 드려도 되겠습니까?"

여직원이 정중히 물었다. 이야기가 조금 길어질 것 같아서, 우현은 의자를 빼서 선하의 옆으로 끌어 왔다. 우현이 자리에 앉자 여직원이 가느다란 미소를 지으며 입을 열었다.

"초기 등급 심사에서 배정받을 수 있는 등급은 F, G, H, I 등급입니다. F는 배정은 초기 등급 심사에서 받을 수 있는 가장 높은 등급이며, 초기 등급 심사에서 F등급을 배정받는 것은 동아시아에서 2년 만에 있는 일입니다."

그 정도로 드문 일이었나. 우현은 꿀꺽 침을 삼켰다. 여직원은 잠시 호흡을 고르더니 말을 이었다.

"그리고 2명이나 F등급에 배정받는 것은 3년에 달하는 협회의 역사에서 처음 있는 일입니다. 규정 상 초기 등급 심사에서 F등급을 기록하신 분에게는 일억 원의 지원금이 주어집니다. 그리고 협회에서 보유 중인 장비 중에서 원하시는 장비를 지원해 드립니다. 선택할 수 있는 것은 무기와 갑옷입니다. 그에 대한 선택 이전에."

여직원이 말을 멈추었다. 그녀는 우현과 선하의 얼굴을 빤히 보면서 천천히 입을 열었다.

"원하신다면 지금 바로 협회 소속의 헌터로 가입하실 수 있습니다."

"…협회 소속으로요?"

우현이 놀란 표정을 지었다. 여직원은 천천히 머리를 끄덕거렸다.

"협회 소속의 헌터에게는 많은 혜택이 주어집니다. 몬스터의 사체에 소유권을 가질 수는 없지만, 그를 대신하여 협회는 소속 헌터들에게 매 달 일정 금액을 지급하고 있습니다. F등급의 헌터가 매달 받을 수 있는 금액은 1000만원이며, 사냥하는 몬스터의 종류에 따라 추가 수당을 드립니다. 그 외에도 국가에서 운영하는 헌터 보험에 무료로 가입이 가능하며, 숙소와 자가용을 지원해 드립니다. 국가 헌터 연금의 비용 역시 무료입니다. 그 외에도 협회가 관장하는 모든 거래에서 수수료가 면제됩니다."

"그 외에는요?"

선하가 눈을 가늘게 뜨고 물었다. 그 시선에 여직원은 쓰게 웃었다.

"…협회 소속 헌터는 협회의 부름에 거절할 수 없습니다. 협회를 탈퇴하게 될 경우에는 협회가 헌터에게 지급했던 모든 것을 반납해야 합니다."

"돈도?"

"네."

협회에서 소속 헌터에게 내건 조건은 파격적이었다. F등급 헌터가 월 1000만원을 받고 추가 수당을 받는다면, 그 위의 등급은 얼마나 벌어들일지 상상조차 되지 않았다. 하지만 저것은 달콤한 유혹이었다. 가입한 헌터는 어지간해서는 협회에서 탈퇴할 수가 없다. 여태까지 받은 돈과 지원을 전부 반납해야 한다는 것은 치명적이었다.

"…자세한 조항에 대해서는 계약서에 명시되어 있습니다만. 계약서가 필요하십니까?"

"아니, 괜찮습니다."

우현은 냉큼 머리를 흔들었다. 그가 욕심이 있는 것은 돈도, 혜택도 아니었다. 그의 목적은 예정된 종말을 막는 것이고 데루가 마키나의 앞에 다시 서는 것이다. 그를 위해 필요한 것은 다른 무엇이 아니라 네임드 몬스터에게서 구할 수 있는 마석이다. 하지만 협회 소속 헌터는 몬스터의 사체에 소유권을 가질 수가 없다.

"저도 필요없어요."

선하도 머리를 끄덕거리며 말했다. 여직원은 그럴 줄 알았다는 듯이 한숨을 쉬었다. 애초에 협회에서도 못 먹는 감을 찔러 보는 심정으로 제안했던 것이기 때문이다. 여직원은 다시 입을 열었다.

"…금액과 장비의 지급, 반납을 안내해 드리겠습니다."

여직원은 그렇게 말하며 몸을 일으켰다.

"저쪽에 창구 안으로 들어올 수 있는 입구가 있습니다. 그쪽으로 들어와 주십시오."

우현은 앉아 있던 의자를 원래의 자리에 가져다 두었다. 그리고는 선하와 함께 저쪽 벽에 있던 문을 열고 창구 안쪽으로 들어왔다. 우현과 선하가 들어오자, 여직원은 둘을 데리고서 안쪽의 문으로 향해 걸어갔다. 그녀가 번호를 입력하자 닫혀 있던 문이 열렸다.

"복도를 지나 끝에 있는 문으로 들어가시면 됩니다."

우현과 선하가 들어오자 문이 닫혔다. 우현은 마른침을 삼키고서 안을 둘러 보았다. 과연, 길지 않은 복도의 끝에 문이 있었다. 그쪽으로 다가가서 문을 살피니 잠금장치는 없었다. 철컥. 선하가 문고리를 잡아 돌렸다.

문이 열려 보이는 풍경은 상상했던 것과는 조금 달랐다. 우현은 내심 헌터 전용 장비가 보관 된 무기고를 생각했었는데, 문 너머의 방은 깔끔하게 꾸며진 응접실이었다. 테이블이 있고, 쇼파가 있고.

한 남자가 쇼파에 앉아있었다. 그는 우현과 선하를 힐긋 보더니 활짝 웃으며 몸을 일으켰다. '누구지?' 우현은 남자를 보고 움찔하여 뒤로 물러섰다. 그것을 보고서 남자는 양 손을 펼쳐 보이며 말했다.

"너무 긴장들 하지 말아요."

남자는 그렇게 말하면서 우현과 선하에게 다가왔다. 남자는 덩치가 컸다. 어깨와 가슴은 쩍 벌어져 있어서, 입고 있는 셔츠가 작아 보일 정도였다. 그는 씩 웃으며 우현을 향해 손을 뻗었다. 굳은 살이 잔뜩 박힌 손은 핏줄과 상처로 울퉁불퉁했다.

헌터의 손이었다.

"만나서 반갑습니다. '나래'의 부길드장을 맡고 있는 박광호라고 합니다."

박광호가 씩 웃었다.

나래. 그 이름을 들은 우현의 눈이 놀람을 담았다. 나래라는 이름은 굳이 헌터가 아니어도 일반인들이 알 정도로 유명했다. 한국의 길드는 많지만, 그 중 가장 규모가 큰 길드가 둘 있다. '화랑'과 '나래.' 두 길드는 한국을 넘어 세계에서도 먹히는 길드들이다. 두 길드 중 어느쪽이 낫다 평하기는 애매하지만, 인원적인 면에서는 화랑이 많지만 상위 헌터의 비율은 나래가 더 낫다고들 한다.

그 나래의 부길드장, 박광호. 올해 34세인 그는 이 세상에 판데모니엄이 나타났을 때에 각성했던 초창기의 헌터였고, 나래의 원년 멤버이기도 한 S급 헌터였다. 박광호는 이제 막 F급으로 랭크를 배정받은 우현과 선하와 악수를 나누고서 자리에 앉았다.

"앉으시죠."

박광호는 웃으며 권했다. 그 말에 우현과 선하는 쭈뼛거리다가 자리에 앉았다. 지원금과 장비나 받을 것이라고 생각했는데, 설마 나래의 부길드장과 독대하게 될 것이라고는 상상도 하지 못했기 때문이었다. 박광호는 우현과 선하를 쓱 둘러보더니 사람 좋게 웃었다.

"다들 놀란 표정이로군요. 미안합니다. 미리 언질을 줬어야 하는데."

그는 그렇게 말하더니 엉거주춤 일어섰다.

"뭐라도 마시겠습니까? 커피라던가, 녹차라던가."

박광호의 말에 우현은 선하를 힐긋 보았다.

"저는 녹차로 하겠습니다."

그 말에 선하는 잠시 머뭇거리다가 말했다.

"저도 녹차로…."

"잠깐만 기다리세요. 제가 금방 타올 테니까."

그는 그렇게 말하더니 방 한 쪽에 있던 정수기로 다가갔다.

"뜨겁게? 차갑게?"

박광호가 등을 보이고서 물었다. 즐거운 목소리였다.

"…차갑게 하겠습니다."

우현의 말에 선하도 똑같은 것을 요구했다. 거구의 박광호가 허리를 숙이고 정수기의 물을 받는 모습은 조금 희극적으로 보였다.

[들은 얘기 있으십니까?]

우현은 그 사이에 선하에게 카톡을 보냈다. 카톡을 확인한 선하가 우현을 향해 머리를 흔들었다. 그렇다면 대체 왜? 우현은 나래의 부길드장인 박광호가 이곳까지 와서 자신들을 만나는 이유를 도저히 알 수가 없었다.

하지만 생각을 조금 더 하고, 박광호가 양 손에 종이컵을 들고 돌아왔을 때. 어느 정도 이유를 알게 되었다.

"두 분에 대한 이야기는 협회 쪽에서 들었습니다. 동아시아에서 처음으로 초기 등급 심사에서 F랭크를 받으셨다죠? 두 명이나 F랭크에 기록된 것은 세계적으로도 처음 있는 일이고. 이야, 한국에서 이런 인재가 날 것이라고는 상상도 못 했었는데요."

박광호는 웃으며 말했다. 대놓고 비행기를 띄우고 있다. 우현은 박광호가 가져다 준 녹차를 조금 마셨다. 박광호. 그가 직접 온 이유는 어느 정도 짐작이 갔다. 그가 말하고, 창구의 여직원이 말했던 것처럼 우현과 선하는 흔한 케이스가 아니었다. 헌터로 각성한지 얼마 되지 않은 햇병아리가 초기 등급 심사에서 F랭크를 받은 것. 그것은 쉽게 말하자면 가능성을 증명받은 것과 똑같은 일이다.

선하가 고깃집에서 했던 말이 떠올랐다. 운이 좋다면 길드에서 러브콜을 받게 될 수도 있다고. 지금이 바로 그것이었다. 한국의 대형 길드인 나래가 우현과 선하에게 관심을 가진 것이다.

"운이 좋았나 봅니다."

우현은 턱을 뒤로 당기며 말했다. 그 말에 박광호는 씩 웃으며 머리를 흔들었다.

"너무 겸손하신 것 아닙니까? 우현씨와 선하씨의 심사

영상은 직접 보았습니다."

박광호의 말에 우현의 눈이 가늘어졌다.

그 영상은 협회에서 관리하는 것일 텐데. 아무래도 우현이 생각했던 것보다 대형 길드가 가진 힘은 더 큰 것 같았다. 아니면 거래인가. 하긴, 협회 쪽에서는 우현과 선하에게 큰 욕심을 가질 이유가 없다. 가능성이 있다고는 해도 우현과 선하는 경험이 적은 조무래기일 뿐이다. 그런 둘을 처음부터 성장시키는 바에는 이미 확보하고 있는 헌터들을 굴리는 편이 낫겠지.

하지만 길드 쪽은 입장이 다르다. 어차피 현실에 나타나는 몬스터를 처리하는 것은 협회가 아닌 길드 쪽이고, 상위 던전을 독차지하고 있는 것도 길드다. 그들은 언제나 인재를 필요로 하고 있다.

"대단하시더군요. 솔직히 말해서, 이제 막 헌터가 되어 초기 심사를 치루는 헌터들이라고는 생각할 수 없을 정도였습니다."

박광호의 얼굴에서 웃음이 엷어졌다. 그는 진지한 표정을 하고 우현과 선하를 바라보았다.

"우현 씨는 밸런스가 흠 잡을 데가 없을 정도였습니다. 특히 탱커로서의 자질이 천부적이라고 느낄 정도였습니다. 처음 상대하는 몬스터를 단편적인 정보만으로 그렇게 상대하다니. 그 정도의 재능은 지금의 상위 헌터들 중에서도 가진 이들이 드물 겁니다. 하지만 굳이 보자면 우현 씨는 탱커 보다는 딜러에 더 맞다고 느꼈습니다."

우현의 표정이 바뀌었다. 박광호가 제대로 짚었기 때문 이다. 본래 우현은 탱커가 아니라 딜러쪽이었다.

"탱커 중에서도 방어보다는 공격을 위주로 한 탱커가 없는 것은 아닙니다만… 방어형과 공격형. 둘 모두 장단 점이 있기는 하지만, 대부분의 탱커는 방어적인 탱킹을 하죠. 아무래도 공격형은 위험부담이 너무 크니까요. 길 드 쪽에서도 공격형보다는 방어형을 권하곤 합니다. 길드 원이 죽는 것을 보고 싶지는 않으니까요."

박광호는 씩 웃었다.

"우현씨의 탱킹은 공격적이었습니다. 마치 맞지 않는 옷을 입은 것처럼요. 몬스터와 처음 싸우면서 겁을 먹지 않고, 공격적으로 나가면서 탱커의 역할을 완벽하게 수행 한 것은 솔직히 경악스러웠습니다. 그런 우현씨가 전문적 인 탱커와 함께 딜링에 집중하는 것까지 생각하니 어우, 소름이 돋았지요."

박광호는 너스레를 떨면서 말했다. 그는 선하를 보았 다.

"그리고 선하씨. 선하씨도 비슷하다고 느꼈습니다. 오 히려 투기의 컨트롤은 선하씨가 더 낫더군요. 공격을 몰 아붙이면서도 호흡을 조절하고, 언제나 만약의 사태를 대비해서 뒤로 몸을 뺄 거리와 자세를 유지하셨죠. 깔끔한 공격은 흠 잡을 수가 없었습니다. 두 분 모두 딜러의 재능을 갖고 계십니다. 뛰어난 탱커와 장비만 지원된다면 금세 높은 등급까지 올라갈 수 있을 정도로."

슬슬 말이 나오겠군. 우현은 녹차를 마시며 선하의 표정을 살폈다. 거듭된 칭찬에도 선하는 신중한 얼굴로 박광호를 보고 있었다. 잠시 입술을 축인 박광호가 입을 열었다.

"그래서, 나래는 두 분의 가능성에 투자하기를 원합니다."

"…투자… 말입니까?"

우현이 말을 받았다. 박광호는 크게 머리를 끄덕거렸다.

"예. 나래는 길드원 전원에게 장비를 지급하고 있습니다. 나래에서 길드원에게 제공하는 장비는 블랙 스미스의 전문 장인에게 의뢰하여 독자 제작하는 것으로, 다른 브랜드 장비들 이상의 성능을 가지고 있습니다. 당연한 말이지만 유통도 되지 않지요. 나래는 길드원의 등급에 따라 초기 장비를 지급하고, 길드 내에서의 실적에 따라서 또 장비의 등급을 올리고 있습니다."

백문이 불여일견. 박광호는 씩 웃더니 손을 테이블 위로 올렸다. 그는 아공간에서 무기를 빼냈다. 우현은 그것을 보며 눈을 빛냈다. 투핸드소드와 태도. 우현과 선하의 무기와 같은 종류였기 때문이다.

"이것은 나래에서 F등급 헌터에게 제공하는 '풍운'입니다. 20번 던전에서 출현하는 '붉은 늑대'를 소재로 하여 만든 무기이죠. 풍운은 협회에서 지정한 무기의 ATK 점수를 540점 이상을 받은 시리즈입니다. 일반 F등급 헌터들이 가장 많이 사용하는 무기가 '소드 메이커'의 '타이푼 시리즈'인데, 타이푼 시리즈의 무기들은 ATK 점수 400점대에 머물고 있습니다. 지급 장비는 길드원이 원하는 대로 디자인할 수 있으며, 무기 외에 '창운' 시리즈의 갑옷도 지급해 드립니다. 창운의 경우 가죽 갑옷은 DEF 점수 300점 이상을 받았고요."

박광호가 빠르게 말했다. 그는 우현과 선하의 표정을 쓱 보더니 자신있게 말했다.

"자랑이라 들으셔도 상관없습니다. 이건 사실이니까요. 나래가 지급하는 장비는, 국내에서 나래와 함께 양대 길드라 꼽히는 화랑의 지원 장비보다 뛰어납니다. 그 외에도 나래는 소속 길드원의 복지에도 힘쓰고 있습니다. 보험, 연금 등. 굳이 같은 길드원이 아니더라도 등급에 맞는 우수한 헌터들과 파티를 연결해 주기도 하고, 분배에 대해서는 헌터법에 따르고 있습니다."

파티로 몬스터를 잡을 때에 가장 신경쓰이는 것이 이익

의 분배다. 그것이 제대로 분배되지 않아 사고가 많았기에, 헌터법은 이익의 분배에 대해 확실하게 명시하고 있다. 파티의 경우 탱커는 마석을 제외한 사체의 판매금에서 30%를 가져간다. 그리고 남은 금액을 탱커를 제외한 파티원들이 나누는 식이다. 간혹 네임드 몬스터의 사체에서 마석이 나올 경우, 마석은 협회의 입회인의 참관 하에 랜덤으로 배분된다.

"우현씨와 선하씨는 욕심나는 인재입니다. 나래로서는 반드시 두 분을 스카웃하고 싶었고, 그래서 부길드장인 제가 직접 온 것입니다. 어떠십니까? 솔직히 말해서, 신규 헌터가 빠르게 성장하는 것은 대형 길드에 가입하는 것이 제격입니다."

박광호의 말이 끝났다. 우현은 곧바로 대답하지 않고 박광호가 내건 조건에 대해 생각을 해 보았다. 박광호의 말대로, 나래의 지원은 파격적이라 할 수 있었다. 몬스터의 사체에 소유권을 가질 수 없는 협회 소속 헌터와는 비교할 수가 없을 정도로.

하지만 길드라 하여 땅을 파서 돈을 버는 것은 아니다.

"길드에 지불하는 돈은 없습니까?"

우현이 물었다. 그 물음에 박광호는 우현의 얼굴을 가만히 보았다. 그의 입이 천천히 열렸다.

"F급 헌터의 경우에는 매 달 300만원의 돈을 내야 합니다. 그리 많은 돈은 아닙니다. 나래의 장비를 갖는다면 몬스터를 쉽게 사냥할 수 있고, 그로 쉽게 돈을 벌수가 있으니까요."

300만원. 많은 돈인 것 같지만, 헌터에게는 아니다. 박광호의 말대로 나래의 장비를 착용한다면 300만원 정도는 쉽게 벌 수 있을 것이다. 하지만 그것 뿐만이 아닐 것이다. 우현 역시 호정이었을 적에 대형 길드의 요직에 있었다.

길드 시스템은 하위 길드원을 갈아 넣는 것으로 유지된다. 상위 길드원은 결국 상위 던전에 몰두할 수밖에 없다. 그렇다면 상위 던전에 가지 못하는 하위 길드원은? 그들은 일종의 작업장처럼 유지되는 것이다. 하위 던전에 처박혀 살다 시피하면서.

"…죄송합니다."

우현은 머리를 천천히 저었다. 물론 나래가 우현이 있던 길드와 똑같으리라는 보장은 없다. 게다가 우현과 선하는 나래의 부길드장이 직접 찾아 올 만큼 가능성이 높은 인재들이다. 분명 이득은 있을 것이다. 하지만 이득만 있다고 볼 수는 없다.

하지만 우현은 길드에 들 생각이 없었다. 일단 익숙해진 뒤에, 그는 솔로 헌터로 활동할 생각이었다. 사체를 독

점하기 위해서였다. 길드에 가입해서 솔로 헌터로 자립할
수 있을 정도의 준비를 갖는 것도 나쁘지 않을 듯 하였지
만, 길드에 탈퇴하는 것이 자유로울 리가 없다.

"…거절하시는 겁니까?"

박광호가 눈을 가늘게 뜨고 우현을 바라보았다. 우현은
천천히 머리를 끄덕거렸다. 상황이 좋지 않아. 우현은 생
각했다. 나래는 대형 길드다.

거절이 그들을 적으로 돌리는 것일까.

"죄송합니다. 나래의 제안은 파격적이지만… 아직은
길드에 가입하고 싶지 않습니다."

"이유를 알 수 있을까요?"

박광호가 곧바로 물어왔다. 우현은 일부러 난감하다는
표정을 지었다. 그는 박광호의 눈을 제대로 보지 않고 시
선을 아래로 내렸다. 나는 약하다. 그것을 박광호에게 확
실히 보일 생각이었다. 나는 당신들의 적이 아니다.

"아직 제가 부족하다고 생각하기 때문입니다. 조금 더,
헌터에 대해서 알게 된 뒤에… 그때라도 괜찮다면…."

끝까지 말을 하지 않았다. 일부러 말끝을 흐렸다. 그 말
에 박광호는 잠시 생각하는가 싶더니 천천히 머리를 끄덕
거렸다.

"그렇다면 어쩔 수 없군요."

박광호는 그렇게 중얼거리며 품 안에서 지갑을 꺼냈다.

그는 지갑을 열어 자신의 명함을 꺼낸 뒤에 테이블 위에 올려 놓았다.

"제 명함입니다. 만약, 준비가 되었다고 생각하실 때. 그때 다시 연락을 주십시오. 선하씨는 어떠십니까?"

박광호가 선하를 보았다. 선하는 우현을 보고 있다가, 박광호가 자신을 부르자 그를 돌아보아왔다.

"저도 아직은 길드에 가입하고 싶지 않아요. 개인적인 사정도 있거든요."

"…개인적인? 무슨 사정인지 알 수 있을까요?"

"죄송해요. 그에 대해서는…."

선하가 머리를 흔들었다. 그 말에 박광호는 입맛을 다시며 선하에게도 자신의 명함을 주었다. 그는 멋쩍게 웃으며 뒤통수를 긁적거렸다.

"어쩔 수 없지요. 그렇다면 다음에 연락을 주십시오. 그때에는 좋은 대답을 들을 수 있기를 바라겠습니다."

"예, 죄송합니다."

우현이 머리를 숙였다. 박광호는 손사레를 치면서 몸을 일으켰다.

"아니, 아닙니다. 죄송하실 것은 없지요. 저희 쪽에서도 말도 안하고 곧바로 찾아와 이런 제안을 한 것이니까요. 저는 이만 가보도록 하겠습니다."

박광호는 테이블 위에 두었던 무기를 아공간 안으로 집

어 넣었다.

"그러면, 연락을 기다리겠습니다."

"…개인적 사정이라는 것. 저한테도 비밀입니까?"

우현은 박광호가 닫고 나간 문을 바라보다가 선하를 힐 끗 보며 너스레를 떨었다. 장난기 어린 우현의 표정을 보 던 선하는 입술을 가리며 쿡쿡 웃었다.

"우현씨는요?"

선하가 되물었다. 그녀는 재밌다는 듯이 눈을 휘어 뜨 며 우현을 응시했다.

"준비가 되지 않았다. 정말 그게 전부인가요?"

선하의 물음에 우현은 가볍게 어깨를 으쓱거렸다.

"그 외에 뭐가 있을 것이라고 생각하셨습니까? 나래의 제안은 고맙고, 솔직히 기회라고도 생각하지만… 음. 아 직은 길드에 들어가고 싶지 않다. 딱히 거짓말로 그렇게 말한 것은 아닙니다."

"대형길드는."

선하가 입을 열었다. 그녀는 천천히 몸을 일으키면서 손에 들고 있던 종이컵은 정수기 옆의 쓰레기통에 버렸 다.

"특히 나래는, 소문이 그리 좋지 않아요. 길드원에 대 한 지원은 확실히 파격적이지만… 그만큼 길드원에게 휴 식을 주지 않죠. 주는 것보다 더한 것을 걷어가는 것이 나래에요. 물론 그것은 아래에 있을 때의 경우고, 실적을 올려 등급을 높이고 위로 갈수록 몸은 편해지죠. 하지만 어느 곳이 그렇지 않겠어요? 아래는 힘들고, 위는 편하고."

"그래서 거절하셨습니까?"

우현이 물었다. 선하는 피식 웃으며 머리를 흔들었다.

"말했잖아요? 어느 곳이 그렇지 않겠냐고. 나래 뿐 만이 아니라 대부분의 길드들이 그래요. 단체를 굴리는 시스템은 결국 아래를 희생시킬 수밖에 없어요. 거절한 이유는… 그런 희생이 마음에 들지 않아서가 아니라, 말했던 것처럼 지극히 개인적인 이유 때문이에요."

"그 이유는…."

"비밀이에요."

선하가 살짝 웃었다. 그녀는 빙글 몸을 돌렸다.

"그나저나, 저희는 계속 이곳에 있어야 하는 건가요?"

선하는 자신의 '비밀'에 대한 화제로 더 이상 이야기하고 싶지 않은 모양이었다. 우현은 눈을 가늘게 뜨고 선하의 등을 보다가 머리를 천천히 흔들었다. 그녀가 말하지 않으려 드니 캐물을 수도 없다. 우현과 선하는 그 정도로 친하지도 않았으니까.

"박광호씨도 나갔으니, 조금 기다리면 다른 사람이 오지 않을까요?"

우현이 말했다. 그 말에 선하는 천천히 머리를 끄덕거리며 다시 소파에 와서 앉았다. 그녀는 우현의 얼굴을 빤히 보면서 가느다란 미소를 지었다. 우현은 선하가 갑자기 자신을 응시하자 괜히 민망해져서 턱을 뒤로 당겼다.

"우현씨는 대단하시네요."

선하가 말했다.

"네?"

우현이 머리를 갸웃거렸다. 선하는 키득거리면서 팔짱을 끼고서 말을 이었다.

"저는 우현씨가 나래의 제안을 받아들일 것이라고 생각했어요. 나래의 조건은 나쁘지 않았으니까요."

"선하씨도 거절했잖아요?"

"저에게는 거절할 만한 이유가 있었죠. 하지만 우현씨는…."

"저에게도 거절할 이유는 있었습니다."

우현이 대답했다. 그 대답에 선하는 가만히 머리를 끄덕거렸다.

"그렇군요. 제 말이 불쾌했다면 죄송해요. 그냥… 특이하다고 생각해서요."

선하가 쓰게 웃으면서 말했다. 우현은 피식 웃으며 머리를 흔들었다.

"아뇨, 죄송하실 것은 없죠. 각자 사정이라는 것은 있는 법이니까요."

우현의 말에 선하는 눈을 가늘게 뜨고서 그를 바라보았다. 마치 탐색하는 것 같은 시선이었다. 우현은 선하의 눈을 피하지 않았다. 선하가 우현에게 어떠한 흥미를 품었던 것처럼, 우현 역시 선하에게 흥미와 호기심을 동시에 품고 있었다.

어쩌면.

우현이 염두에 두고 있는 것은 작은 가능성이었다. 있는 것은 심증 뿐이다. 박광호의 말을 통해서 우현은 선하에게 본래 갖고 있던 의심을 확신에 가까운 것으로 바꾸고 있었다. 신입 헌터라고 생각할 수 없을 정도로 투기의 사용이 능숙하다는 것. 땀을 적게 흘리던 모습. 여자라고 생각할 수 없을 정도의 체력.

그리고 지식.

"…선하씨."

생각 만으로 결론에 닿을 수 없었기에, 우현은 직접 묻기로 했다. 그는 선하의 얼굴을 빤히 보며 입을 열었다. 우현이 자신을 부르자 선하는 머리를 갸웃거리며 우현을 바라보았다. 우현은 잠시 생각하다가 말을 이었다.

"데루가 마키나라는 이름을 아십니까?"

우현의 물음에 선하의 눈이 동그래졌다.

"네?"

선하가 머리를 갸웃거렸다. 우현은 눈을 가늘게 뜨고 선하의 표정을 살폈다.

"그게 뭐예요?"

선하가 물었다. 우현은 천천히 머리를 흔들었다.

"아니, 아닙니다."

선하는 이상하다는 표정을 보면서 우현을 바라보았다. 역시 아닌가? 우현은 내심 혀를 찼다. 선하가 보였던 반응은 즉발적이었다. 데루가 마키나라는 이름을 모르는 것처럼. 처음 듣는 것에 반응하는 것처럼. 하지만 우현이 보았던 것은 결국 선하의 표정과 목소리 뿐이라, 그녀가 모르는 척 연기하는 것일지도 모른다는 생각을 완전히 버릴 수는 없었다.

하지만 선하가 거짓말을 할 이유가 있을까? 없다. 적어도 우현이 생각하기로는 그렇다. 우현은 선하가 자신처럼 멸망한 세상에서 보내진 헌터가 아닐까 생각했었다. 만약 그런 것이라면 선하가 가진 특이점의 모든 것이 설명된다.

불편한 침묵이 생겼다. 우현은 스스로의 생각에 빠져 입술을 다물었고, 선하는 그런 우현의 표정을 기이하다는 듯이 바라보았다. 침묵이 깨진 것은 철컥거리는 문소리였다. 우현은 상념 속에서 깨어나 열린 문쪽을 바라보았다.

문을 열고 들어오는 것은 정장을 입은 남성이었다. 우현과 선하의 얼굴에 놀람이 담겼다.

들어온 남자는 정민석이었다.

"오랜만입니다."

정민석은 살짝 머리를 숙이며 말했다. 그는 예의 그 무표정한 얼굴로 선하와 우현을 쭉 보더니 시계를 내려 보았다.

"불편을 끼쳐 드려서 죄송합니다."

"아니, 괜찮습니다."

우현은 몸을 일으키며 말했다. 정민석은 머리를 살짝 끄덕거리더니 방 안을 가로질러 반대쪽에 있던 문으로 다가갔다.

"나래의 제안을 거절하셨더군요?"

정민석이 말했다. 그 말에 엉거주춤 몸을 일으키던 선하가 대답했다.

"네."

"매력적인 제안이었을 텐데."

"누군가에게는 매력적이었겠죠."

우현이 대답했다. 그 대답에 정민석은 머리를 돌려 우현과 선하를 힐긋 보았다.

"그렇겠죠."

정민석이 입 꼬리를 살짝 올리며 대답했다. 철컥. 문이 열렸다. 문 너머에 있는 것은 엘리베이터였다. 정민석은 아래로 내려가는 버튼을 눌렀고, 얼마 지나지 않아 엘리베이터가 위로 올라왔다.

"무기를 선택하는 편이 좋을 겁니다."

엘리베이터가 아래로 내려가는 중, 정민석이 입을 열었다.

"두 분의 전투 영상을 봤습니다. 잘 하시더군요. 지원금으로 드리는 일억으로는 블랙 스미스에서 중고 방어구를 사십시오. 추천하는 모델은 '아이언 실드'의 '브리케인'입니다. 중고라면 풀 세트로 6000만원 선에서 구입할 수 있을 겁니다. 브리케인은 30번 던전의 네임드 몬스터로 만든 갑옷인데, 가벼우면서도 내구성이 좋습니다."

엘리베이터가 멈췄다. 문이 열리자 정민석이 앞장 서서 앞으로 걸었다.

"그리고 남은 사천만원으로는 보조로 사용할 장비를 구입하십시오. 추천하는 것은 '샤피언'의 '블랙 코브라'입니다. 34번 던전에 출현하는 블랙 코브라의 이빨로 만든 단검인데, 날 길이가 40CM의 쿠크리입니다. 두 분 다 대검을 쓰시니, 단검 하나 정도는 있는 편이 좋을 겁니다. 몬스터의 사체를 해체할 때에도 편하고, 밀림에서 길을 뚫기에도 편하거든요."

"…조언 감사합니다."

우현이 말했다. 그 말에 정민석은 닫힌 문 앞에 서서 손을 들었다.

"뭘요. 재능있는 후배에게 선배가 조언하는 것이라 생각하십시오."

그는 그렇게 말하며 잠금장치에 손을 올렸다. 얼마 지나지 않아 센서가 기계음을 냈다.

"이곳은 협회의 병기 창고입니다."

넓은 방이었다. 벽에는 검부터 시작하여 다양한 무기들이 걸려 있었고, 그 외에도 갑옷을 비롯한 여러 가지 장비들이 비치되어 있었다.

"대부분이 중고품입니다만. 점검은 꾸준히 하고 있기에 신품과 그리 차이는 없습니다."

그는 그렇게 말하면서 우현과 선하를 돌아보았다.

"상급의 무기들은 아니지만 중급은 됩니다. F급 헌터가 쓰기에는 과한 무기들이지요. 추천해 드립니까?"

정민석이 물었다. 우현과 선하가 머리를 끄덕거렸다. 정민석은 빙긋 웃었다.

"우현 씨는 투핸드소드를?"

"네."

"그렇다면 '소드 메이커'의 '타이푼 2'가 좋겠군요. 소드메이커의 타이푼 시리즈는 F급 헌터들이 가장 많이 사용하는 무기인데, 타이푼 2는 타이푼의 후속 모델입니다. 타이푼의 투핸드소드의 ATK 점수가 420이었는데, 타이푼 2는 480점의 ATK 점수를 받았습니다."

정민석은 그렇게 말하고서 선하를 보았다.

"선하씨는?"

그 말에 선하는 잠시 생각하는가 싶더니 입을 열었다.

"꼭 선택해야 하나요?"

선하가 물었다. 그 말에 정민석이 머리를 갸웃거렸다.

"무슨 말씀이십니까?"

"아버지한테 물려받은 장비가 있거든요. 그래서 당장 장비가 필요하지는 않아요."

선하의 대답에 정민석은 잠시 생각하다가 입을 열었다.

"…물려받은 장비라. 뭐, 선택은 자유입니다만…."

턱을 어루만지던 정민석이 우현 쪽을 힐긋 보았다.

"장비가 필요 없으시다면, 우현씨의 장비를 고르셔서 넘기는 것은 어떠십니까?"

"그래도 상관없어요."

선하가 머리를 끄덕거렸다. 선하의 대답에 우현은 놀란 얼굴로 선하 쪽을 보았다. 선하는 가느다란 미소를 지으며 우현을 향해 머리를 살짝 끄덕거렸다.

"흉갑 쪽을 고르고 싶은데."

선하의 말에 정민석이 그럴 줄 알았다는 듯이 곧바로 대답했다.

"아이언 실드의 '셀게이트.' 앞서 추천했던 브리케인의 상위 모델입니다."

"···그것으로 하겠습니다."

우현이 선하를 향해 머리를 숙였다.

"괜찮아요. 어차피 저는 필요가 없으니까."

선하가 대답했다. 얼마 지나지 않아 정민석이 장비를 들고 돌아왔다. 타이푼2는 우현의 키만한 대검이었는데, 딱 봐도 알 수 있을 정도로 날이 매섭게 서있었다. 우현은 정민석에게서 타이푼2를 건네 받아 손에 쥐어 보았다. 밸런스는 나무랄 곳이 없었고 그립감도 좋았다.

"그것으로 하시겠습니까?"

"네."

"소드 메이커의 품질보증서입니다. 혹, 나중에 중고로 파실 경우에 필요할 겁니다."

그런 식으로 우현은 셀게이트의 흉갑도 건네받았다. 셀게이트는 검은 가죽으로 만들어진 갑옷이었다. 셀게이트의 품질 보증서마저 받고 나서, 우현과 선하는 테스트 때 사용했던 장비를 반납했다. 그 반납이 끝나고서 정민석이 품 안에서 두 개의 종이봉투를 꺼내 각각 우현과 선하에게 건넸다.

"헌터 전용 카드와 통장입니다. 지급하기로 한 금액은 그곳에 들어 있습니다."

"감사합니다."

우현이 살짝 머리를 숙였다. 그런 우현과 선하를 바라보던 정민석이 조용히 말했다.

"우현씨와 선하씨는 재능이 있는 사람들입니다."

그는 그렇게 말하고서 안경을 손끝으로 올렸다.

"죽지 않는다면, 분명히 높은 곳까지 오를 수 있을 겁니다. 그러니까… 죽지 마십시오."

그는 그렇게 말하고서 입맛을 다셨다. 자신이 한 말이 뭔가 마음에 들지 않는다는 모습이었다. 우현은 쓰게 웃으며 머리를 숙였다.

"조언 감사합니다."

그 말에 정민석은 머리를 흔들며 손사레를 쳤다.

"조언이랄 것도 없지요. 협회 쪽에서의 보상은 모두 지급하였습니다. 두 분은 협회에서 인정한 F랭크의 헌터가 되셨고, 판데모니엄에서의 활동에 자유를 얻으셨습니다."

정민석은 잠시 말을 멈추었다.

"F랭크의 헌터라면 보통 10번 대의 던전에서 활동하는데… 두 분의 장비라면 15번 이상의 던전에서도 큰 무리를 느끼시지는 않을 겁니다."

"정민석씨는 등급이 어떻게 되십니까?"

우현은 궁금하던 것을 물었다. 그 물음에 정민석은 쓰

게 웃었다.

"A랭크입니다."

그는 그렇게 말하고서 닫혔던 문을 열었다. 셋은 다시 엘리베이터에 타고 지상으로 올라왔다.

"나중에 던전에서 만나기를 기대하겠습니다."

정민석은 엘리베이터에서 내리지 않았다. 닫히는 엘리베이터의 문 너머로 정민석의 목소리가 들렸다. 우현은 엘리베이터가 완전히 닫히는 것을 보고 몸을 돌렸다.

"…감사합니다."

우현은 선하에게 다시 한 번 머리를 숙였다. 선하는 천천히 머리를 흔들었다.

"우현씨는 이제 어디로 가시나요?"

선하가 물었다. 그 물음에 우현은 잠시 생각하다가 대답했다.

"블랙 스미스에 가보려고 합니다. 남은 장비를 구입해야 하니까요."

"그렇군요. 그러면 저는 이만 집으로 돌아가 볼게요. 나중에 연락해 주세요."

선하는 그렇게 말하며 우현에게 손을 내밀었다. 우현은 잠시 그를 바라보다가 손을 뻗어 선하와 악수를 나누었다.

헌터 전용 장비를 취급하는 블랙 스미스는 삼성동에 위치하고 있었다. 우현은 전철에서 내려, 삼성동의 헌터 장비 백화점인 블랙 스미스로 들어갔다. 블랙 스미스의 입구 로비에는 꽤 많은 사람들이 돌아다니고 있었다. 저들 대부분은 헌터겠지만, 그렇다고 해서 일반인이 없는 것은 아니었다. 헌터의 장비나 몬스터의 사체는 일부 돈 많은 부자들의 수집품이기도 하다.

　　블랙 스미스의 매장으로 입장하기 위해서는 회원권이 필요하다. 우현은 로비의 창구 쪽으로 다가갔다. 창구에는 제복을 입은 여성이 앉아있었다. 우현의 창구의 앞에 서자 직원이 머리를 들었다.

　　"무엇을 도와드릴까요?"

　　직원이 웃으며 물었다.

　　"회원 등록을 하고 싶습니다만."

　　우현은 침착한 목소리로 말했다. 그 말에 여직원이 머리를 끄덕거렸다.

　　"헌터 등록증은 갖고 계십니까?"

　　"네."

　　우현은 지갑을 꺼냈다. 그가 지갑에서 회원증을 뽑아 건네자, 여직원은 회원증을 확인하고 키보드를 몇 번 두드렸다. 얼마 지나지 않아 여직원이 우현에게 회원증을 돌려주었다.

"확인했습니다. F급 헌터 정우현님. 블랙 스미스의 회원으로 등록해 드리겠습니다. 정우현님의 회원 등급은 F이며, 3층까지의 보급 장비와 중고 장비를 구입하실 수 있습니다. 등급은 회원님의 구매, 판매와 헌터 등급에 따라 조정되며, C급 이상이 되실 경우 블랙 스미스 소속 장인에게 전문 장비 제작을 의뢰하실 수 있습니다. 또한 할인 혜택과…."

"네, 알겠습니다."

말이 길어질 것 같았기에 우현은 여자의 말을 끊었다. 여자는 멈칫하더니, 우현을 향해 활짝 웃었다.

"우현님의 회원 등급은 헌터 등급을 따라 F로 배정해 드리겠습니다. 등급은 앞서 말씀드린 것처럼 헌터 등급의 상승, 구매, 판매에 따라 조정됩니다. F급 회원의 년 회비는 500만원입니다."

년 회비 500. 제법 많은 금액이었지만, 지금의 우현에게는 여유였다. 돈이 아깝지는 않았다. 블랙 스미스는 한국에서 가장 큰 규모의 헌터 장비 매장이었으니까. 우현은 말없이 카드를 내밀었다. 정민석에게 받은 헌터 전용 신용카드였다. 회비에 대한 결제가 끝나자 우현은 몸을 돌려 로비를 빠져나왔다.

그는 곧바로 3층의 중고 장비 거래 상가로 향했다. 현재 우현에게 필요한 것은 방어구였다. F급 헌터가 되면서 소드메이커의 타이푼 2, 아이언 실드의 셀게이트를 받았다. 남은 것은 완갑과 각갑 정도인가. 신발도 필요할 테고, 갑옷 안에 받쳐 입을 것도 필요했다. 우현은 정민석이 추천했던 대로 '아이언 실드' 브랜드로 향했다. 아이언 실드는 세계에서 가장 큰 헌터 장비 브랜드 중 하나였고, 특출 나지는 않지만 무난한 성능을 가진 장비를 양산하는 브랜드였다.

"어서 오십시오."

아이언 실드의 매장을 보고 있는 것은 머리를 짧게 자른 중년 남자였다. 그는 우현이 매장으로 들어오자 자리에서 일어서서 우현에게 다가왔다.

"필요하신 장비가 있으십니까?"

남자가 물었다. 우현은 마네킹에 입혀진 갑옷들을 쭉 보다가 입을 열었다.

"…셀게이트 시리즈의 가죽 갑옷을 보고 싶습니다만."

정민석이 추천한 것은 브리케인 시리즈였지만, 선하 덕분에 셀게이트의 흉갑을 얻게 되었다. 덕분에 돈에 제법 여유가 있을 것 같았기에 우현은 아예 브리케인의 상위 모델인 셀게이트로 장비를 맞출 생각이었다.

"풀 세트로 가져다 드리면 되겠습니까?"

"아니오. 흉갑은 필요 없습니다."

우현의 말에 남자는 머리를 살짝 끄덕거리더니 사이즈를 물었다. 우현이 사이즈를 알려주자, 남자가 몸을 돌렸다. 얼마 지나지 않아 남자는 묵직한 상자를 들고서 돌아왔다. 그는 상자를 우현의 앞에 내려놓고서 짧게 숨을 몰아쉬었다.

"중고품이지만 품질은 신품과 크게 차이가 없습니다."

남자는 그렇게 말하며 상자를 열어 갑옷을 보여주었다. 우현은 상자 안에 담긴 갑옷을 하나하나 살펴보았다. 무게가 조금 있기는 했지만, 방어구니까 어쩔 수 없었다.

"입어봐도 됩니까?"

우현의 질문에 남자가 머리를 끄덕거렸다. 우현은 상자를 들고서 피팅룸에 들어가 갑옷을 입어 보았다. 일단 전부 입어 보고서 우현은 움직임을 방해하는 장비를 걸러냈다. 결국 남은 것은 양 팔뚝을 보호하는 완갑과 종아리를 감싸는 각갑 정도였다. 우현은 갑옷을 벗고서 밖으로 나왔다.

필요한 최소한의 것만 구입하였는데도 4000만원이라는 가격이 나왔다. 장비가 비싼 것은 호정의 세계나 우현의 세계나 똑같은 모양이었다. 우현은 한숨을 쉬면서 갑옷 안에 입을 질긴 타이즈를 몇 장 더 구입했다.

계산을 끝내고서 아이언 실드의 매장을 나와, 샤피언

매장으로 향했다. 샤피언은 단검을 포함하여 보조 무기, 지원품을 취급하는 브랜드였다. 우현은 정민석이 추천했던 블랙 코브라를 구입했다. 블랙 코브라는 날 길이가 50CM 정도의 쿠크리였다. 보조용으로 사용하는 나이프의 가격이 3000만원이었다. 슬슬 손이 떨리기 시작했다. 아무래도 몇 달 사이에 우현의 자금 상황에 익숙해진 모양이었다.

'한 시간도 안 되었는데 7000만원이라니…!'

붙은 세금의 가격까지 더하면 8000만원에 가까운 지출이었다. 우현은 조금의 어질거림을 느꼈다. 하지만 아직 살 것은 남아 있었다. 우현은 샤피언에서 판데모니엄에서 사용하는 GPS를 구입했다. GPS는 컴퓨터와 연결하여 공략이 끝난 던전의 지도를 다운받아 저장할 수 있었는데, 문제는 그 지도 정보마저도 돈을 주고 구입해야만 했다.

'개새끼들.'

누구에게 욕을 해야 하는 것인지는 모르겠지만, 우현은 덜덜 떠는 손으로 카드 결제를 하면서 욕설을 삼켰다. 아직 신발을 사지 않았다. 신발은 그냥 일반 운동화를 신을까? 우현은 한숨을 쉬면서 머리를 흔들었다. 결국 그는 몬스터의 사체로 만들어진 신발을 천 만원을 주고 따로 구입했다. 구입이 끝나고서 잔고를 확인해 보니 남은 돈은 800만원이었다.

"…뽕을 뽑아야겠군."

우현은 침을 꿀꺽 삼키며 중얼거렸다. 일억이라는 돈이 금세 사라져 버렸다. 물론 공짜로 받은 지원금이니까… 그런 생각을 해 보았지만, 그렇다고 아깝지 않은 것은 아니었다. 우현은 혀를 차며 블랙 스미스를 나왔다. 생각해 보면 호정의 세계도 우현의 세계와 크게 다르지는 않았다. 좋은 장비는 당연히 비싼 값에 거래 된다. 그리고 그런 지출을 감당할 수 있는 것은 상위 헌터들 뿐이다. 하위 헌터들이 쓰는 장비는 결국 낙후된 것들.

괜히 시헌과 민아가 떠올랐다. 그들은 지원금을 받을 수 없다. 당연히 우현보다 사정이 나쁠 것이다. 우현은 꺼냈던 핸드폰을 머뭇거리며 집어넣었다. 그들에게 말을 해 보았자 우현이 도울 수 있는 일은 없었다.

우현은 집으로 돌아왔다. 어느새 저녁 시간이었다. 집으로 돌아 온 우현은 곧바로 컴퓨터 앞에 앉아 헌터 사이트인 '슬레이어즈'에 접속했다. 헌터 등록증의 번호를 입력하여 회원가입을 끝내고서 게시판을 쭉 돌아보았다. 한국 서버의 F등급 게시판에 들어가 보니, 파티를 구하거나 파티원을 구하는 게시글이 제법 눈에 보였다.

'대부분이 13번 던전이로군.'

우현은 마우스를 내리며 생각했다. 13번 던전, '칼고스의 사막.' 우현은 정보 게시판으로 들어갔다. 정보 게시판에는 공략된 각 던전에 대해 짤막한 정보글들이 올라와 있었다.

칼고스의 사막은 거대 전갈 칼고스가 보스로 있던 던전이었다. 칼고스의 사막은 기본적으로는 거대하게 펼쳐진 사막인데, 중간 중간 오아시스가 있기는 하지만 만약의 사태를 대비하여 물을 충분히 준비해 두라는 것이 정보글의 조언이었다. 출현하는 네임드 몬스터는 총 다섯 종류로, 가장 많이 출현하는 일반 몬스터는 황소만한 크기의 대형 전갈들이었다.

'18번 던전이 좋겠군.'

정민석이 말하기를, 우현의 장비로는 10대 후반 던전에서도 충분히 먹힐 것이라고 했었다. 우현이 선택한 던전은 18번 던전인 '소루나의 밀림'이었다. 그 거대한 밀림에서는 거대 고릴라를 비롯한 밀림에 나타나는 짐승들이 몬스터가 되어 출현한다. 곧바로 갈까? 우현은 피식 웃으며 머리를 흔들었다.

곧 있으면 현주가 올 시간이었다.

"이, 일억?"

학교에서 돌아 온 현주는 우현의 이야기를 듣고서 입을 떡 벌렸다. 그녀는 벌린 입을 다물 생각을 하지 못하고 우현의 얼굴을 보다가, 꿀꺽 침을 삼켰다.

"일억… 일억을 받았다고?"

현주가 더듬거리며 물었다. 소파에 앉아 있던 우현은 쓰게 웃으며 머리를 흔들었다.

"장비 구입하느라 800 정도밖에 안 남았어."

"뭘 사느라 구천만 원을 넘게 쓴 거야?"

현주가 어이가 없다는 듯이 물었다. 우현은 피식 웃으며 손을 앞으로 뻗었다. 아공간이 열리고 구입한 장비가 나타났다. 현주는 기겁하며 바닥에 놓인 거대한 검을 바라보았다.

"이, 이게 뭐야?"

"뭐긴, 검이지."

현주는 머뭇거리다가 장비 쪽으로 다가왔다.

"…와…."

현주는 감탄을 흘리며 바닥에 놓인 장비들을 바라보았다. 그녀는 투핸드소드를 들어 올리려고 끙끙거리다가 포기하고서는 우현의 옆에 털썩 앉았다.

"…뭔가 신기하다. 오빠가 헌터가 되고… 그럼, 오빠 이거 들고서 몬스터랑 싸우는 거야?"

우현이 머리를 끄덕거리자 현주는 입술을 삐죽거렸다.

"그거, 위험한 거잖아. 오빠는 안 무서워?"

현주가 물었다. 우현은 바닥에 놓였던 장비를 다시 아공간에 집어넣으며 머리를 흔들었다.

"무섭지."

우현의 말에 현주는 어이가 없다는 듯이 우현을 바라보았다.

"이럴 때는 안 무섭다고 말해서 나 안심시켜야 하는 것 아냐?"

현주의 물음에 우현은 쓰게 웃었다.

"그래도 무서운 것을 안 무섭다고 할 수는 없잖아."

"…하기는. 오빠, 옛날에 기억 나? 오빠 막 바퀴벌레도 무서워하고 그랬잖아. 벌레 나오면 막 소리 지르고… 그러고 보니 공포영화도 잘 못 봤었지. 놀이기구도 바이킹 하나 못 타고."

현주가 놀리듯이 말했다. 그 말에 우현은 내심 혀를 찼다. 이 한심한 놈 같으니. 우현은 자기 자신을 향해 질책하면서 머리를 긁적거렸다.

"옛날이잖아."

"그러면 지금은 괜찮아? 바퀴벌레나, 바이킹이나."

"…아마 괜찮을 걸?"

우현은 확신없는 목소리로 대답했다. 솔직히 잘 알 수 없었기 때문이다. 인격이 뒤섞이기는 했지만, 호정은 곧 우현이었다. 우현이 두려워하던 것을 극복하였을까? 적어도 몬스터와 싸웠을 적에는 두려움을 느끼지 않았다. 되려 그때 느꼈던 것은 긴장과 흥분이었다.

"아마 괜찮을 걸,은 뭐야. 괜찮다고 해. 괜히 나 걱정시키지 말고."

현주가 눈을 흘겼다.

"…음, 괜찮아."

우현이 말을 바꾸자 현주는 크게 한숨을 쉬면서 우현의 어깨를 손으로 쳤다.

"엎드려 절 받는 기분이네. 오빠도 알지? 엄마가 걱정 많이 하는 거. 그러니까, 어… 무서우면 안 해도 되잖아. 헌터 일 말이야. 꼭 해야 하는 것은 아니지?"

"…응."

우현이 머리를 끄덕거렸다. 그 대답에 현주는 활짝 웃었다.

"그러니까, 무서우면 그만 둬도 되니까. 너무 무리하지는 마. 그리고 동생 용돈이나 좀 주고."

"뭐?"

끝에 붙은 말에 우현은 눈을 동그랗게 떴다. 현주는 오히려 이상하다는 듯이 우현을 보며 머리를 갸웃거렸다.

"동생 용돈이나 좀 달라구. 돈 남았다며?"

현주가 음흉한 미소를 지었다. 우현은 너털웃음을 터트리며 지갑을 꺼내 현주에게 만원짜리 몇 장을 건네 주었다.

"아, 정말. 쓰려면 좀 화끈하게 쓰지."

"현금 없어. 그리고 고3이 돈 쓸데가 어디있다고 그 래?"

"뭐래, 돈은 있으면 좋은거지. 그리고 그거, 무기 좀 다 시 꺼내 봐. 사진 좀 찍게."

현주가 핸드폰을 들어 올리며 말했다.

"사진은 찍어서 어디다 쓰게?"

우현이 머리를 갸웃거리자, 현주는 혀를 차며 머리를 흔들었다.

"인증샷 몰라? 페북에 올릴 거야. 오빠도 좋아요 눌러. 알았지?"

찰칵거리는 셔터음 속에서 현주가 배시시 웃었다.

REVENGE HUNTING

5. 소루나의 밀림(1)

NEO MODERN FANTASY STORY & ADVANTURE

REVENGE HUNTING

5. 소루나의 밀림(1)

　18번 던전, 소루나의 밀림.

　이 던전에서 가장 흔한 몬스터 중 하나는 크기만 3m에 달하는 '브라운 고릴라' 다. 놈들은 딱히 영역의 구분 없이 던전 전체에서 활동하며, 나무가 우거진 밀림을 걷고 있으면 가끔 머리 위에서 떨어져 내려오며 바위 같은 주먹으로 헌터의 머리를 수박처럼 깨부순다. 놈들은 같은 개체끼리 무리를 짓지 않지만, 대신에 최소 세 마리부터 시작하여 평균 여덟 마리 정도의, 조그마한 '두 꼬리 원숭이' 를 데리고 다닌다. 기록상 한 마리의 브라운 고릴라가 가장 많이 이끌던 두 꼬리 원숭이의 개체는 열여덟 마리였다고 한다. 두 꼬리 원숭이는 1m도 채 되지 않는 크기를 지닌 소형 몬스터인데, 놈들이 가진 갈고리 같은 손톱은 갑옷을 뜯어낼 정도로 예리하여 경계해야만 한다.

밀림을 통과하다보면 밀림 지대가 끝나고, 무너진 유적의 폐허에 도착하게 된다. 이곳에서 부터는 스톤 골렘이 출현한다. 6m에 달하는 놈들은 일반 몬스터인 주제에 네임드 몬스터에 맞먹을 정도로 크기가 큰 괴물들이다. 다만 놈들은 속도가 굉장히 느리기에 조심하기만 한다면 별 위험성은 없다. 다만, 골렘 체내의 핵을 부수지 않는다면 계속해서 재생하기에 까다롭다. 그리고 방어력 또한 무식할 정도로 높기에 피할 수 있다면 피하는 것이 상책이다.

유적의 중심에는 과거 이 던전의 보스였던 소루나가 있었지만, 소루나는 이미 사냥당했기에 출현하지 않는다. 소루나의 밀림에서 출현하는 네임드 몬스터는 총 여덟마리. 그 중 밀림에서 출현하는 놈은 다섯 종류. 소루나의 밀림을 돌파하는데 필요한 권장 파티는 셋.

하지만 우현은 혼자다.

판데모니엄의 정경은 우현의 몸으로는 익숙하지 않다. 하지만 호정에게는 익숙했다. 걸친 장비의 무게도, 호정에게는 익숙했지만 우현에게는 익숙하지 않았다. 조금 무겁다. 우현은 물이 흐르지 않는 분수대의 앞에 섰다. 바쁘게 움직이는 헌터들이 보였다. 우현은 그들에게 잠시 시선을 주었다가 곧바로 움직였다. 철컥거리는 장비의 무게가 어색하게 느껴졌다.

파티를 구할까, 싶기도 했지만 우현은 결국 혼자 오는 것을 선택했다. 일단은 이 몸으로 어디까지가 가능한지 알고 싶었고, 새로 얻은 장비의 위력을 시험해 보고 싶었기 때문이었다.

'솔직히 처음부터 네임드 몬스터를 잡을 수 있을 것 같지는 않아.'

우현은 냉정하게 생각했다. 자신이 아무리 과거의 경험이 있다고 한 들 이 몸은 과거의 몸이 아니다. 투기의 양도, 육체의 조율도 형편없다. 억지로 끌어 올려 간신히 밸런스를 맞추기는 했지만 한계는 명확하다. 네임드 몬스터를 사냥하기 위해서는 그만한 준비가 필요하다.

게다가 이 세계의 던전은 호정이 알던 던전과 다르다. 몬스터도 다르고, 네임드 몬스터도 다르다. 그 세계에서 기억하는 몬스터의 공략법은 이 세계에서 쓸 수가 없다.

그러니 일단 부딪혀 본다. 부딪혀 보고, 자신의 한계를 알아본다. 그 뒤에는 조금 더 안정적으로 성장하기 위해 파티를 구하던가 해야겠지. 그리고서 준비가 끝난다면.

끝난다면.

솔로 플레이를 고집하는 것은 몬스터의 독점. 정확히 말하자면 네임드 몬스터의 심장에서 발견되는 마석을 독점하기 위해서. 하지만 마석은 항상 나오는 것이 아니다. 게다가 네임드 몬스터를 항상 잡을 수 있는 것도 아니다. 네임드 몬스터의 출현 패턴은 정해져 있지 않다. 던전을 떠돌다가 우연히 네임드 몬스터를 만난다면 재수가 좋은 경우다. 재수가 없는 경우에는 하루 종일을 던전을 떠돌아야만 한다. 게다가 네임드 몬스터는 일반 몬스터와 비교할 수 없을 정도로 강력하다. 지금의 몸으로는 상대할 수가 없다.

우현은 18번 던전으로 향했다. 18번 던전의 입구에는 몇몇의 무리들이 서있었다. 그들이 무엇인지 어렵지 않게 알 수 있었다. 파티원을 기다리는 헌터들이겠지. 우현이 던전의 입구 쪽으로 다가가자 누군가가 우현에게 다가왔다.

"다케자와 히로시?"

"아닙니다."

이름을 묻는 말에 우현은 머리를 흔들었다. 그 말에 말을 걸었던 남자는 아쉽다는 듯이 혀를 차면서 걸음을 돌렸다. 기다렸다는 듯이 다른 사람이 와서 말을 걸었다.

"혹시 파티 있으십니까?"

정중하게 묻는 질문이었다. 우현은 머리를 흔들었다. 그 대답에 남자는 화색을 띄우더니 곧바로 말했다.

"괜찮다면, 저희와 파티를 맺으시겠습니까?"

그 물음에 우현은 난감하다는 표정을 지었다. 파티는 대부분 슬레이어즈의 게시판에서 구해지지만, 간혹 이렇게 즉석에서 파티를 맺는 경우가 없는 것은 아니었다. 물론 그럴 경우에는 헌터 등록증을 확실하게 확인해야만 한다. 우현은 잠시 고민하는 모습을 보이다가 머리를 흔들었다.

"아뇨, 죄송합니다."

"혼자서 들어 가시기에는 위험할 텐데…."

남자가 미련을 버리지 못하고 말을 이었다. 우현의 장비를 보고 마음이 동한 모양이었다.

"죄송합니다."

우현은 단호하게 거절을 말하고서는 남자를 지나쳤다. 입구 게이트를 통과하고 눈을 떴을 때,

녹색의 밀림이 펼쳐져 있었다. 멀리서 정체를 알 수 없는 울음이 흘렀다. 우현은 천천히 숨을 몰아쉬면서 GPS를 꺼냈다. 슬레이어즈에서 200만원을 주고 구입한 18번 던전의 지도를 열었다. 비싼 돈을 주고 구입한 지도는 보고만 있어도 속이 터질 정도로 질이 나빴다. 하긴, 위성도 뭣도 없는 던전에서 퀄리티 좋은 지도를 만들 수 있을 리

가 없지. 당연히 이동하는 거리와 현재 위치가 파악되지 않아서, 일일이 체크를 하며 이동해야만 한다. 게다가 지도라고 해 봐야 어디에 무엇이 있는지 조악하게 표시될 정도다.

"개새끼들."

우현은 투덜거리면서 앞으로 걸었다. 불만이 실룩거렸지만 욕을 해 봐야 이미 지불한 돈이 돌아오는 것은 아니다. 게다가 이런 지도라도 없는 것보다는 낫다. 우현은 지도를 확인하며 앞으로 나아갔다. 울창한 밀림은 입을 쩍 벌린 저승의 입구처럼 느껴졌다. 우현은 슬레이어즈에서 확인했던 출현 몬스터의 목록을 다시 더듬었다. 브라운 고릴라, 슬라빅 재규어…

"쿠어어억!"

울음이 터진 곳은 가까웠다. 우현은 흠칫 놀라 등 뒤의 검을 잡았다. 급히 머리 위를 확인해 보았지만 몬스터의 모습은 보이지 않았다.

뭐지?

우현은 긴장의 끈을 놓지 않고 소리가 들린 방향으로 다가갔다. 몇 개의 나무를 지나니 소리의 진원지가 무엇인지 알 수 있었다. 거대한 고릴라를 상대로 전투하는 파티가 있었다. 저게 브라운 고릴라로군. 우현은 보기만 해도 위압감이 느껴지는 브라운 고릴라를 보며 꿀꺽 침을 삼켰다. 브라운 고릴라의 주변에는 다섯 마리의 두 꼬리 원숭이가 시체가 되어 쓰러져 있었다.

우현은 긴장한 얼굴로 그 파티를 바라보았다. 다양한 인종이 섞인 파티였다. 백인도 있었고, 흑인도 있었고. 탱커로 보이는 남자는 묵직한 갑옷에 거대한 도끼를 들고 있었고, 다른 셋은 전부 검을 착용하고 있었다. 우현은 그들의 움직임과 브라운 고릴라의 움직임을 주시하여 보았다. 영장류인 놈은 두꺼운 두 발로 굳건히 서서 양 팔을 휘두르는 등 포악하게 움직였다. 딱 보아도 지난 번에 상대했던 붉은 반달곰보다 위협스러운 괴물이었다.

'…이름은 다르지만….'

지켜보던 중에 우현은 무언가를 깨달았다. 브라운 고릴라. 우현이 처음 보는 몬스터지만, 저 공격법은 기억에 익숙했다. 그러고 보니… 호정이었을 적에, 하위 던전에서 저런 몬스터를 본 적이 있었다. 이름도 잘 기억이 나지 않는다. 하지만 분명한 것은 그 몬스터는 브라운 고릴라라는 이름은 아니었다. 저렇게 생기지도 않았다.

하지만 공격하는 패턴은 크게 다르지 않았다. 계속해서 지켜보는 결과 그것은 확실해졌다. 우현은 브라운 고릴라는 아니지만, 저렇게 공격하는 다른 몬스터와 싸웠던 경험이 있었다.

'그렇군. 완전히 다르지는 않아.'

일부는 같다. 우현은 생각을 정리했다. 이 세계의 판데모니엄은 호정이 알던 판데모니엄과는 다르다. 하지만 모든 것이 다른 것은 아니었다. 던전 밖의 도시가 호정의 기억과 똑같듯이, 몬스터도 어느 정도는 호정의 기억과 일치하고 있었다. 이것은 뜻밖의 수확이었다. 일반 몬스터는 모르겠지만,

만약 네임드 몬스터의 경우. 우현이 알고 있는 것과 비슷한 놈이 있다면. 공략되지 않은 놈 중에서 우현이 아는 것과 비슷한 놈이 있다면.

우현은 몸을 돌렸다. 눈으로 보는 것보다 직접 겪어 보는 편이 빠르다고 생각했기 때문이다. 우현은 GPS를 계속 체크하면서 앞으로 나아갔다. 그는 등허리에 꽂은 블랙 코브라를 뽑아 손에 쥐었다. 그리고는 앞을 가로 막는 넝쿨을 베어 넘기며 밀림 안으로 깊숙이 들어갔다.

운이 좋았다. 우현은 숨을 죽이고 앞을 보았다. 그곳에는 땅에 주저앉은 브라운 고릴라가 있었다. 우현은 눈을 가늘게 뜨고 놈을 살펴 보았다. 놈의 주변에는 네 마리의 두 꼬리 원숭이가 있었다. 놈들은 아무 불만도 없는 것처럼 땅에 앉아서 흙을 손으로 파고, 서로 털을 골라주는 등 동물원의 원숭이와 같은 행동을 보이고 있었다. 우현은 침을 꿀꺽 삼키고 블랙 코브라를 칼집에 집어넣었다. 그리고는 등 뒤에 맨 투핸드소드, 타이푼 2를 손에 쥐었다.

스릉! 검을 뽑았을 때 그 소리를 들은 것인지 브라운 고릴라가 벌떡 몸을 일으켰다. 놈이 일어서자 한가로이 주변에서 노닐던 두 꼬리 원숭이들이 반응했다. 저렇게 무리를 짓는 몬스터는 까다롭다. 소루나의 밀림이 왜 파티 사냥이 권장되는지 알 수 있었다. 가장 흔히 볼 수 있는 일반 몬스터마저도 무리를 지으니까. 보통 저런 몬스터를 상대로는 탱커가 메인 몬스터를 붙잡고, 딜러진이 조무래기들을 빠르게 정리하고 합류하는데. 지금의 우현은 혼자다.

우현은 망설이지 않고 수풀을 넘었다. 우현이 모습을 드러내자 일어선 브라운 고릴라가 위협하듯이 주먹을 들어 가슴을 두드렸다.

"꾸어엉!"

입을 쩍 벌리고 터트리는 울부짖음에 두 꼬리 원숭이들이 반응하여 우끼기 울었다. 우현은 검을 뽑았다.

"…크네."

우현은 꿀꺽 침을 삼켰다. 예전이라면 단 번에 베었을 조무래기다. 일반 몬스터니까. 하지만 지금은 아니다. 지금의 우현에게 있어서 일반 몬스터는 네임드 몬스터와 다를 것 없이 위협적이다. 우현은 신중하게 자세를 잡았다. 우현이 곧바로 달려들지 않자 브라운 고릴라는 양 주먹으로 땅을 딛고서 우현을 향해 거친 콧김을 내뿜었다.

그런 놈을 대신해 먼저 성질 급하게 덤벼 든 것은 두 꼬리 원숭이들이었다. 놈들이 땅을 박차고 우현을 향해 달려들었다. 놈들이 도약, 손톱을 휘두르려 하자 우현은 바로 발로 땅을 박차 뒤로 물러섰다. 동시에 휘두른 일검이 두 꼬리 원숭이의 몸을 갈랐다. 아니, 가르지 못했다.

"끼익!"

얻어맞은 놈이 땅을 뒹굴었다. 갑작스러운 공격에 몸이 따르지 못해서, 검신에 투기를 넣지 못했다. 그러다 보니 투기의 방어벽 때문에 양단하지 못한 것이다. 우현은 혀를 차면서 손잡이를 넓게 잡았다. 짧은 집중 후에 검신을 투기가 감쌌다.

"꾸억!"

브라운 고릴라가 고함을 질렀다. 놈이 성큼거리며 빠르게 우현에게 다가왔다. 놈이 가세하기 전에 두 꼬리 원숭이를 족치는 것이 이상적이다.

우현이 검을 크게 휘둘렀다.

싸악!

손에 느껴지는 감촉이 달랐다. 우현은 조금 놀란 눈으로 양단되어 나뒹구는 두 꼬리 원숭이를 바라보았다. 투기를 불어넣은 것만으로 일격에 방어벽을 베어 버렸다. 두 꼬리 원숭이의 방어벽이 얇았던 탓일까.

물론 그 이유도 있겠지만, 근본적인 이유는 우현이 사

용하는 장비 때문이었다. 소드 메이커의 타이푼 2는 D급의 헌터들까지 사용하는 뛰어난 장비다. 검 하나 바꾼 것으로 이렇게 차이가 나다니. 하긴, 장비라는 것이 원래 그랬지. 아무래도 우현의 상황에 너무 익숙해진 모양이다.

우현은 빠르게 움직였다. 투기를 사용한 육체 강화는 아무래도 무리였지만, 낼 수 있을 만큼 힘을 내서 속도를 냈다.

촤악!

휘두르는 검을 따라 피가 튀었다. 두 꼬리 원숭이들이 모조리 동강나는 것에는 오랜 시간이 걸리지 않았다. 숨 돌릴 틈도 없었다. 머리 위로 떨어지는 주먹을 피해서 우현은 급히 몸을 날렸다. 꽈앙! 땅이 흔들릴 정도로 강한 충격이었다.

"씨발, 일반 몬스터 주제에…!"

우현은 욕설을 내뱉었다. 그는 숨을 내뱉고서 자세를 잡았다. 브라운 고릴라가 우현을 향해 눈을 번득였다.

떨어지는 주먹을 피해 옆으로 몸을 날렸다. 갑옷의 무게가 아직 익숙하지 않아, 땅을 딛은 발목이 조금 욱신거렸다. 참았다. 우현은 꽉 잡은 투핸드소드를 크게 휘둘렀다.

쩌엉!

두 꼬리 원숭이와는 달리 브라운 고릴라는 일격에 양단하지 못했다. 하지만 손아귀에 느껴지는 감촉을 보건데, 방어벽을 제법 깊이 베어냈다는 것은 알 수 있었다.

'값어치는 하는군.'

우현은 그렇게 생각하며 검을 뒤로 뺐다. 브라운 고릴라가 크게 울부짖으며 주먹을 다시 휘둘렀다. 제법 빠르기는 했지만 피하지 못할 수준은 아니었다. 우현은 무릎과 상체를 낮추며 몸을 뒤로 뺐다. 우현의 무기는 길이가 상당히 긴 탓에 바짝 붙어서는 오히려 휘두르는 편이 힘들었다. 우현은 허리에 반동을 주어 다시 검을 휘둘렀다. 쩌엉! 다시 한 번 방어벽에 가로 막혔다. 하지만 우현은 손아귀에 느껴지는 감각을 놓치지 않았다. 방어벽이 박살난 것이다.

'두 방이로군.'

붉은 반달곰을 잡으려 했을 때, 네 명이서 한참을 두들겼다. 그런 붉은 반달곰보다 몇 배는 강한 브라운 고릴라의 방어벽을, 우현 혼자서 두 번 만에 박살냈다. 무기의 차이가 엄청나게 났기 때문이다. 당시 우현이 사용했던 무기는 단순히 날만 세운 무기에 지나지 않았다. 하지만 지금 우현이 쥐고 있는 무기는 다르다. 소드메이커의 타이푼 2는 ATK 점수도 높은데다가, 몬스터의 사체로 만든 병기는 투기를 쉽게 받아들이고 반응하며 위력을 극대화시킨다.

"흡!"

우현은 짧은 기합을 지르며 검을 크게 휘둘렀다. 아래에서 위로 올라간 검이 브라운 고릴라의 겨드랑이로 들어갔다. 손아귀에 걸리는 감촉을 놓치지 않고서, 우현은 검을 당겨서 베어냈다.

촤악!

놈의 두꺼운 팔이 잘려져 허공으로 솟구쳤다.

"꾸어엉!"

놈이 아픈 비명을 질렀다. 몬스터의 통증에 공감따위 하지 않는다. 우현은 냉정한 얼굴로 발을 뒤로 끌며 거리를 벌리고, 재차 검을 휘둘렀다.

써걱!

크게 휘두른 검이 브라운 고릴라의 옆구리에 박혔다. 검이 꽂힌 즉시 우현은 그것을 크게 당기며 검을 뽑아 냈다.

촤아악!

피가 분수처럼 치솟았다. 놈의 몸이 기우뚱거리며 무너지려 했지만, 우현은 긴장을 놓치지 않았다.

몬스터의 생명력은 경이롭다. 움직이지 못하는 상처에서도 상식 외의 움직임을 보이는 것이 몬스터다. 놈들은 짐승이나 식물의 변형된 모습을 하고 있지만 짐승도 식물도 아니다. 몬스터, 괴물일 뿐이다. 우현은 검자루를 꽉 잡았다. 투기에 집중하면서 다시 검을 휘두른다.

싸아악!

베인 상처에 정확하게 틀어박힌 검이 브라운 고릴라의 몸을 양단했다.

뿜어지는 피가 웅덩이를 만들었다. 브라운 고릴라는 그 위에서 양단된 체 쓰러져 죽었다. 우현은 숨을 몰아쉬면서 검을 크게 흔들어 피를 털어냈다. 그는 미간을 찡그리고서 관자놀이를 손으로 두드렸다. 거듭하여 긴장한 탓인지 머리가 조금 아팠다. 우현은 머리를 크게 흔들었다. 그리고는 성큼 거리며 브라운 고릴라의 시체로 다가갔다.

브라운 고릴라의 시체에서 쓸 수 있는 것은 가죽 정도다. 놈의 뼈로 가공한 장비가 없는 것은 아니지만, 아무래도 하위 던전의 몬스터다 보니 크게 수요가 없다. 어쩔 수 없는 일이었다. 상위 던전이 계속해서 개방되는 이상 하위 던전의 몬스터들은 장비로서 가공되지 않는다. 그나마 수요가 되는 것은 하위 헌터들의 장비 때문인데, 이미 하위 헌터들의 장비는 브랜드가 내 놓은 양산품들로 확고히 자리가 매겨져 있다. 당장 우현이 쓰고 있는 타이푼 2만 해도 그렇다.

'결국 하위 헌터는 배고픈 존재지.'

우현은 쓰게 웃었다. 일확천금, 일확천금 하고 말하지만 하위 헌터들에게 일확천금은 아주 먼 이야기다. 네임드 몬스터의 사체는 여전히 수요가 있지만 일반 몬스터의 사체는 수요가 너무 적다. 그렇다고 해서 팔리지 않는 것은 아니다. 협회는 헌터가 사냥하는 하위 던전 일반 몬스터의 사체를 가리지 않고 구입한다. 그것이 하위 헌터들의 밥벌이 수단이다.

우현은 손을 뻗었다. 아공간을 열어 브라운 고릴라의 시체를 집어 넣으려는 것이다. 활짝 열린 우현의 아공간이 브라운 고릴라의 시체를 집어 삼켰다.

의식이 검게 물들었다.

무너진 빌딩은 부는 바람에 따라 시멘트의 먼지를 나부꼈다. 모든 것들이 그렇게 변해 있었다. 도로는 뒤집혔고 건물은 성한 것이 없었다. 저기, 저 구석에서 찌그러져 굴러다니는 것이 자동차일 것이다. 우현은 멍하니 입을 벌리고 그것을 보았다. 그의 시선이 천천히 돌았다. 폐허, 폐허. 시선이 향한 곳에 남은 것은 오로지 그것들 뿐이었다.

"이건…."

"미국이다."

높은 곳에서, 목소리가 들렸다. 우현은 흠칫 놀라 위를 올려 보았다. 시커먼 무언가가 다 무너진 빌딩 위에 웅크리고 있었다. 우현은 반사적으로 손을 움켜 잡았다. 검을 쥐려 한 것이다. 하지만 그곳에 검은 없었다.

"제법 저항이 강했지. 신기한 무기들도 많았어. 빠르고, 강한 것들. 하지만 그래 봤자였고."

그것은 권태로운 목소리로 말했다. 데루가 마키나. 우현은 놈의 머리 위에 떠오른 이름을 노려 보았다. 헌터, 몬스터의 이름을 보는 자. 놈의 이름은 데루가 마키나다.

놈을 본 이래로 단 한 번도 잊지 않았다. 잠들기 전에도 놈의 이름을 떠올렸다. 자신을 향해 이죽거리던 목소리와 조롱섞인 웃음을 기억했다.

놈은 괴물의 모습으로 그곳에 웅크리고 있었다. 우현의, 아니. 호정의 세상을 멸망시키고서.

"꿈이라고 생각했던 적, 있나?"

데루가 마키나가 물었다. 놈은 입을 벌리지 않았지만, 노이즈가 섞인 놈의 목소리는 우현의 귀 바로 옆에서 웅웅거리며 울렸다. 우현은 까득 이를 갈았다. 솔직히 말해서, 꿈이 아닐까 생각하지 않았던 것은 아니다. 그리고 그것은 떠오를 때마다 곧바로 부정했었다. 호정의 기억이 너무 분명했던 탓이다.

"…증명해 주기 위해 납셨나?"

우현이 내뱉었다. 그 물음에 데루가 마키나는 머리를 들어 우현을 내려 보았다. 몇 개의 눈동자가 번득거리며 우현을 바라보았다. 그것이 일제히 가늘게 휘어지며 웃음을 만들었다. 우현은 다리가 덜덜 떨리는 것을 느꼈다.

"그 세계는 어때요?"

목소리가 바뀌었다. 놈의 모습은 어느새 여자의 모습으로 변하였고, 우현의 바로 앞에 서 있었다. 우현은 흠칫 놀라 뒤로 물러섰다. 데루가 마키나는 우현의 놀람을 보면서 쿡쿡 웃었다.

"다른 것은 없죠? 그렇겠죠. 결국 그 세상 역시 사람의 세상. 구성원이 다르다고 해도 똑같은 사람이라, 결국 크게 다르지 않아."

"…너는… 뭐지…?"

우현이 더듬거리며 물었다. 몬스터, 몬스터. 잘 알고 있다. 갑작스럽게 현실에 나타나는 몬스터들, 몬스터의 소굴인 판데모니엄. 그리고 그 마지막 던전, 판도라를 지배하던 보스 몬스터 데루가 마키나.

하지만 저것은 정말 몬스터일까. 우현은 도저히 그렇게 생각할 수가 없었다. 놈은 몬스터가 아닌, 몬스터를 초월한 무언가 같았다. 우현의 시선을 보면서 데루가 마키나는 쿡쿡 웃었다.

"나는 너를 보내면서, 네가 예정된 멸망을 바꿀 수 있기를 기대하였지."

데루가 마키나의 모습이 변하였다. 놈은 말쑥한 차림의 남자가 되었다. 그는 턱을 어루만지면서 우현을 바라보았다. 그 시선이 마치 살피는 것 같아서, 우현은 몸을 부르르 떨었다. 우현이 몸을 떨자 데루가 마키나가 쿡쿡 웃었다.

"크게 바뀌는 것이 있을까."

데루가 마키나가 소곤거렸다.

"네가 선택된 이유는 아주 간단해. 네가 가장 마지막이었거든. 그래, 단지 그것 뿐이었지. 너는 가장 강한 헌터도 아니었고 가장 뛰어난 헌터도 아니었다. 특별한 재능이 있었던 것도 아니고 누군가보다 크게 빼어난 점이 있었던 것도 아니야. 단지, 마지막이었기에. 그 마지막이라는 것도 꼴사나웠지."

입, 닥치라고. 그 말이 우현의 입 안에서 맴돌았다.

"아주 꼴사나웠어. 단순한 우연이었거든. 기절하고, 정신을 차려 보니 주변의 모두가 죽어 있었다… 그래서 마지막. 너보다 더 저항한 놈은 많았고 너보다 더 필사적인 놈도 많았어. 결국 너는 흔한 헌터였고, 아마 그 세계에서도 그럴 거야."

우현의 가슴이 부글부글 끓었다. 그는 왜 데루가 마키나가 갑자기 저런 소리를 지껄이는 것인지 이해할 수가 없었다. 이러니 저러니 지껄여도 우현을 선택한 것은 데루가 마키나였다. 꼴사납게 죽었던 뭐던 데루가 마키나가 우현을 선택했단 말이다. 모든 것을 알고 있는 존재가 과연 예정된 결말을 막을 수 있는가, 없는 가를 지켜보겠다면서, 데루가 마키나가 우현을.

"모든 것을 알고 있다고 해도."

데루가 마키나가 말했다. 우현의 생각이 멈추었다. 놈은 마음을 읽을 수 있었다.

"모든 것을 할 수 있는 것은 아니지."

데루가 마키나가 빙그레 웃으며 말했다. 그 말에 우현의 얼굴이 싸늘하게 식었다. 대체 저 괴물이 무엇을 의도하는 것인지, 우현은 알 수가 없었다.

데루가 마키나는 우현에게 예정된 미래를 바꾸어 보라고 말하며 다른 세상으로 보내 버렸다.

애초에 그것부터가 우현은 이해할 수가 없었다. 놈은 괴물이다. 저 근원이 어찌되었고 정체가 어찌되었든, 놈은 판데모니엄에서 풀려나온 최악이고 최후의 괴물이다. 이 폐허가 그를 증명하고 있지 않은가. 놈에 의해 세상은 멸망했다.

그런 존재인 놈이 왜 멸망을 바꾸어 보라며 말하는가.

"무료와 권태다."

데루가 마키나가 소곤거렸다. 목소리는 다시 먼 곳에서 들렸다. 괴물은 날개를 활짝 피면서 우현을 내려 보았다.

"몇 개의 세상이 이 세상과 같이 되었고, 누구도 멸망을 막지 못했다. 하나의 세상에 판데모니엄에 생긴 순간 그 세상은 멸망한다. 그것은 당연한 것이 되었다. 나는 몇 개나 되는 세상을 내 손으로 멸망하였고, 그 역시 나에게는 당연한 것이 되었다. 필사적인 저항은 나에게 무의미했고 아무런 감흥도 주지 못했다. 나는 그런 존재였고, 그렇게 되었다."

데루가 마키나가 소곤거렸다. 저것은 괴물이 아니었다. 괴물이 아닌, 괴물을 초월한 무언가였다. 그렇다면 저것은 신일까? 아니, 우현은 그를 악마라고 생각했다.

"…대체… 뭘 바라는 거냐?"

우현은 억눌린 목소리를 토해냈다. 그 말에 데루가 마키나는 낮게 웃었다. 귀 옆에서 들리는 웃음은 노이즈가 섞여 머리를 붙잡고 흔드는 것처럼 들렸다.

"약간의 도움을 줄게요."

코앞에 선 여인이 활짝 웃었다. 그녀의 손이 올라와 우현의 이마를 짚었다. 우현은 흠칫 놀라 뒤로 물러서려 하였지만, 그는 뒤로 물러설 수 없었다. 그의 몸은 우현의 통제에 벗어나 완전히 굳어 버렸다. 데루가 마키나가 소곤거렸다.

"무력한 너는 아무 도움도 되지 않아요."

도움? 우현은 그 말에 반응하여 입술을 열었지만, 목소리가 나오지 않았다. 지끈거리는 두통이 느껴졌다. 흐릿해지는 의식과 시야 너머로 데루가 마키나가 웃고 있는 것이 보였다.

멍하니 눈을 깜박거렸다. 우현은 손을 들어 자신의 얼굴을 감쌌다. 부는 바람에 파르르 떨리는, 밀림의 소리가 났다.

방금, 뭐지?

얼굴에 닿는 축축한 감각에 우현은 손을 때었다. 식은 땀으로 흥건히 젖은 손이 보였다. 우현은 숨을 몰아 쉬면서 주변을 둘러 보았다. 소루나의 밀림, 우현은 그 한가운데에 서 있었다.

바로 앞에는 브라운 고릴라의 시체가 그대로 남아 있었다. 우현은 멍하니 놈을 바라보았다. 지끈거리는 머릿속에 무언가가 심어져 있었다. 말도 안 된다고. 우현은 그렇게 생각했다. 그렇게 생각하면서도 우현은 머뭇거리며 놈의 시체로 다가갔다. 떨그렁. 우현이 쥐고 있던 투핸드소드가 땅으로 떨어졌다.

시체 앞에서, 우현은 등허리에 손을 돌렸다. 그는 블랙 코브라를 뽑아 브라운 고릴라의 가슴을 내려 보았다. 그는 꿀꺽 침을 삼키며 블랙 코브라를 놈의 가슴으로 가져갔다. 투기를 불어넣은 예리한 날이 놈의 가슴을 갈랐다.

늑골을 자르고 열었다. 박동이 멈춘 커다란 심장이 눈에 보였다. 우현은 칼끝을 가져가 심장을 갈랐다. 좌악! 뿜어진 피가 우현의 얼굴을 적셨다. 우현은 그를 닦을 생각도 하지 못하고 울컥거리며 나오는 피를 바라보았다.

우현은 손에 끼고 있던 장갑을 벗었다. 그는 자신의 엄지 손끝을 살짝 베어냈다. 베인 상처에서 피가 방울지며 흘렀다. 우현은 떨리는 눈으로, 갈라진 심장을 향해 자신의 피를 한 방울 떨어트렸다.

떨어진 피가 몬스터의 피와 뒤섞였다. 그리고 그것은 곧바로 응고되었고,

조그마한 붉은 보석이 되었다.

"…말도 안 돼."

마석이다.

우현은 굳은 얼굴로 자신의 손에 쥐어진 붉은 마석을 바라보았다. 크기는 그렇게 크지 않았다. 고작해야 엄지 손톱 정도 될까. 우현은 꿀꺽 침을 삼키며 숙였던 몸을 일으켰다.

데루가 마키나와의 만남, 그녀와의 대화. 그리고 머릿속에 심어진 기억. 그것은 우현이 건네 받은 '힘'에 대한 것이었다. 우현은 도저히 이해할 수가 없었다. 대체 왜 데루가 마키나가 이렇게까지 하는 것인가. 무료와 권태 때문이라고 말하기는 했지만, 우현은 그것을 더더욱 이해할 수가 없었다.

데루가 마키나가 우현에게 준 힘. 그것은 몬스터가 품은 힘을 마석으로 바꾸는 것이었다. 마석을 심장에 품은 것은 네임드 몬스터들 뿐이다. 그들은 심장에 품은 마석을 바탕으로 강력한 힘을 펼치며, 대부분은 죽음과 동시에 심장 속의 마석은 사라진다. 일반 몬스터의 경우에는 심장에 마석을 품지 않는다. 그것이 네임드 몬스터와 일반 몬스터의 차이다.

하지만 우현의 힘은, 그런 일반 몬스터의 피와 섞여 마석을 강제로 '가공' 해낸다. 몬스터가 가진 힘 중 하나인 방어벽은 모든 몬스터가 사용한다. 즉, 그들에게도 힘은 있다는 것이다. 그 힘을 마석으로 바꾸는 것이다.

"…대체 왜?"

우현은 멍한 목소리로 중얼거렸다. 일반 몬스터에게서 마석을 만들어낸다. 이것은 비단 우현만이 사용할 수 있는 것이 아니다. 우현이 마석을 만들어낸다면, 다른 헌터들도 그 마석을 사용할 수 있는 것이다. 물론 네임드 몬스터에게서 나오는 진짜 마석만큼의 효력은 없겠지만, 이 마석을 취한다면 강제적으로 투기를 증폭시킬 수 있다.

즉, 빠르게 투기의 양을 불릴 수 있다는 것이다. 이것을 비단 우현만이 쓰는 것이 아니라 다른 헌터들과 공유한다면?

더욱 이해할 수가 없었다. 그런 식으로 헌터들이 강해진다면 데루가 마키나에게 위협이 될 텐데. 결국 그녀는 판데모니엄의 마지막 몬스터이고 세상의 파괴자다. 아무리 무료와 권태에 찌들었다고 해도, 자신이 죽여야 할 상대를 강하게 만들 이유가 뭐란 말인가. 그러다가 헌터들이 데루가 마키나를 죽일 수 있을 정도로 강해진다면….

"오만한 년."

우현은 이를 갈며 내뱉었다. 분명, 그럴 리가 없다고 생각하는 것이리라. 헌터가 아무리 강해진다고 해 봐야 자신을 즐겁게 하는 것 정도가 고작이라고. 그렇게 생각하는 것이겠지. 우현은 주먹을 쥐었다. 데루가 마키나의 진의는 추측하는 것이 고작이었지만, 마음에 들지 않았다.

무료니 권태니 하면서 결국 놈은 세상을 박살냈을 뿐이다. 놈에게 있어서 호정, 아니. 우현은 자신을 즐겁게 하는 광대일 뿐이다.

우현은 숨을 삼키며 마석을 손으로 쥐었다. 스멀거리며 손에 모인 투기가 마석과 결합하고 마석이 녹아 우현의 몸으로 힘이 흘러 들어왔다. 우현은 두근거리는 가슴의 고동을 느꼈다. 마석이 품은 에너지가 우현의 몸에 완전히 녹아 들었다. 그리 큰 힘은 아니었지만,

몬스터의 에너지를 취할 수 있다는 것은 엄청난 일이다. 우현은 손을 뻗어 브라운 고릴라의 사체를 아공간으로 집어 넣었다. 그리고 까득 이를 갈며 몸을 돌렸다.

해야 할 일이 명확해졌다.

일반 몬스터를 사냥하고, 마석을 취한다.

◎

같은 종류의 몬스터라고 해서 똑같은 마석을 얻는 것은 아니었다. 같은 브라운 고릴라를 잡아도 어떤 놈은 마석이

컸고, 어떤 놈은 마석이 작았다. 색깔은 모두가 붉은 색. 크기는 가장 큰 것이 엄지손톱을 두 개 붙인 정도였다.

마석의 가치는 크기로 정해진다. 네임드 몬스터의 심장에서 발견되는 마석은 가장 작은 것이 주먹 하나 정도다. 마석이 클수록, 그만큼 강한 힘이 담겨 있다는 뜻이다. 우현은 손에 쥐어진 엄지 손톱만한 마석을 보며 눈을 가늘게 떴다.

또 하나 알게 된 것은 마석의 결합이었다. 두 개 이상의 마석에 우현의 피를 섞는다면 마석의 크기가 하나로 합쳐진다. 마석을 유통시킬 때에 너무 작은 크기라면 의심을 받게 될 텐데, 마석의 크기를 합칠 수 있다면 그런 걱정은 덜어도 될 것 같았다.

하지만 아직은 유통에 대해서 생각할 때가 아니다. 당장은 자기 자신의 힘을 불리는 편이 먼저다. 우현은 마석을 손 안에서 녹이며 그렇게 생각했다. 마석은 총 일곱 종류로 구분된다. 그중 붉은 마석은 가장 순도가 높은 것으로 취급 된다. 즉, 우현이 만들어내는 붉은 마석은 크기만 충분해 진다면 부르는게 값일 정도로 팔리게 된다는 이야기다.

'돈 걱정은 안 해도 되겠군.'

우현은 쓰게 웃었다. 벌써 몇 마리의 몬스터를 잡아 마석을 취했다. 투기의 양이 제법 늘어났나? 실감은 잘 되지 않았다. 취한 마석의 크기가 너무 작았던 탓이다. 하지만 확실한 것은 있었다.

처음 브라운 고릴라를 잡았을 때만 해도, 우현은 무기에 투기를 불어넣는 것에 상당한 집중이 필요했다. 그 집중의 시간이 줄어들었다. 물론 아직까지 마음에 찰 정도는 아니었다.

'아직은 결국 F급이야.'

언랭크에서 초기 등급 심사 때 가장 높이 올라갈 수 있는 랭크가 F인 것은 그 이유가 있다. F급까지는 투기의 양에 그리 크게 좌우되지 않기 때문이다. 즉, 고만고만한 정도다. F급에서 중요한 것은 투기의 양이 아니라 투기를 다루는 것이 숙달되는 것, 그리고 몬스터에게 겁을 먹지 않는 것.

그리고 전투에 대한 센스.

냉정하게 판단했다. 지금 우현의 수준은 결국해야 조금 나은 F일 뿐이다. 투기의 숙달은 이 몸이 완전히 익숙하지 않다. 투기의 양도 너무 적다. 전투에 대한 센스? 예전의 경험으로 밀어 붙일 뿐이다. 우현은, 호정은. 자기 자신을 잘 알고 있었다. 과거의 그는 일류였지만 최고는 아니었다. 그보다 강한 헌터는 있었고 그보다 재능있는 헌터도 있었다.

그리고 그것은 우현도 마찬가지다. 우현의 몸은 그리

뛰어나지 않다. 운동을 거의 하지 않던 몸을 억지로 끌어올렸을 뿐. 타고난 재능이라는 것은 우현의 몸에 없다.

"좀 좋은 몸이었으면 좋았을 텐데."

우현은 그렇게 중얼거리며 앉았던 몸을 일으켰다. 휴식은 끝이다. 그는 아공간에서 생수통을 꺼내 물을 벌컥거리며 마셨다. 우현은 GPS를 확인했다. 입구 게이트에서 제법 멀리 왔다. 아직 돌아가기는 조금 이르니, 조금 더들어가 볼까. 우현은 땅에 놓았던 검을 들었다.

몬스터를 마주치지 않고서 걸었다. 도중에 다른 헌터의 파티와 마주쳤지만, 서로 살짝 머리를 숙여 인사만 나누었을 뿐 대화는 나누지 않았다. GPS를 끝없이 체크하고, 긴장을 놓치지 않고,

뜻밖의 만남이었다.

싸악!

예리하게 날이 선 태도가 몬스터의 몸을 갈랐다. 황색의 몸뚱이에 파란 눈동자. 슬라빅 재규어다. 우현은 놀란 얼굴로 양단되어 땅으로 떨어지는 슬라빅 재규어를 바라보았다. 등을 돌린 긴 머리의 여자가 눈에 익었다.

"선하씨?"

우현은 놀란 목소리로 그녀를 불렀다. 그 부름에 선하가 머리를 돌렸다. 그녀는 눈을 동그랗게 뜨고 우현을 바라보았다.

"우현씨?"

선하가 우현을 불렀다. 우현은 어색하게 머리를 끄덕거렸다. 설마 선하를 만나게 될 것이라고는 상상도 하지 못했기 때문이다. 우현은 수풀을 넘어 선하에게 다가갔다.

"아무래도 인연인가 보네요. 여기서 만나다니."

우현은 피식 웃으며 말했다. 그 말에 선하는 가느다란 미소를 지으면서 검을 아래로 내렸다. 뒤늦게 우현의 눈이 선하의 장비로 향했다. 우현의 눈이 살짝 떨렸다. 선하의 장비는 척 보기에도 범상치 않아 보였다. 재질을 알 수가 없는, 은은한 검은 색의 갑옷. 신발부터 시작해서 건틀릿에 이르기까지의 풀세트. 가장 시선이 끌리는 것은 선하가 쥐고 있는 태도였다.

길다. 날 길이만 해도 선하의 키와 비슷해 보였다. 살짝 곡선을 그리면서 길게 뻗은 검신 역시 검은 색이었는데, 검신에 음각된 문양과 검 전체의 밸런스 등. 무기라기 보다는 하나의 예술품처럼 느껴지는 그것은 명검이라 해도 손색이 없어 보였다.

"…무기가 좋아 보이는 군요."

우현은 꿀꺽 침을 삼키며 말했다. 저 정도로 공을 들여 만들어진 검이다. 양산품일 리가 없다. 우현은 선하가 왜 협회에서의 지원 무기를 거절했는지 알 수 있었다. 저런 무기가 있다면 협회의 중고 무기따위, 공짜라고 해도 사양할 테니까. 우현의 중얼거림에 선하가 쓰게 웃었다.

"아버지의 유품이예요."

선하가 말했다. 그녀는 검신에 묻은 피를 털어내면서 슬라빅 재규어의 사체 쪽으로 손을 뻗었다. 그녀의 아공간이 몬스터의 사체를 집어 삼켰다. 선하는 쥐고 있던 검을 허리의 벨트에 걸었다. 한껏 기울인 검의 존재감이 너무 강해서, 우현은 시선을 올려 선하를 바라보았다.

"…무슨 검입니까?"

"쿠로자쿠라에서 주문 제작을 받은 검이예요."

선하가 대답했다. 쿠로자쿠라. 카타나를 비롯한 일본 무기들을 전문적으로 제작하는 일본의 브랜드다. 양산품을 거의 생산하지 않고, 무기의 퀄리티가 높은지라 중하급 헌터들은 비싸서 쓰지 못하는 브랜드. 게다가 주문 제작이라니… 장인에게 주문을 넣어 제작하는 무기는 그 값어치가 상상할 수 없을 정도다.

"…주문 제작이라니."

"쿠모고로시. 40번 던전의 보스 몬스터였던 가르비샤의 사체로 만들어진 검이죠."

선하가 쓰게 웃으며 말했다. 그 말에 우현의 입이 벌어졌다. 40번 던전이라니. 게다가 보스 몬스터의 사체로 만들어진 검이라고? 현재 개방된 던전이 50번 대인 것을 생각했을 때, 40번 던전의 보스 몬스터로 만들어진 무기는 최상위 던전에서도 먹힐 것이다. 게다가 네임드 몬스터도 아니고 보스 몬스터라니. 무기의 위력은 둘째치고서도, 보스 몬스터의 사체로 만들어진 무기는 그 가치가 어마어마하다. 네임드 몬스터와는 달리 보스 몬스터는 다시 나타나지 않으니까.

"선하씨의 아버지는 대체 어떤 헌터였던 겁니까?"

우현이 더듬거리며 물었다. 상위 던전의 보스 몬스터의 사체로 만든 무기를 소유했던 사람. 어렵지 않게 상상할 수 있었다. 선하의 아버지는 최상위 헌터였을 것이다. 우현의 물음에 선하는 대답하기 곤란하다는 듯이 쓰게 웃었다. 그 표정을 보고서 우현은 머리를 흔들었다.

"…아니. 말하기 어렵다면 하지 않으셔도 됩니다."

"그건 아니에요. 뭐… 비밀이라고 할 것도 아니니까."

선하는 그렇게 대답하고선 주변을 쓱 둘러보았다.

"우현씨도 혼자신가요?"

그녀는 일단 그렇게 질문했다. 그 물음에 우현은 머리를 끄덕거렸다.

"아, 네."

"혼자면 위험하실… 아니, 제가 할 말은 아니군요."

선하가 중얼거렸다. 그녀는 잠시 생각하는가 싶더니 우현을 힐긋 보았다.

"같이 다니실래요?"

"네?"

우현은 놀라서 물었다. 설마 선하가 그런 제안을 할 것이라고는 생각하지 않았기 때문이다. 선하의 장비라면 이곳 던전의 몬스터 따위 일격에 도륙을 낼 수 있을 것이다. 즉, 그녀에게는 파티가 필요없다. 우현의 놀란 얼굴을 보면서 선하는 가느다란 미소를 지었다.

"혼자 다니는 것이 외롭다고 생각하던 참이었거든요."

"…뭐… 저야 상관은 없지만."

우현은 침착한 얼굴로 대답했다. 선하와 함께라면 능력을 사용할 수가 없다. 하지만 그것을 둘째치고서도, 우현은 선하에게 큰 호기심을 품었다. 지난번에는 선하가 자신과 같은, 다른 세계에서 돌아 온 사람이 아닐까 생각하여 흥미를 품었었다. 하지만 지금은 아니다. 선하가 가진 장비, 그리고 선하의 아버지라는 헌터에게 호기심이 생겼다.

"그렇다면 같이 다니죠. 분배는 5:5로. 괜찮죠?"

선하가 물었다. 그 물음에 우현은 머리를 끄덕거렸다. 선하는 활짝 웃으며 몸을 돌렸다.

"그러면 가요, 우현씨. 조금 더 깊은 곳으로."

"…어디까지 가실 생각입니까?"

선하의 뒤를 따르며 우현이 물었다. 그 물음에 선하는 잠깐의 침묵 뒤에 대답했다.

"마음 같아서는 끝까지 가 보고 싶은데… 일단은 갈 수 있는 곳까지 가보죠. 최소 세이브 포인트까지 가겠다는 생각으로요."

우현은 머리를 끄덕거렸다. 다행히 미리 준비했던 식량과 물은 충분했다. 며칠 정도 던전에서 노숙할 수 있을 정도로 말이다.

걸음은 조금 늦었다.

일부러였다. 우현은 선하의 곁에 서지 않았다. 그는 그녀보다 조금 뒤에서 걸었다. 배후의 공격을 차단하기 위함이기도 했고, 선두에 선 선하의 실력을 보고 싶어서이기도 했다. 선하의 무기인 쿠모고로시는 40번 던전의 보스 몬스터인 가르비샤의 사체로 만들어진 검이다. 52번 던전인 파를레야의 고성이 공략되지 않은 지금, 40번 던전의 보스 몬스터로 만든 무기는 충분히 상위에 드는 무기라고 할 수 있으리라.

물론, SS급 헌터였던 호정은 저것보다 좋은 무기는 얼마든지 사용했던 적이 있었다. 보스 몬스터의 사체로 만들었던 무기도, 갑옷도 사용해 본 적이 있었다. 하지만 그것은 어디까지나 호정이 최상위권의 헌터였기 때문이고, 호정이 속했던 길드인 '퍼레이드'가 손에 꼽히는 대형 길드였기 때문이다.

보스 몬스터의 레이드를 담당하는 것은 대부분 대형 길드들이다. 새로 개방된 던전을 집중적으로 공략하는 것역시 대형 길드다. 보스 몬스터가 발견되었을 경우, 발견길드는 다른 길드와 협력하여 레이드에 나설 인원을 선정한다. 형평성을 위해 길드에 속하지 않은, 실력이 뛰어난헌터를 용병으로 섭외하기도 한다. 그렇게 이루어진 레이드에서 정확하게 이득을 배분한다.

'보스 몬스터의 사체로 만든 무기를 가질 정도라면, 대형 길드의 소속이었다는 건데.'

그것이 아니면 그것을 사들일 정도로 큰 재력을 가지고있던가. 아마 전자일 것이다. 지난 번에 선하가 했던 말을보면 그녀의 아버지는 실력있는 헌터였던 것처럼 들렸으니까.

"선하씨의 아버지에 대해서."

우현이 입을 열었다. 선하의 걸음이 멈췄다.

"물어봐도 됩니까?"

아까 전에 물었을 때에, 선하는 거절도 대답도 아닌 애매한 말로 대답을 미루었었다. 선하는 굳이 뒤를 돌아보지는 않았다. 잠시 후, 그녀는 다시 앞으로 걷기 시작했다.

"많이 궁금하신가 보네요."

"제가 호기심이 좀 많거든요. 궁금한 게 생기면 신경 쓰여서 잠도 잘 못자고."

우현은 너스레를 떨면서 대답했다. 앞쪽에서 선하가 웃는 목소리가 들렸다.

"그렇다면 어쩔 수 없네요."

선하는 키득거리며 대답했다. 거듭해서 캐묻는 것이 그녀의 기분을 상하게 하는 것이 아닐까 걱정하였는데, 아무래도 기우였던 모양이다.

"대신에, 약속해 주세요. 제가 솔직하게 대답한다면… 우현씨도 솔직하게 대답해 주는 것으로."

"저는 선하씨에게 속이는 것이 아무 것도 없는 걸요."

"저도 알아요. 그냥… 그냥, 말해 두는 거예요. 제가 솔직하게 말하니까, 우현씨도 솔직하게 말해달라고."

"걱정하지 마세요. 굳이 그렇게 약속처럼 안 걸어도, 선하씨에게 거짓말은 안 합니다."

우현은 씩 웃으며 대답했다. 선하는 낮은 웃음을 흘렸다. 대화를 하는 중에도 우현과 선하는 멈추지 않고 앞으로 나아갔다. 세이브 포인트가 있는 곳은 밀림을 벗어나 중앙의 낡은 사원 쪽이다. 일단 목표로 삼은 곳은 그곳이었다.

"아버지의 이름은 강 상자 중자를 쓰셨어요. 아시나요?"

"…아뇨, 모릅니다."

우현은 솔직하게 대답했다. 거짓말을 할 이유가 없었기 때문이다. 선하는 그럴 줄 알았다는 듯이 머리를 끄덕거렸다.

"그렇다면, '제네시스'라는 길드는 아시나요?"

선하가 다시 물었다. 그 물음에 우현은 머리를 흔들었다.

"모릅니다. 길드나, 유명한 헌터나… 그쪽은 아예 문외한이거든요."

"그렇겠죠. 우현씨는 얼마 전에 헌터가 되셨죠? 헌터가 아닌 일반인은 길드나 유명 헌터에 대해 잘 알지 못하니까요. TV에 자주 나오는 대형 길드… 미국의 럭키 카운터나 중국의 송하, 한국의 나래 등. 그런 길드라면 어느 정도 알겠지만."

선하는 그렇게 중얼거리며 허리에 걸고 있던 검을 뽑았다. 맞은편 수풀에서 브라운 고릴라가 발견되었기 때문이다. 우현은 선하의 움직임에 맞추어 검을 뽑았다.

"두 꼬리 원숭이는 제가 맡죠."

우현의 말에 선하가 머리를 끄덕거렸다.

"제네시스는 소형길드였어요."

사냥은 하품이 나올 정도로 쉬웠다. 두 꼬리 원숭이는 우현이 일격에 양단할 수 있었고, 브라운 고릴라의 경우에는 선하의 일검으로 마무리 되었다. 우선 선하가 몬스터의 사체를 수습했다. 사체를 팔아 취하는 이득은 던전을 나와, 협회의 브로커에게 사체를 매각하고 나서 나뉘어 질 것이다.

"총 인원이 열 명도 채 되지 않았죠. 정확히 말하자면 여덟 명이었어요. 탱커가 셋, 딜러가 다섯."

"안정적이군요."

우현은 머리를 끄덕거리며 말했다. 솔직히 말하자면, 과하게 안정적이다. 소규모 길드는 보통 고정파티가 길드로 전환되면서 만들어진다. 일반적인 경우에는 탱커가 하나에 딜러가 셋 정도. 조금 규모가 큰 파티는 메인 탱커와 서브 탱커, 넷에서 다섯 정도의 딜러진을 보유한다. 하지만 탱커가 셋이라니. 탱커 쪽의 부담은 적겠지만, 저럴 경우에는 분배 쪽에서 문제가 발생한다.

"제네시스는 길드 자체적으로는 거의 활동하지 않았어요. 용병 길드였죠."

"…용병?"

"네. 대형 길드 쪽에서 사람이 부족할 경우 부르는 용병들 말이에요. 보통은 소속 없는 솔로 헌터들을 부르지만, 그런 용병들이 이루어진 길드가 없는 것은 아니에요. 제네시스가 그런 길드였어요. 그들은 자체적으로는 거의 활동하지 않고 용병 활동에 주력했죠."

그 말에 우현은 제네시스가 가진 불균형을 납득했다. 자체적으로 활동을 거의 하지 않고 용병으로서 불려나가는 길드라면 길드 내의 밸런스를 크게 신경쓸 필요는 없을 테니까.

"제 입으로 이런 말을 하는 것은 조금 자랑 같지만… 다들 실력이 뛰어나신 분들이었어요. 모두가 A급 이상의 랭크였고요. 저희 아버지는 S급 랭크였고, 제네시스의 길드마스터였어요. 딜러셨죠. 이곳 저곳 불려 다니셨고… 특히 아버지에게 호의적으로 대했던 길드는 미국의 럭키 카운터였어요. 그곳의 마스터인 막시언 밀리베이크는 아버지와 의형제를 맺을 정도로 친밀한 사이셨죠."

우현은 작게 감탄했다. 럭키 카운터라면 미국을 대표하는 길드고, 미국을 대표한다는 것은 사실상 전 세계를 대표한다고 해도 과언이 아니다. 그곳의 길드 마스터가 친밀하게 대했다는 것만으로도, 우현은 한 번도 보지 않았던 강상중이라는 헌터의 실력을 상상할 수 있었다.

"아버지 뿐만이 아니에요. 제네시스의 길드원은 다들 우수했거든요. 항상… 부르는 곳이 많았죠. 한국의 나래나 화랑에서도 몇 번이나 지원을 요청했었고, 중국의 송하, 일본의 하야부사 등."

"제네시스는…."

"사라졌어요."

끝까지 듣지 않고, 선하가 대답했다.

"길드원이 전부 죽어버렸거든요. 43번 던전의 보스 몬스터인 고쿤 모르쟈를 레이드했을 때였죠. 당시 레이드의 메인이었던 길드는 미국의 럭키 카운터. 길드 마스터인 막시언 밀리베이크가 오더를 맡았었죠. 고쿤 모르쟈는 대형 몬스터였어요. 엄청난 크기였다고 하더군요. 놈이 워낙에 컸던 만큼, 많은 헌터들이 동원되었어요. 그리고 대부분의 헌터가 그곳에서 죽었죠. 제네시스의 길드원들도, 저희 아버지도."

선하가 말했다. 그 말에 우현은 아무런 말도 하지 않고 선하의 등을 바라보았다.

"시체도 찾을 수 없었어요. 죽었다고, 그렇게 듣기만 했죠. 그게 벌써 1년 전이네요."

별 감정이 묻어나오지 않은 목소리였다. 사과해야하나? 괜한 것을 물어서 미안하다고. 우현이 머뭇거리자 선하가 우현 쪽을 돌아 보았다. 그녀는 아무런 표정도 짓지 않고 있었다.

"…괜찮으십니까?"

우현이 물었다. 그 물음에 선하는 쓰게 웃었다.

"일 년 전이니까요."

선하가 대답했다. 그녀는 다시 몸을 돌려 앞으로 걷기 시작했다. 우현은 조금 걸음이 빨라진 선하의 뒤를 쫓다가 입을 열었다.

"저에게 묻고 싶은 말은 없으십니까?"

"있어요."

선하가 곧바로 대답했다. 마치 우현이 그렇게 묻는 것을 기다렸다는 듯이.

"뭡니까?"

우현이 물었다. 선하는 잠시 생각하는가 싶더니 입을 열었다.

"우현씨가 헌터가 된 것은, 정확히 언제인가요?"

"…한 달 전쯤입니다. 정확히는 7월 18일이로군요."

왜 이런 것을 묻는 거지? 우현은 이해할 수 없다는 듯이 머리를 갸웃거렸다. 선하가 우현을 힐긋 돌아보았다.

"솔직하게 말할게요."

선하가 입을 열었다.

"제가 헌터로 각성한 것은 일 년 전이었어요. 아버지가 돌아가시고, 얼마 지나지 않아서였죠. 아버지의 빈 자리와 텅 빈 집에 적응하기도 전에… 저는 헌터가 되었어요."

일 년 전. 하지만 선하가 초기 등급 심사를 보았던 것은 8월이었다.

"곧바로 등급 심사를 보지는 않았어요. 저는 집에 틀어박혀서 헌터로 적응하기 위한 준비를 시작했죠. 운동을 시작했고, 투기를 다루는 것에 익숙해지도록 노력했어요. 일 년을 그렇게 준비했죠. 투기의 양도 제법 많아졌고, 사용도 자연스러워졌고… 사실, 저는 투기로 어느 정도 몸을 강화할 수도 있어요."

그렇군. 우현은 새삼 이해했다. 지난 번의 등급 심사 때 선하가 비정상적이라 느껴질 정도로 침착했던 이유. 그녀가 크게 지치지 않았던 이유. 일 년 동안이나 투기를 다루고 준비를 해 왔다면 선하의 수준은 이미 F를 넘어섰을 것이다.

"하지만 우현씨는… 한 달 전에 헌터가 되었으면서도 저랑 비슷하시네요."

선하가 중얼거렸다.

"…그렇습니까?"

우현은 모르겠다는 표정을 지으며 능청을 떨었다. 선하는 가늘게 웃으면서 머리를 끄덕거렸다.

"재능이라는 거겠죠?"

선하는 그렇게 말하며 몸을 돌렸다. 더 이상 그녀는 우현에게 말을 걸지 않았다. 우현 역시 선하에게 말을 걸지 않았다. 제네시스라. 던전을 나가 보면 조금 찾아보도록 할까. 아무리 소규모 길드에 용병 길드라고는 하지만, 그렇게 실력 있는 길드라면 뭔가 정보를 건질 수 있을 것 같았다.

"이곳 부터는 골렘이 출현해요."

밀림이 끝났다. 선하와 우현은 낡은 사원을 앞에 두었다. 우현은 천천히 머리를 끄덕거렸다. 가까운 곳에 세이브 포인트의 게이트가 있었고, 그 주변에서 다른 헌터들이 휴식을 취하고 있었다. 세이브 포인트에서는 몬스터가 출현하지 않기 때문이다. 그들은 우현과 선하의 장비를 힐긋 거리면서 자기들끼리 뭐라 수군거리고 있었다.

"오늘은 일단 여기까지 하려고 하는데. 괜찮으신가요?"

"네, 상관없습니다."

슬슬 시간이 늦었기도 한 탓이었다.

"정산은 조금 뒤로 미루고 싶은데… 괜찮으세요?"

선하가 다시 물었다. 우현은 상관없었기에 머리를 끄덕거렸다.

"그러면 정산은 다음에 한꺼번에 하도록 하죠."

다음에. 우현은 그 단어에 반응했다.

"계속 저와 파티를 하실 겁니까?"

"혹시 부담되시나요?"

선하가 웃으며 물었다. 우현은 곧바로 머리를 흔들었다.

"아니, 그건 아닙니다."

선하와는 호의적인 관계를 유지하는 편이 나을 것 같았다. 선하와 파티를 유지하고서, 그녀와 시간이 맞지 않을 때에 일반 몬스터를 사냥하며 마석을 획득하는 것이 나으리라 생각한 것이다.

"그러면…."

선하는 무언가 고민하는 듯 미간을 살짝 찡그렸다. 잠시 고민하던 그녀는 우현을 살폈다. 선하의 시선이 탐색하는 것처럼 변하자 우현은 머리를 갸웃거리며 그런 선하를 바라보았다.

"…오늘, 새벽 4시에. 만날 수 있을까요?"

"…새벽에 말인가요?"

우현은 놀란 소리로 물었다.

"네. 아, 물론 판데모니엄에서요."

선하의 말에 우현은 머리를 긁적거렸다.

"…상관없습니다."

"그렇다면 새벽에 게이트의 입구에서 만나도록 하죠."

우현의 대답에 선하는 다행이라는 듯 웃으며 머리를 끄덕거렸다. 그러다가, 선하는 목소리에 힘을 주어 말했다.

"혹시나 해서 말하는데, 절대로 지각하시면 안 되요."

"…여자를 기다리게 할 정도로 몰상식하지는 않습니다."

우현이 능청을 떨었다. 그 말에 선하는 가느다란 미소를 지었다. 그러면서도,

"절대로. 지각하시면 안 되요."

다시 한 번 확인하듯이 말했다.

판데모니엄의 도시에는 낮밤이 존재하지 않는다. 하늘은 언제나 희뿌연 회색이고, 바람도 거의 불지 않는다. 우현은 분수대의 앞에 서서 조금 뻐근한 눈을 손으로 눌렀다. 시간은 3시 40분. 늦으면 안 된다고 선하가 하도 당부를 하기도 했고, 애초에 약속 시간을 어기는 성격도 아니다. 우현은 하품을 크게 한 번 하고서는 18번 던전의 게이트로 향했다.

게이트에 도착했을 때에는 시간은 50분이 조금 넘어 있었다. 그리고, 당연하다는 듯이 선하는 먼저 와서 우현을 기다리고 있었다.

"안 늦었습니다."

우현은 냉큼 말했다. 선하는 피식 웃으면서 머리를 끄덕거렸다.

"저도 알아요."

선하는 그렇게 말하고서 몸을 돌렸다. 곧바로 게이트로 들어갈 생각인 모양이었다. 우현은 선하를 따라 18번 게이트를 통과했다. 게이트를 지나 눈을 뜨니, 사원의 폐허가 눈에 보였다. 주변을 쓱 둘러보니 아까 낮에 비해서 헌

터의 수가 적었다. 던전의 시간대는 각 던전마다 다르다. 소루나의 밀림의 경우에는 지금 시간에는 시커먼 밤이었고, 밤에는 몬스터가 더욱 흉폭해지며 상대하기가 어려워진다. 시야 확보도 힘들고 길을 찾기도 버겁기에 밤에는 헌터들이 던전을 돌아다니지 않는다.

"…조금 위험할 거 같은데."

우현이 중얼거렸다. 아무리 장비가 좋다고는 하지만, 밤의 던전을 걷는 것은 위험하다. 몬스터의 습격도 잦은 데다가 몬스터의 기본적인 능력도 상승하고, 최악의 경우에는 던전 내에서 길을 잃을 수도 있다.

"위험 정도는 감수해야죠."

선하가 시원스레 말했다. 그녀는 GPS를 들더니 잠깐 화면을 들여보았다. 잠시 머리를 끄덕거리던 선하는 우현을 향해 자그마한 목소리로 말했다.

"바로 이동할게요. 제가 정면을 뚫을 테니, 우현씨는 뒤를 맡아주세요."

"손전등 같은 것, 안 가지고 오셨습니까?"

우현이 물었다. 그 물음에 선하는 천천히 머리를 흔들었다.

"하늘도 좋으니 당장은 필요가 없다고 생각해요. 게다가 괜히 불을 켰다가는 몬스터의 이목을 끌게 될 것이고."

선하의 말에 우현은 살짝 머리를 끄덕이며 동감했다.

힐끗 올려 본 하늘에는 별이 많았고 달이 밝았다. 이 정도라면 눈앞의 사물 정도는 분간할 수 있다. 내심 불안함이 없는 것은 아니었지만, 우현은 선하의 장비를 믿기로 했다. 최악의 경우, 우현이 힘을 쓸 수 없게 되었을 때. 선하의 장비와 실력이라면 목숨은 지킬 수 있을 테니까. 1년 동안 홀로 수행을 한 선하는 못해도 D급 이상의 실력을 가지고 있을 터였다. 다만 불안한 것은, 선하의 실전 경험 쪽이었다. 혼자 트레이닝하였기에 몬스터와의 전투 경험을 부족할 테니 말이다.

하지만 그런 걱정이 기우였다고 증명이라도 하듯이, 선하는 막힘없이 과감하게 앞으로 향했다. 그런 선하의 등을 보고서 괜히 긴장을 품은 것은 우현이었다. 알맹이가 어찌 되었든 지금의 우현은 F급 헌터였으니까.

"교전은 최대한 피할게요."

선하가 소곤거렸다. 그 말에 우현은 눈을 동그랗게 뜨고 선하의 등을 바라보았다.

"목적지가 어딥니까?"

우현은 곧바로 물었다. 이런 야심한 시간, 몬스터가 흉폭해지고 헌터들이 거의 활동하지 않는 시간대를 노리는 것은 보통 두 개의 경우다. 일반 몬스터를 독점으로 사냥하여 파밍을 하는 경우. 하지만 18번 던전은 이미 옛적에 공략이 끝난 곳이기에 파밍이 무의미하다.

남은 하나는

"베드로사를 잡을 거예요."

선하가 말했다. 그 말에 우현의 눈이 크게 떠졌다. 베드로사. 18번 던전의 사원에서 출현하는 네임드 몬스터다. 네 개의 팔을 달고 있는 골렘으로, 크기가 4m에 달하는 대형 몬스터. 우현은 어이가 없다는 듯이 물었다.

"둘이서 말입니까?"

"충분히 가능하다고 보는데요. 베드로사는 18번 던전의 네임드 몬스터 중에서도 특히 난이도가 쉬운 녀석이에요. 몸집이 크고 굼뜬데다가 동작도 커서, 피하는 것이 어렵지 않죠. 방어력이 높기는 하지만 우현씨와 제 장비라면 충분히 먹힐 것이고."

선하가 차분한 목소리로 대답했다. 말로는 무엇이들 못할까. 그런 불퉁한 생각이 들기도 하였지만,

그보다 더 의문인 것은 다른 것이었다.

"네임드 몬스터라는 것은 잡고 싶어도 쉽게 잡을 수 있는 것이 아니지 않습니까?"

맞는 말이었다. 네임드 몬스터의 출현조건이나 출현 포인트는 아무 것도 밝혀져 있지 않다. 놈들은 그냥, 갑자기 나타난다. 네임드 몬스터만 전문적으로 사냥하는 파티나 길드가 없는 것은 아니지만, 네임드 몬스터를 사냥하는 것에 숙달된 그들조차도 원하는 네임드 몬스터를 사냥하

기 위해 몇날 며칠을 던전에서 떠돌고 머무르는 것이 다 반사다.

"잡을 수 있어요."

우현의 질문에 선하는 확신에 찬 목소리로 대답했다.

"…네?"

선하가 일말의 고민도 없이 대답하는 것을 보며 우현은 조금 멍한 기분으로 되물었다. 우현이 그렇게 묻자, 선하는 씩 웃으며 우현을 돌아보았다.

"지각하지 않으셨잖아요?"

대체 뭔 소리야? 우현은 목구멍까지 솟구친 말을 삼켰다. 일단 선하의 진의를 알 수가 없으니 닥치고 있기로 마음을 정했다. 우현은 어깨를 으쓱거리며 앞서 걷는 선하의 뒤를 따랐다. 교전을 최대한 피한다. 선하는 그 말에 충실하게 움직였다. 가끔 골렘이 보일 때, 선하는 놈들이 알아차리기 전에 곧바로 방향을 틀어 놈들과 접촉을 피했다.

그렇게 얼마나 더 걸었을까. 우현은 손목에 채운 시계를 확인했다. 시간은 어느덧 4시 20분이 다 되어가고 있었다. 20분 동안 몬스터와 싸우지 않고 사원을 떠돌기만 한 것이다. 차라리 개운하게 몬스터와 싸우는 편이 낫지, 이렇게 들키지 않으려고 조심하면서 움직이고 있으니 그게 더 답답하고 정신이 피로해지는 것 같았다.

"선하씨, 대체 언제…."

"쉿."

우현의 질문을 선하가 가로막았다. 그녀는 곧바로 몸을 낮추더니, 앞을 가로막고 있는 기둥에 몸을 붙였다. 우현도 멀뚱히 서있지 않고 몸을 낮춰 선하의 곁으로 다가왔다. 뭐라 말을 걸고 싶었지만, 선하는 입술 위에 손가락을 올리고서 침묵을 강요했다.

드드득.

그런 소리가 들렸다. 우현은 흠칫 놀라 기둥 너머를 바라보았다. 바닥에 떨어진 사원의 잔해들이 들썩거리고 있었다. 선하는 그것을 바라보면서 손목에 채운 시계를 내려 보았다. 시간이 21분이 되었을 때, 부들거리던 잔해들이 둥실 떠올랐다. 우현은 반쯤 입을 벌리고서 그 광경을 바라보았다. 떠오른 잔해들이 허공에 떠올라 빙글빙글 돌더니, 정 중앙에 새카만 빛이 어렸다. 그리고는 그것을 중심으로 잔해들이 모여들어 뭉치기 시작했다.

쿠웅.

얼마 지나지 않아 그곳에는 팔을 네 개나 가진, 거대한 골렘이 서있었다.

"베드로사…?"

"바로 가죠."

선하가 벌떡 몸을 일으켰다. 놀란 우현의 표정처럼, 선하 역시 조금은 놀랐다는 얼굴이었다. 하지만 그녀는 곧바로 그런 표정을 지워냈다.

"제가 왼쪽 다리를 맡을 테니, 우현씨는 반대쪽 다리를 맡아 주세요."

선하가 빠르게 말했다. 저런 거구의 몬스터는 일단 다리를 공격하여 쓰러트리는 것이 기본이다. 우현은 당황을 지워내고 머리를 끄덕거렸다.

"네."

"특별한 패턴은 정해져 있지 않지만, 놈의 위쪽 팔이 하늘로 올라 갈 때에는 최대한 거리를 벌려 주세요."

그 말에 우현은 머리를 끄덕거리며 검을 쥐었다. 선하가 먼저 기둥을 뛰어넘고 앞으로 뛰쳐나갔다. 우현은 곧바로 선하의 뒤를 따랐다. 놈의 오른쪽 다리가 가까워질 때에, 거구의 놈이 삐걱거리며 머리를 돌렸다. 시커먼 틈새에서 창백한 불빛이 번뜩였다. 놈이 우현과 선하를 포착한 것이다. 두 쌍의 팔 중에 아래쪽에 있는 팔이 펼쳐졌다. 놈의 허리가 느릿하게 비틀렸다. 저 자세에서 나오는 것은 휘두르기, 우현은 지면에 최대한 몸을 낮췄다.

쐐애액!

등골이 오싹해질 정도로 큰 파공성과 함께 놈의 양 팔이 주변을 휩쓸었다. 피하기는 했지만 소리만 들어도 몸이 가늘게 떨릴 정도였다. 우현은 입술을 씹으며 긴장을 털어냈다. 꽉 쥔 검을 크게 휘둘렀다.

쩌엉!

최대한 투기를 불어넣었음에도 놈의 방어벽에는 흠집조차 가지 않았다. 네임드 몬스터가 구축하는 방어벽은 일반 몬스터의 것과 격이 다르다. 우현은 욱신거리는 손아귀의 통증을 삼키며 다시 검을 휘둘렀다. 쩌어엉! 조금 더 크게 휘두른 검이 놈의 다리를 다시 두드렸다.

놈의 발이 크게 들려졌다. 우현은 곧바로 발로 땅을 밀어내며 뒤로 물러섰다.

쿠우웅!

발을 굴렀을 뿐인데도 땅이 크게 뒤흔들렸다. 무게도 무게지만 힘이 장난이 아니었다. 우현은 뻐근한 어깨를 한 번 비틀고서 다시 거리를 좁혔다.

선하를 보았다. 선하는 반대쪽 다리에 붙어서 빠르게 공격을 몰아붙이고 있었다. 우현의 것이 일격일격이 무겁다면, 선하는 빠르고 날카로웠다.

'내 코가 석자지.'

선하를 보던 시선을 거두었다. 설마 이렇게 빨리 네임드 몬스터를 사냥하게 될 줄이야. 그것도 고작 두 명이다. 우현은 베드로사의 생김새를 다시 확인하며 공격을 몰아붙였다.

쩌엉!

실방어벽을 두드리는 공격이 무겁다. 반발력에 손목이

조금 욱신거렸다.

'이름도, 생긴 것도 다르지만….'

이런 네임드 몬스터가 없었던 것은 아니다. 하위 던전에 이것과 비슷하게 생긴 몬스터가 있었다. 물론 놈은 골렘은 아니었다. 우현이 기억하던 네임드 몬스터는 소의 머리를 가진 미노타우르스였는데, 놈 역시 이런 거구에 네 개의 팔을 위협스레 휘둘렀었다.

'베드로사 쪽이 조금 느리군. 하지만 힘은 더 강한 것 같고.'

비슷한 몬스터를 사냥했던 경험이 존재한다는 것은 우현을 조금이나마 안심시켰다. 호정이 SS급 헌터였던 말던 지금의 우현은 F급 헌터니까. 아무리 좋은 방어구를 입었다지만, 투기로 제대로 된 방어벽을 구축해 내지 못하는 이상, 제대로 얻어 맞으면 죽는다. 그런 긴장이 우현의 가슴을 뛰게 했다.

"흡!"

우현은 숨을 삼키며 검을 도끼처럼 휘둘러 찍었다. 방어벽에는 흠집도 가지 않는다. 자신의 등급과 비슷한 네임드 몬스터, 4인 파티의 경우에 네임드 몬스터의 레이드는 아무리 빨리 끝나도 30분 이상은 걸리는 것이 평균이다. 선하의 장비와 실질적 등급이 조금 앞선다고 하나, 이쪽은 둘이고 베드로사가 방어력이 높은 네임드 몬스터이니 시간은 더 오래 걸릴 것이다.

몬스터의 방어벽을 뚫는 것은 지루한 반복 작업이다. 아무리 무기를 휘둘러도 몬스터가 약해지는 모습은 보이지 않고, 오히려 소모되는 것은 이쪽의 체력이다. 그 상태에서 몬스터의 공격마저 대비해야 되니 레이드는 어마어마한 정신력과 체력을 요구한다. 사람이 조금 더 있더라면 분담하여 로테이션을 돌릴 수 있을 텐데.

"우현씨!"

20분 정도 시간이 흘렀을 때였다. 전신이 땀으로 흠뻑 젖고 온 몸이 삐걱거리는 순간. 선하의 목소리가 들렸다. 우현은 헐떡거리는 호흡을 삼키며 시선을 들었다. 반대쪽에서 선하의 모습이 보였다. 우현이 땀으로 전신을 샤워한 것과는 달리, 선하는 앞머리가 조금 땀에 달라붙어있을 뿐이었다.

"괜찮으세요? 조금 쉬시는 편이…."

"괜찬흡니다!"

발음이 새어버렸다. 그것을 신경쓰지 못할 정도로 우현은 지쳐있었다. 하지만 손에서 검을 놓지는 않았다. 그런 우현의 대답에 선하는 살짝 머리를 끄덕거리더니 다시 공격을 시작했다.

파파팟!

빠르게 휘두르는 검이 베드로사의 방어벽을 두드렸다.

'씨발!'

눈앞이 노랬다. 그냥 포기하고 주저앉아서 쉬고 싶었다. 물론 그럴 경우 휴식의 대가는 목숨으로 지불하게 될 것이다. 우현은 까득까득 이를 갈면서 거듭해서 검을 휘둘렀다.

콰직!

그리고, 그런 소리가 들렸다. 우현은 눈을 부릅 뜨고 앞을 바라보았다. 휘두른 검이 베드로사의 다리에 살짝 박힌 것이다.

"뚫렸다!"

우현은 고함을 질렀다. 하지만 기뻐할 시간도 적었다. 우현은 박힌 검을 빠르게 뽑아냈다. 일반 몬스터가 그렇듯이, 네임드 몬스터 역시 방어벽이 부서지고 나서가 더욱 위협적으로 변한다. 그나마 다행인 것은 베드로사가 골렘이라는 것이었다. 골렘은 통증을 느끼지 않기에 공격에 발작하여 반응하지 않는다.

"우현씨! 위!"

방어벽이 뚫렸으니 공격을 몰아붙이려 할 때, 선하가 고함을 질렀다. 우현은 급히 위를 올려 보았다. 베드로사의 양 팔이 위로 올라가고 있었다. 놈의 양 팔이 위로 올라갔을 때에는 최대한 거리를 벌릴 것.

"니미."

우현은 욕설을 뱉었다. 막 휘두른 검이 놈의 다리에 박혀 있었던 탓이다.

판단은 빠르게. 우현은 당장 검을 뽑는 것을 포기하고 뒤로 물러섰다.

"더요!"

이미 충분히 거리를 벌려 놓은 선하가 빽하고 소리를 질렀다. 우현은 아예 몸을 돌려 등을 보이고서 달렸다.

꽈아앙!

위로 들었던 베드로사의 양 팔이 땅을 내리 찍었다.

지진이라도 난 것처럼 땅이 크게 흔들렸다. 거리를 벌리라는 뜻을 이해할 수가 있었다. 이 정도 충격이라면 직격당한다면 죽을 것이고, 피한다 해도 거리가 가깝다면 충격을 감당할 수 없을 것이다. 우현은 욕설을 뱉으며 몸을 일으켰다. 흔들리는 땅에 순간 중심을 잃은 탓이다.

'꼴이 말도 아니군.'

그는 머리를 돌려 퉤 침을 뱉었다. 과거의 경험이고 뭐고, 몸이 이러니 제대로 사용할 수도 없었다. 너무 흥분했나? 우현은 냉정하게 머리를 식혔다. 악에 받친 것이 오히려 독이 되었다. 제대로 상황도 보지 못하였으니까. 선하가 경고하지 않았더라면 머리 위에 주먹이 떨어지는 것도 느끼지 못했을 것이다.

"고맙습니다."

우현은 거친 숨을 몰아쉬면서 말했다. 그 말에 선하는 살짝 머리를 끄덕거렸다. 그녀도 제법 지친 듯 했다. 역시 둘이서는 무리였을까? 아니, 그렇다고 해도 간신히 방어 벽을 뚫었는데 이제 와서 놈을 두고 도망칠 수는 없었다. 선하는 마음을 다잡고 다시 검을 들었다. 우현은 숨을 헐 떡거리며 등허리에 둔 블랙 코브라를 뽑았다.

"다시 가죠."

우현은 그렇게 내뱉고서는 선하보다 먼저 베드로사를 향해 달려들었다. 놈은 숙인 몸을 막 일으키고 있었다. 우 현은 놈의 다리에 박힌 자신의 검을 노려보았다. 파팍! 놈 의 다리 사이로 들어감과 동시에 우현은 손에 쥔 블랙 코 브라를 휘둘렀다. 매서운 파공성을 내며 블랙 코브라가 놈 의 다리를 긁었다. 박살난 돌의 부스러기가 튀어 올랐다.

우우우우!

바위의 틈새에서 그런 울음이 터져 나왔다.

"흡!"

우현은 숨을 힘껏 삼키며 놈의 다리에 박혔던 검을 뽑 아냈다. 그리고는 블랙 코브라를 다시 등허리에 꽂았다. 그리고는 양 손으로 검을 잡고, 크게 허리를 비틀었다.

콰직!

우현이 휘두른 검이 아까 전에 검을 박아 넣었던 틈새 에 다시 꽂혔다. 묵직한 소리와 함께 돌이 튀었다. 공격을 넣은 즉시, 우현은 땅을 박차 거리를 조금 벌렸다.

쿠웅!

놈이 구른 발이 우현이 있던 곳을 찍었다.

놈의 발이 땅에 닿은 순간, 우현은 허리를 튕겨 다시 놈과의 거리를 좁혔다. 몸을 통째로 회전하며 휘두른 검이 아까 전의 틈새에 다시 꽂혔다. 콰삭! 돌 부스러기가 튀었다. 몇 번인가 공격을 넣기는 했지만 놈의 다리는 워낙 두꺼워서, 고꾸라트리기 위해서는 몇 번이고 똑같은 짓을 반복해야만 할 것 같았다.

흥분하지 마라.

우현은 스스로에게 암시를 걸 듯이 중얼거렸다. 아무리 흥분하고 열의를 보여 봐야 이 몸으로 할 수 있는 일은 한계가 있다. 호정처럼 하고 싶어도 우현의 몸은 그렇게 할 수가 없다. 자신의 고집으로 선택했던 투핸드소드는 제대로 다룰 수도 없고, 이 몸뚱이는 투기를 써서 강화할 수도 없다.

몸이 뜨거웠다. 심장이 터질 것만 같았다. 근육이 타들어가는 것만 같았다. 삐걱거리는 몸을 붙잡았다. 그래도 멈추지 않았다. 네임드 몬스터. 그래봤자 18번 던전의 몬스터. 이런 놈을 상대로 곤란함을 느끼는 주제에 데루가 마키나는 어찌 잡을는지. 우현은 쓴웃음을 삼켰다.

좌절과 체념은 아니었다. 우현은 자신이 할 수 있는 일을 했다.

치루한 반복이었다. 공격을 피하고, 틈이 보이면 휘두르고. 나무꾼이 된 심정이었다. 우현이 베어 넘기고자 하는 베드로사의 다리는 거대한 나무처럼 보였고, 양 손에 쥔 검은 도끼처럼 보였다. 아마, 무딘 도끼일 것이다. 찍어도 찍어도 좀처럼 넘어가지 않으니까.

허리가 아팠다. 허리 뿐만이 아니었다. 온 몸이 욱신거렸다. 불평하지는 않았다. 통증은 삼켰고 참았다. 손아귀에는 감각이 잘 느껴지지 않았다. 대신에, 그를 제외한 모든 것이 예리하게 곤두섰다. 파공성을 들었다. 발을 박차 거리를 벌렸다.

꽈아앙!

땅이 흔들렸다. 웅웅거리며 귀가 울었고, 멀리서 선하의 목소리가 들리는 것만 같았다.

"괜찮다니깐."

우현은 그렇게 중얼거리며 다시 움직였다.

얼마나 지났을까.

콰직, 하는 소리가 들렸다. 얼얼한 손바닥이 다른 감촉을 느꼈다. 우현은 급히 뒤로 물러섰다. 베드로사의 몸이 기우뚱거리며 뒤로 넘어갔다.

"가슴!"

선하가 쉰 목소리로 고함을 질렀다. 말하지 않아도 잘 알았다. 놈의 핵은 가슴이다. 아까 전, 놈이 나타날 때. 저 거대한 몸뚱이를 만들어낸 것은 가슴 부분의 빛나는 구체 였으니까. 조금만 더, 조금만 더. 우현은 마음속으로 중 얼거리며 이를 악 물었다.

"끝났네요."

한참이 지난 후였다. 우현은 땀에 절은 몸으로 주저앉 아 숨을 몰아 쉬었다. 주저앉은 우현의 앞에는 가슴이 박 살난 베드로사가 죽어 있었다. 생각하고 싶지 않을 정도 로 처참한 싸움이었다. 한쪽 다리를 무너트리기는 했지만 놈의 네 팔은 건재하였기에, 몸통 위에 올라가서 가슴을 박살내려 해도 팔이 방해가 되었다.

"…한 시간… 조금 넘게 걸렸군요."

말을 하는 것이 힘들었다. 목이 바짝 말랐고 머리가 어 지러웠다. 우현은 아공간에서 생수통을 꺼내 조금씩 물을 마셨다. 선하는 숨을 몰아쉬면서 몸을 일으켰다.

"…베드로사의 사체에는 별 가치가 없어요."

선하가 중얼거렸다. 그럴 줄 알았기에, 우현은 머리를 끄덕거렸다. 골렘은 건질 것이 없는 몬스터다. 결국 돌덩 이고, 돌덩이를 어찌 쓸 수는 없으니까. 다만 그것은 일반 몬스터의 경우다. 골렘 계열의 네임드 몬스터의 경우, 놈 들의 핵에서는 높은 확률로 마석이 발견된다. 놈들의 몸체를 이루고 움직이게 하는 것은 핵이 담은 미지의 힘이기 때문이다.

"열어보죠."

우현은 몸을 일으키면서 말했다. 물론 골렘이라고 해서 반드시 마석을 드랍하는 것은 아니다. 다만 확률이 조금 높을 뿐. 우현의 말에 선하는 머리를 살짝 끄덕거리며 활짝 열린 베드로사의 가슴으로 다가갔다. 그녀는 박살난 틈새에 손을 집어넣어, 농구공만한 돌덩이를 꺼내 들었다. 저것이 베드로사의 핵이다.

마석이 나온다면 어떻게 하지? 네임드 몬스터를 사냥하여 마석이 나올 경우에는, 협회를 통해 판매한 뒤에 돈을 나누는 것이 일반적이다. 하지만 만약 파티원 중 하나가 마석을 가질 것을 원할 경우. 지금의 경우에는 우현이 마석 시세가의 절반을 선하에게 주고 마석을 살 수 있다.

'그럴 돈도 없군.'

마석이 나온다면 목돈을 챙기는 것으로 만족해야 하나. 마석이 나오지 않는다면… 이 몸으로 첫 네임드 몬스터를 잡았다는 경험을 세우는 것으로 만족해야겠군. 어쩔 수 없는 일이었다.

"열어 볼게요."

우현의 앞으로 다가온 선하는 들고 있던 베드로사의 핵을 바닥에 내려놓았다.

"…칼 좀 빌려주시겠어요?"

선하가 말했다. 그 말에 우현은 머리를 끄덕거리며 등허리에 걸고 있던 블랙 코브라를 선하에게 건네 주었다.

콰직!

선하가 칼을 내리 찍었다. 몇 번인가 칼을 찍은 후였다. 우현의 눈이 살짝 떨렸다. 갈라진 핵의 안쪽에서 은은한 남색의 빛이 새어나오고 있었다. 일곱 종류의 마석 중에서 여섯 번째인 다크 블루 스톤이었다.

"…마석이 나왔네요."

선하가 중얼거렸다. 우현은 천천히 머리를 끄덕거렸다. 선하는 핵의 틈을 조금 더 열은 뒤에, 손을 집어 넣어 마석을 꺼냈다. 주먹보다 조금 큰 크기. 저 정도라면 최상급의 다크 블루 스톤이었다.

"다크 블루 스톤의 시세는 30억이에요."

선하가 입을 열었다.

"저랑 우현씨, 이렇게 둘이서 나누면 각각 15억이네요."

선하는 별 감흥이 없는 목소리로 말했다. 그 말이 우현은 조금 이해할 수가 없었다. 두당 15억이라면 엄청난 돈이다. 하지만 선하는 돈에 별 관심이 없다는 투였다.

"우현씨가 원하신다면."

선하가 입을 열었다. 그녀의 시선이 우현에게 닿았다.

선하는 잠시 말을 멈추고서 우현의 얼굴을 지그시 바라보았다. 우현은 선하가 뒤에 붙일 말을 재촉하지 않고 기다렸다.

"이 마석을 우현씨에게 드리겠어요."

"왜죠?"

우현이 곧바로 물었다. 단순한 호의로 넘기기에는 마석의 가치를 무시할 수가 없었다. 시세가 30억이라고는 하지만 그것이 고정된 것은 아니다. 잘만 판다면 그 이상의 가격에도 팔아넘길 수 있다. 대형 길드나 부유한 헌터들은 언제나 마석을 필요로 하고 있고, 마석은 원한다고 해서 반드시 구할 수 있는 것이 아니기 때문이다.

"일종의 투자라고 생각해 주세요."

선하가 말했다.

"우현씨는 엄청난 잠재력을 갖고 있어요. 다만, 그 잠재력에 비해 몸이 따라오지 못하는 것 같더군요. 다크 블루스톤을 흡수한다면, 우현 씨는 지금보다 몇 배는 강해질 수 있을 거예요."

"단순히 그를 위해서 투자한단 말입니까?"

우현은 이해할 수 없다는 표정을 지었다. 그 말에 선하는 가느다란 미소를 지었다.

"투자할 가치는 충분하다고 보는데요."

"제게 투자해서 선하 씨가 얻을 이득이 있습니까?"

"있죠."

선하는 당연하다는 듯이 머리를 끄덕거렸다.

"제가 다크 블루 스톤을 우현 씨에게 양도하는 대신에, 우현 씨는 저를 도와주셔야 해요."

"이해할 수 없는 말만 하시는군요. 좋아요, 제가 선하 씨의 투자를 받아들인다고 칩시다. 다크 블루 스톤을 가진다고 치자고요. 그래서, 구체적으로 제가 어떻게 선하 씨를 도우면 되는 겁니까?"

"저는 길드를 만들 생각이에요."

선하가 말했다.

"길드?"

우현이 되물었다. 선하는 천천히 머리를 끄덕거렸다.

"제가 아까 말했죠? 제 아버지가 길드 마스터로 있던, 제네시스 길드는 길드원이 전부 죽어버렸다고. 저는 제네시스를 부활시키고 싶어요."

"…그 길드에 들어오라는 겁니까?"

우현이 물었고, 선하가 머리를 끄덕거렸다. 우현은 눈을 가늘게 뜨고서 선하의 얼굴을 바라보았다. 길드의 멤버가 되어달라니. 어려운 부탁은 아니었다. 대형 길드도 아니고 작은 길드다. 행동하는 것에 제약은 없다.

즉, 이쪽이 손해보는 제안은 아니라는 것이다. 하지만 겨우 그 정도 요구로 마석을 제공하겠다니. 우현은 잠시 생각하다가 입을 열었다.

"어려운 부탁은 아니군요. 그래서 더 이해할 수가 없습니다. 마석을 주는 대가로 길드에 들어와달라고 하면, 길드에 들어올 헌터는 넘칠 겁니다. 솔로 헌터 중에서 저보다 랭크가 높은 이들 중에서도 하겠다는 이가 넘칠 거고요."

"그들은 안 되요."

선하가 머리를 흔들었다.

"제가 원하는 것은 우현 씨예요. 재능은 있지만 몸이 따르지 못하는 우현 씨. 솔직하게 말할게요. 제 요구를 이해할 수 없다고 생각하시는 거라면, 조금 더 알기 쉽게 말하죠. 저는 이 마석으로 우현 씨를 사고 싶은 거예요."

"…사겠다고요?"

"네. 뭐, 산다고 해 봐야 부당한 일을 시키는 경우는 없을 거예요. 하지만 앞으로 못해도 반년 동안은, 우현 씨는 저와 함께 길드를 운영해야만 해요. 그 이후라면 우현 씨가 원할 경우 언제든지 길드를 탈퇴해도 좋아요."

선하의 말에 우현은 말없이 그녀의 얼굴을 바라보았다. 선하는 진지한 눈으로 우현의 얼굴을 마주 보았다.

"뭘 하고 싶은 겁니까?"

우현이 물었다. 그 질문에 선하는 대답 대신에 웃었다.

"우현 씨가 제네시스의 길드원이 된다면 말씀드리죠."

"…좋습니다."

우현은 머리를 끄덕거리며 대답했다. 앞으로 반 년이라. 평생인 것도 아니다. 반 년 동안 선하의 길드에 들어가 있는 것으로 다크 블루 스톤은 우현의 것이 된다. 선하가 뭘 하려는 것인지는 모르겠지만, 고작해야 반 년이고 두 명이다. 두 명이서 뭘 할 수 있겠는가.

"선하 씨의 투자를 받도록 하죠."

"고마워요."

선하가 표정을 풀고서 활짝 웃었다. 우현은 멋쩍은 표정을 지으며 머리를 긁적거렸다.

"…고맙다는 말은 제가 해야죠."

우현의 대답에 선하는 키득거리면서 손에 들고 있던 다크 블루 스톤을 우현에게 건네 주었다.

"…파시면 안 되요."

선하는 혹시나 하는 마음으로 덧붙였다. 그 말에 우현은 어이가 없어서 웃었다.

"안 팝니다."

〈2권에서 계속〉